EL SEÑØR DE LA GUERRA

GENA SHOWALTER

Editado por Harlequin Ibérica.
Una división de HarperCollins Ibérica, S. A.
Avenida de Burgos, 8B - Planta 18
28036 Madrid
www.harlequiniberica.com

2021, Gena Showalter
© 2025 Harlequin Ibérica, una división de HarperCollins Ibérica, S. A.
El señor de la guerra, n.º 313 - 19.3.25
Título original: The Warlord
Publicada originalmente por HQN™ Books

ISBN: 978-84-1074-430-1
Depósito legal: M-28116-2024
Impreso en España por: BLACK PRINT
Fecha impresión Argentina: 15.9.25
Distribuidor exclusivo para España: LOGISTA
Distribuidor para México: Distibuidora Intermex, S.A. de C.V.
Distribuidores para Argentina: Interior, DGP, S.A. Alvarado 2118.
Cap. Fed./Buenos Aires y Gran Buenos Aires, VACCARO HNOS.

A Jill Monroe y a Mandy M. Roth por la diversión, los ánimos y las tormentas de ideas. Y a Naomi Lane y Marie Dowling por toda la ayuda que me han prestado. ¡Sois tesoros llegados del cielo!

«Eh..., ¿chicos? ¡Chicos! Quizá deberíais prestarme atención y prepararos, porque están a punto de pasar cosas muy malas. Como, por ejemplo, la caída del asteroide. Bah, no importa. Será divertido... verlo».

Neeka, la No Deseada

Prólogo

Extraído de *El libro de las estrellas*
Autor desconocido

Son guerreros ancestrales, malvados hasta la médula y leales solo entre sí. Conocidos como los Planeta Astra, estrellas errantes, los señores de la guerra de los cielos, el principio del fin, viajan de mundo en mundo, aniquilando ejércitos enemigos en una sola batalla. Atraídos por la guerra, terminan incluso la más pequeña escaramuza con dolor y derramamiento de sangre. Ver a estos guerreros es saber que pronto saludarás a tu propia muerte. Carecen de ética: matan sin piedad, roban sin escrúpulos y destruyen sin sentimiento de culpabilidad, y, todo ello, con el objetivo de recibir una bendición mística: quinientos años de victorias, sin sufrir jamás una pérdida. Si no logran esa bendición, reciben automáticamente la maldición: quinientos años de derrota absoluta.

Página 1

Ha llegado el momento de la siguiente concesión. Cada Planeta Astra se ve obligado a llevar a cabo una tarea diferente. Para empezar, su líder, el comandante Alaroc Roc Faetón, emperador de la Expansión, Roca de Todas las Épocas, Gigante de las Profundidades, el Ardiente, debe casarse con una mujer inmortal de su elección. Treinta días después debe sacrificar a su esposa en un altar de su propia creación. Si su esposa muere virgen, mejor aún. Entonces sus hombres y él reciben una segunda bendición. De lo contrario, la recibirá su mayor enemigo. El comandante nunca ha vacilado a la hora de cumplir con su deber. No puede hacerlo. Si un Astra no cumple con su obligación, todos fracasan. No es de extrañar que Roc esté dispuesto a atravesar cualquier límite por tener éxito. Nunca ha habido una mujer tan atractiva como para tentarlo a desviarse de su camino. Ninguna guerrera tan poderosa como para superar su increíble fuerza. Ninguna hechicera tan deseable como para provocarle un deseo más allá de lo razonable. Hasta ella.

Página 10 518

Capítulo 1

Harpina, reino de las arpías 2248 d. de G.
(después de la General)

La noche de su noveno cumpleaños, Taliyah Skyhawk merodeaba por los jardines reales de Harpina en medio del zumbido de las langostas y el canto de los pájaros. Se acercó a una hoguera donde crepitaban llamas multicolores. Tres lunas iluminaban los matorrales con un brillo cerúleo e inquietante y el aroma de las flores calavera y del humo flotaba en el aire.

Su madre, Tabitha la Sanguinaria, estaba hombro con hombro con su tía Tamera, la Hacedora de Viudas, y su prima de quince años, Blythe la Perdición, el ídolo de Taliyah. El trío armado formaba un muro de fuerza.

—¿Un escuadrón de la muerte? Justo lo que quería —dijo, bromeando.

Sin embargo, nadie sonrió. Su madre cambió la postura para mostrar mejor una espada hecha de hierro de fuego, un material que se usaba para luchar contra duendes y otras especies elementales.

—Arrodíllate —le ordenó, y la luz del fuego hizo brillar sus pequeños colmillos.

«¿Eh?».

Taliyah las miró una a una. ¿Qué estaba pasando? Blythe había solicitado una reunión a medianoche y ella se esperaba una fiesta sorpresa. Tal vez, algunos juegos. Meter la daga en el interior del enemigo siempre había sido uno de los favoritos.

—Arrodíllate —repitió la tía Tamera. Blandía una daga de cristal demoníaco, la mejor herramienta contra ángeles y enviados de los cielos.

Blythe asintió con firmeza en señal de aliento.

—Arrodíllate —le dijo, y agarró una estaca tallada en madera maldita, la mejor defensa contra demonios, brujas, vampiros e incluso arpías.

«Al diablo», pensó Taliyah, y entrecerró los ojos.

—Me arrodillaré ante mi General por respeto, pero solo ante mi General.

—Buena respuesta.

Su madre sonrió... y, rápidamente, le barrió los pies a Taliyah de un puntapié brutal. Ella se estrelló contra un suelo demasiado frío que nunca perdía la frialdad, sin importar la estación, y perdió el aliento.

Sin pausa, se levantó, pero su tía le dio un puñetazo en el estómago que la hizo caer de nuevo. Vio las estrellas, pero se puso de pie de todos modos. No había tiempo para lamerse las heridas. Blythe se lanzó detrás de ella, se agachó y le cortó los tendones de los tobillos.

El dolor fue aún más intenso cuando cayó de rodillas y se las golpeó, y respiró con más dificultad, pero, de todos modos, intentó incorporarse.

«No aceptes nunca la imagen de la derrota».

Tenía que elegir su veneno: el dolor de perseverar o la agonía del arrepentimiento. Ella siempre elegía la perseverancia,

Se esforzó, luchó. Aunque la parte inferior de su cuerpo se negó a cooperar y la mantuvo en una posición sumisa, ella no perdió la determinación. «Solo pierdes cuando te rindes».

* * *

Entre jadeos, luchando con más fuerza, miró con enojo a aquellas mujeres, que deberían alegrarse de que ella las amara y confiara en ellas.

—Será mejor que alguien me diga qué está pasando antes de que me enfurezca —dijo.

A su madre le brillaron los ojos en la oscuridad.

—Ha llegado el momento, hija. Dentro de doce meses dejarás a tu familia para comenzar tu entrenamiento de combate, como todas las arpías. Pero, al contrario que las demás, tú debes entrenarte para convertirte en quien se supone que debes ser, no como eres.

Un momento.

—¿Esto es algún tipo de ritual para obtener un estatus, o algo así? ¿Por qué no me lo habéis dicho? —preguntó, y se relajó un poco, hasta que pensó en lo que había dicho su madre—. ¿Quién se supone que debo ser?

Su madre ignoró las preguntas.

—¿Qué es lo que más deseas en esta vida, hija?

—Ya sabes cuál es la respuesta —respondió ella. Habían tenido muchas veces aquella conversación.

—Dímelo de todos modos —le ordenó su madre, con una expresión maliciosa.

La Sanguinaria tenía el pelo negro, los ojos del color del ámbar y la piel bronceada. Parecía tan frágil como un elfo y tan inocente como un enviado. Aunque llevara un traje de cuero y cota de malla, parecía que era incapaz de maldecir y, mucho menos, de matar a todos los que la rodeaban.

Taliyah tenía el pelo blanco y los ojos azules. Lo único que tenía en común con su madre era la delicadeza de la estructura ósea y su temperamento feroz.

—Lucho para convertirme en la General de las Arpías.

Ellas le habían repetido tantas veces las palabras que, en algún momento, aquel deseo se había convertido en el suyo. Para las arpías, una General era el equivalente a una reina. Era la gobernante que guiaba al pueblo a la grandeza. ¿Quién no querría gobernar?

La tía Tamera levantó la barbilla, tan fría, hermosa y letal como su hermana menor.

—¿Y qué estás dispuesta a hacer para lograr este objetivo?

—Cualquier cosa.

—Enuméralas —insistió su tía.

Cualquier arpía que quisiera llegar a ser general debía cumplir diez tareas específicas.

—Serviré en nuestro ejército durante un siglo y ganaré los Juegos de las Arpías.

Eran una serie de competiciones destinadas a demostrar fuerza, velocidad y agilidad.

—Convenceré a la general reinante de que haga algo que no quiera hacer, y también le entregaré la cabeza de su enemigo más feroz. Supervisaré una campaña militar victoriosa y negociaré una tregua importante, robaré la posesión más preciada de un miembro de la realeza, ganaré una batalla usando solo mi ingenio y sacrificaré algo que ame profundamente.

—Has enumerado nueve tareas. ¿Qué ocurre con la décima? —le preguntó su madre, enarcando una ceja—. Cuando llegue el momento, tendrás que desafiar a la general reinante y luchar contra ella, sea quien sea, sin importar lo que pueda significar para ti. ¿Tienes el coraje necesario para hacerlo?

—Sí —dijo ella.

Como mandaba la tradición, permanecería virgen mientras llevaba a cabo las tareas. Su cuerpo le pertenecería a su pueblo. Lo cual no era tanto sacrificio para ella, porque era asqueroso. Los chicos eran como bebés grandes. Les rompías la cara y se pasaban días lloriqueando.

—No habrá nada que pueda detenerme.

—¿Y por qué harás esas cosas? —le preguntó Tabitha.

—Porque soy Taliyah Skyhawk, y no permitiré que nada ni nadie me arrebate mi derecho de nacimiento.

Otras palabras que su madre le había grabado a fuego en la cabeza.

En cuanto empezó a andar, comenzó a prepararse para el privilegio de convertirse en General, algo que intentaban muchas arpías, pero que pocas conseguían. Sin embargo, ella había demostrado desde el principio que era más decidida que la mayoría. Mientras otros buscaban las formas de evitarse problemas, ella agarraba el problema por los testículos y apretaba. Otros se quejaban cuando perdían una oportunidad y esperaban a que se presentara otra. Ella perseguía la oportunidad que deseaba aprovechar con una concentración aterradora.

¿Que todo ocurría por un motivo? Sí. Ese motivo, a menudo, requería sus puños.

—Tú no eres solo Taliyah Skyhawk —dijo su madre, con una sonrisa de orgullo—. Durante tu vida vas a tener muchos nombres, hija. Para los demás, eres la del Corazón Helado. Para nosotras, siempre serás Taliyah, el Terror de Todas las Tierras.

—Soy el Terror de Todas las Tierras —dijo, sonriendo también.

Su madre asintió.

—Eres más fuerte, rápida y poderosa que las demás arpías. Me aseguré de que así fuera cuando elegí al hombre que debía ser el padre de mi primer hijo.

La elección de un padre para la procreación era algo obligado cuando una estaba emparentada con demonios y vampiros y todos se referían a tu especie como «hermosos buitres». Muchos ejércitos cazaban arpías por deporte.

Así pues, las arpías que decidían tener hijos seleccionaban machos poderosos que engendraran hijos más poderosos.

—Hablas del cambiaformas serpiente —dijo Taliyah, tratando de disimular su entusiasmo.

Su madre solo le había contado a qué especie pertenecía su padre y, durante todos los años de su vida, ella se había preguntado...

—No era un cambiaformas serpiente. No por completo. Es el creador de los cambiaformas serpiente... y solo es uno de tus padres.

—¿Qué? ¿Cuántos padres tengo yo?

—Son dos hermanos, uno capaz de poseer al otro, algo que nunca le contarás a nadie. Ni siquiera pueden saberlo tus hermanas.

Ella miró el vientre redondeado de su madre, donde crecían las gemelas llamadas Kaia y Bianka. Tragó saliva.

—¿Lo entiendes, Taliyah? Debemos llevarnos este secreto a la tumba. Si alguna vez alguien descubre el secreto de tu origen, tendrás que matarlo sin demora.

—¡Pero si ni siquiera sé lo que soy ahora!

—Te lo explico —intervino su tía—. Antes de que tú nacieras, los hermanos aparecían en Harpina cada cincuenta años. Uno aterrorizaba todas nuestras aldeas y no podíamos detenerlo. El otro curaba a los supervivientes. Hace dieciséis años aparecieron los dos en secreto y me ofrecieron perdonarnos la vida durante un tiempo... si pasaba la noche con ellos. Aunque yo estaba luchando para convertirme en General, acepté el trato. Nueve meses después, di a luz a una niña sana —dijo Tamera.

Su tía solo había tenido una hija, lo cual significaba que... ¿Blythe también tenía dos padres? Un momento. ¿Blythe era su hermana? Empezó a tambalearse...

—Cinco años después —prosiguió su madre—, los

hermanos volvieron a aparecer. En aquella ocasión me ofrecieron el mismo trato a mí. Acepté, a pesar de que yo también estaba realizando mi propio intento de convertirme en General. Nueve meses después, te tuve a ti.

Taliyah se humedeció los labios. Era demasiado para asimilarlo de golpe. Se centró en lo más difícil de aceptar y trató de encontrarle sentido. Sus padres. En la clase de Historia había aprendido la historia de dos hermanos gemelos que habían hecho exactamente lo que acababan de contarle. Eran unos guerreros tan poderosos que causaban terror a todos aquellos a quienes se enfrentaban. No solo eran guerreros. Eran hijos de un dios.

—Soy una hija de Asclepius Serpentes y Erebus Phanthom, hijos de Chaos.

Aquellas palabras le dejaron un sabor extraño en la lengua.

Asclepius era conocido como el Portador de la Vida, puesto que era un dios de la Medicina que tenía el poder de traer de vuelta a ciertos inmortales de entre los muertes. También era el creador de los cambiaformas serpiente y de las gorgonas.

Erebus era lo contrario a él. Era conocido como el Portador de la Muerte y destruía todo aquello que tocaba. Su contribución a las especies inmortales era la creación de fantasmas, unos soldados sin mente capaces de adquirir forma espiritual y corporal. Para sobrevivir, aquellos fantasmas consumían las almas, la vida de los vivos. Aquello, para las arpías, era un acto grotesco. En realidad, para todos los inmortales.

Los dos provenían de un dios mayor llamado Abismo. Eso significaba que...

—Yo provengo de Abismo.

¡Por supuesto que sí! Sinceramente, era una arpía increíble. La defensora de toda la especie arpía.

—¿Y dónde están los hermanos ahora?

Su madre se encogió de hombros. Claramente, la respuesta no tenía importancia para ella.

—Se rumorea que buscaron pelea con los señores de la guerra equivocados, unos hombres que habían sido guardias personales de Chaos. Mataron a los dos hermanos, pero Erebus regresó... confundido.

Entonces, uno de los padres había muerto y el otro había desaparecido. Vivía, pero no vivía bien. Se le revolvió el estómago.

—¿Erebus y Chaos saben de mí? —preguntó, con un destello de esperanza. ¿La visitarían? Quizá quisieran conocerla, o algo por el estilo.

—Si saben algo de ti, hija, no les importa. No eres nada para ellos y ellos no son nada para ti.

—Cierto —dijo, y se le encorvaron un poco los hombros—. Pues ellos se lo pierden. ¿Quién los necesita?

Ella se las arreglaba muy bien sola. ¡Mejor que bien! La punzada que sintió en el pecho no tenía importancia en aquella situación.

—Tienes razón. No los necesitas. Muy pronto serás capaz de dominar habilidades que ahora ni siquiera te imaginas.

Al pensar en aquellos nuevos poderes, se animó.

—¿Qué habilidades? ¿Y cuándo?

—No lo sabrás hasta que hayas cambiado la primera piel —dijo Blythe.

Su bella prima, de cabello negro y ojos azules, sonrió, y a Taliyah se le escapó un jadeo. ¡Tenía motas negras en las profundidades del iris!

—Si eres como yo —prosiguió su prima—, expulsarás a tu espíritu de tu cuerpo, poseerás a otros, te comunicarás con los muertos, caminarás por el mundo espiritual para espiar a tus enemigos y te recuperarás de cualquier muerte..., incluso de la primera.

¿La primera? Miró las armas. Al darse cuenta de lo que iba a suceder, se quedó sin respiración. Su familia tenía la intención de matarla y criarla como fantasma. Tuvo impulsos contradictorios: huir, protestar, vitorear, ¿morir? Al final, se mordió la lengua y se quedó callada. ¿Qué podía importar más que su sueño? Caminar por el mundo de los espíritus, espiar a sus enemigos, resucitar... Podría hacer cualquier cosa. No habría una General mejor que ella.

—Yo también lucho por el derecho de gobernar —le dijo su prima..., su hermana.

—Cuando llegue el momento, las dos nos veremos obligadas a luchar por ese honor. Pero será una lucha justa. Justa y correcta.

—Justa y correcta —dijo Taliyah, asintiendo—. Pero, aun así, voy a ganar.

Blythe sonrió de nuevo.

—Ya veremos.

—Al igual que tu hermanastra, solo utilizarás tus nuevos poderes en secreto —le dijo su madre, con dureza, y ella se dio cuenta de que temblaba ligeramente—. Erebus y Chaos tienen enemigos que no se detendrían ante nada con tal de capturarte y usarte contra ellos si descubrieran tu identidad, ¿lo entiendes? Por lo que sabemos, los mismos dioses te querrán muerta.

Aunque no tenía miedo, Taliyah asintió. ¿Cuándo había temblado la Sanguinaria?

—Lo entiendo.

Satisfecha, su madre levantó la espada de hierro de fuego. El metal oscuro brilló a la luz de la luna.

—¿Estás preparada para morir y convertirte en fantasma, tal y como estabas destinada, hija mía?

¡No!

—Yo... no lo sé.

Aunque todavía no había vivido una década, ya

había participado en dos batallas importantes. La primera contra los enviados, asesinos con alas que bajaban del cielo. La otra, contra los cambiaformas lobo. Había visto a sus amigos entrar en el más allá de las formas más dolorosas, sin poder hacer nada para salvarlos. Si morir aquel día significaba que podría proteger a las arpías el día de mañana, estaba dispuesta.

—Sí —dijo, con más seguridad, y alzó la barbilla.

—Pues así será —respondió su madre.

Adoptó una posición de batalla. Tamera y Blythe siguieron su ejemplo.

—Que tu final sea tu comienzo.

Dicho esto, Tabitha atravesó el corazón de Taliyah con el hierro de fuego. Ella sintió un dolor abrasador. Comenzó a sangrar por la boca y se ahogó. No podía respirar. Necesitaba respirar.

—Que tu pérdida sirva como ganancia.

Sin piedad, la tía Tamera clavó en su pecho el cristal demoníaco, junto al hierro de fuego. Más dolor, más sangre. La debilidad se apoderó de sus extremidades y brotaron las lágrimas.

—Que tu regreso sirva como recordatorio eterno. La muerte ha perdido su aguijón, la tumba ha perdido su poder.

Blythe clavó la estaca de madera bajo las otras dos armas.

¡El dolor era una agonía! Insoportable, interminable. Un fuerte zumbido estalló en los oídos de Taliyah. Frío. Desvanecimiento. Se quedó sin fuerzas y cayó al suelo. Entre la sangre, miró al cielo nocturno y vio las estrellas deslumbrantes, que la llamaban...

Su corazón deformado por las cuchillas, destrozado, latía a toda velocidad, pero se desaceleró de repente y se detuvo. Taliyah exhaló su último suspiro y todos los músculos de su cuerpo se relajaron. Tal vez muriese, tal vez, no. Una parte de ella permaneció constante, pero sin tiempo. Flotó en un mar de oscuridad en el que brillaban mínimos destellos de luz que le recordaban a las estrellas. El dolor desapareció. A medida que el mar la llevaba más y más lejos, empezó a sentir pánico. Deseaba volver con su familia. Volvería.

Comenzó a luchar de nuevo, dando patadas y arañazos. Las luces se encendieron cada vez más rápidamente y zumbaron juntas. Más difícil aún. Finalmente...

Se le escapó un jadeo y se le abrieron los párpados.

Su madre estaba sobre ella y sonrió.

—Enhorabuena, hija. Eres, oficialmente, la segunda arpía fantasma de la realeza. Harás grandes cosas o morirás de nuevo en el intento.

Capítulo 2

El Reino de los Olvidados,
una dimensión semisecreta.
Mil años después.

Taliyah, con el torso desnudo, se sentó de rodillas. A su lado tenía un botiquín de primeros auxilios. Su mejor amiga acababa de perforarle el pezón, y le dijo:

—Es tu *piercing* de la suerte. Te va a salvar la vida, ¡lo juro!

Como su mejor amiga, Neeka, era una arpía oráculo que nunca se había equivocado en una predicción, ella lo creyó.

Estaban en una gran *suite* de una lujosa fortaleza. Era un dormitorio con cristales brillantes colgados del techo y una alfombra que se extendía delante de la chimenea encendida. Los muebles estaban hechos con huesos de hombres malvados y servían de recordatorio diario de que había que disfrutar de las pequeñas cosas. La familia había creado las obras de arte de la habitación, una mezcla ecléctica de los supuestos premios que le habían dado a Taliyah sus hermanas y cuadros que había pintado su única sobrina.

—Un truco profesional para marcar permanentemente a un inmortal. Asegúrate de que la víctima, es decir, el receptor, no sea un gritón —dijo Neeka.

Neeka, la No Deseada, estaba junto a la chimenea, esperando a que el hierro de marcar terminara de calentarse. La luz del fuego la envolvía e iluminaba su cabello negro y rizado, su hermosa piel morena y sus ojos, del color del *whiskey*. Aquella belleza había recibido su apodo de No Deseada de su miserable madre, hacía siglos. Neeks todavía no había aprendido a andar cuando un enemigo invadió su aldea y la apuñaló en ambos oídos. Era demasiado pequeña para que sus oídos se curaran, así que quedó sorda para el resto de su vida inmortal.

—Pero ¿para qué necesito esta cicatriz? —preguntó Taliyah—. ¿También me va a salvar la vida?

—Más o menos.

Bueno, no podía doler menos que sus estrellas.

Después de graduarse en el campo de entrenamiento de arpías, Taliyah había presentado la petición formal para competir por el título de General y, en ese momento, un místico le había grabado diez estrellas invisibles en la muñeca izquierda. Desde entonces, una de las estrellas se oscurecía cuando ella acababa una de las tareas. El dolor que provocaba la aparición de una de las estrellas no era comparable con nada. Seguramente era una forma de eliminar a los débiles de la competición.

—Por cierto, gracias por no matarme cuando me enteré de tu herencia secreta —le dijo Neeka.

Sí. Su amiga había descubierto la verdad, pero era de esperar: el padre de Neeka era un oráculo especializado en secretos y misterios. Así pues, ¿iba a matar a Neeka por eso? No.

—A veces tengo ganas de contarle a todo el mundo cuál es mi currículum. Mis habilidades son asombrosas y la gente tiene derecho a saberlo.

Como cambiaformas serpiente, podía hipnotizar y proyectar ilusiones, algo que le servía para espiar a su enemigo en cualquier momento. Además, explicaba su capacidad fantasmal para desmaterializarse y volverse tan insustancial como la niebla. Con unas gotas de su sangre tóxica podía matar a muchas especies inmortales y a la mayor parte de los seres humanos. Si se quitaba el anillo encantado que llevaba siempre, podía oír a los fantasmas gracias a una conexión mística. O, más bien, oía sus gritos. El anillo le servía para proteger la cordura.

—¿Sabes lo que necesitas? —le preguntó Neeka, con los ojos brillantes.

—¡No! No me digas que tener...

—¡Una joya para conmemorar esta ocasión tan feliz!

Ella gruñó. Al estar encerrada y aburrida, a Neeka le gustaba pasar el rato haciendo joyas. Muchos abalorios. Brillantes de imitación. Su amiga llevaba en el cuello diez collares muy llamativos, los brazos, llenos de pulseras, y varios anillos en cada dedo.

—¡No más joyas, por favor!

—De acuerdo, como quieras —dijo Neeka, con un resoplido—. Pero vas a lamentar no tener una pieza única de perlas auténticas.

—Esas supuestas perlas son los dientes que le sacaste a un guerrero fénix.

—Solo si no tienes imaginación —respondió Neeka, y se inclinó para inspeccionar el hierro de marcar antes de mirar a Taliyah para ver sus labios—. Casi estás lista. Por cierto, Hades está enfadado contigo. Bueno, todavía no, pero pronto lo estará. «No tienes derecho a usar mi nombre, bla, bla, bla». Empezó a gritar, así que yo empecé a desconectar.

¿Usar el nombre de Hades? ¿Para qué? Llevaban varias semanas sin hablar. O meses. A principios de año, ella lo había desafiado a una prueba de voluntades. Pasar dos meses en la cama con ella. Si conseguía convencerla de que renunciara a su virginidad, no lo mataría cuando se jactara de ello. Si se negaba a rendirse, él debía darle... lecciones de seducción.

Taliyah apretó la lengua contra el paladar. Neeka opinaba que, para ella, esas lecciones eran cuestión de vida o muerte, pero se trataba de algo más importante. Permanecer sin sexo siempre había sido difícil. ¡Y Hades tenía habilidades! ¿Quién podía resistirse a su voz de seda, sus manos pecaminosas y su boca escandalosa? Por no hablar de su fabuloso cuerpo.

Sin embargo, ella sí había resistido. Sonrió lentamente. Sería General o moriría en el intento. Llevaba toda la vida luchando por el título. Había muerto muchas veces por el título. Había nacido para ser una líder; el conocimiento saturaba cada fibra de su ser. Bajo su mando, las arpías prosperarían y los enemigos caerían.

«Nunca he estado tan cerca de mi objetivo. Entonces, ¿por qué me siento tan insatisfecha con mi vida?».

Se le agrió el humor. Parecía que tenía agujeros en el corazón, como si se los hubieran dejado las primeras cuchillas que le perforaron el órgano. Si se llevaba alguna satisfacción, la alegría desaparecía muy poco después. Pero, seguramente, todo cambiaría cuando llegara a ser General. La satisfacción duradera sería suya para siempre.

—Entonces, ¿qué vamos a hacer después de esto? —preguntó Neeka.

—¿Ver a Henry Cavill lograr cualquier cosa? ¿Llamar a Jason Momoa? Su número apareció mágicamente en mi cabeza después de estar unas horas buscándolo. También podríamos actualizar la mitología de nuestros amigos *online*. ¡Ah! Vamos a adaptar la historia familiar de Hades, para que su primera esposa sea también su hermana.

—Sí, claro que vamos a poner al día la historia de Hades, pero, primero, tengo que hacerme la comida. Me apetece mucho italiana.

Ella solo comía alma, que consistía en energía pura.

Al contrario que Blythe, que pasaba semanas enteras sin comer, ella se permitía el lujo de comer una vez al día.

Su comida vivía en una mazmorra, su versión de una nevera. Los antiguos violadores se habían quedado demasiado débiles como para fortalecerla; sus almas ya no se regeneraban. Aquella noche los mataría y encontraría sustitución.

—Róbame un helado de malvavisco cuando salgas —le pidió Neeka—. Doble. Que no se te derrita, y que se enteren de que las cerezas que pongan serán el número de dedos que tendrán cuando te marches.

Pausa.

—¡Ya está!

Alzó el hierro de marcar del fuego de la chimenea y sonrió.

—Hora de que te lleves una quemadura.

Mientras Neeka se acercaba, ella tomó una gruesa cuerda y la mordió con fuerza. Inhaló y exhaló. De acuerdo. Estaba lista.

—Lo vas a hacer muy bien —le aseguró su amiga—. A la de tres. Uno...

Presionó el hierro candente contra la nuca de Taliyah. Ella contuvo un grito en la garganta. El calor la devoró y el sudor le empapó la frente y las sienes. El olor a carne quemada se extendió por el aire y ella tuvo náuseas.

—Um... —murmuró la otra arpía, chasqueando los labios—. Si te hubiéramos marinado en mantequilla, ahora te estaría digiriendo.

A Taliyah se le escapó un resoplido. Escupió la cuerda.

—El canibalismo... siempre tiene su gracia —dijo, a duras penas.

Las arpías bebían sangre, pero solo como medicina, cuando era necesario.

Se concentró en la respiración. Inhalar, exhalar. Inhalar, exhalar. Bien.

Neeka puso el hierro de marcar en su gancho y, después, le limpió y le vendó la herida a Taliyah.

—No te lo tomes a mal, pero creo que necesitas trabajar más para ganarte las estrellas que te quedan. Yo soy reina y quiero ser amiga de otras reinas, no de soldados ni de campesinos.

Otro resoplido. Había terminado ocho de las diez tareas y eso le había exigido un tiempo adicional, porque había duplicado o triplicado cada uno de los requisitos solo por dejar las cosas claras. Sin embargo, el noveno... era el sacrificio. La tarea que debía llevar a cabo antes de ganarse el derecho de desafiar a la General. Hasta aquel momento, le había resultado imposible. Había regalado cosas y había matado a gente importante. Había ofrecido libremente su tiempo, su fuerza y sus recursos a otras causas. El motivo del sacrificio debía ser puro para que tuviera valor. En aquel momento, ella no tenía ni idea de cuál podía ser su siguiente movimiento.

«Nunca aceptes la imagen de la derrota», se dijo, repitiéndose su mantra. Lucharía hasta que tuviera éxito o muriera de verdad.

—Creo que tu esposo, el rey, se divorció de ti cuando lo mataste por tercera vez —dijo, mientras su amiga le arrojaba una camiseta.

Hacía tiempo, la hermana de Taliyah, Kaia, estuvo comprometida con un rey fénix. Sin embargo, Kaia ya se había enamorado de un tipo que estaba poseído por un demonio y se había negado a casarse con otro hombre. Para evitar una guerra, Neeka había aceptado casarse con el rey en su lugar. Le debía un gran favor a Taliyah, enorme. Unas semanas antes, Taliyah había matado a su avatar favorito en su videojuego favorito para salvar al avatar favorito de Neeka. La pérdida había sido muy dolorosa.

La boda debería haber sido una típica noche de viernes. Asesinar a un rey antes de empezar la luna de miel, saquear sus tesoros, liberar a los inmortales a los que tenía esclavizados y mirar su palacio por el espejo retrovisor.

Y eso era lo que habían hecho. Sabían que el rey iba a resucitar y esperaban con ansias la guerra que se avecinaba. ¿Y qué era lo que no se esperaban? La capacidad del rey para encontrar a Neeka en cualquier lugar. Como Neeka necesitaba una guarida secreta, Taliyah había negociado con algunos amigos para comprar tiempo en un lugar llamado el Reino de la Sangre y las Sombras. Allí había extraído de las montañas oro de sangre, un material muy raro y valioso, y lo había utilizado para comprar tiempo en el mundo en el que estaban, el Reino de los Olvidados. ¿Cuál era la ventaja de aquel lugar? Tal y como sugería el nombre, todos los demás se olvidaban de una en cuanto entraba en aquel reino. A no ser, por supuesto, que llevara un tatuaje especial para ser recordada.

—En cuanto me haga con el control del ejército de las arpías —dijo—, destruiremos al fénix. Te doy mi palabra.

De repente, a Neeka se le contrajeron los músculos de los hombros.

—La colisión... ya se ha producido.

¿Qué colisión?

—¿De qué estás hablando?

La mirada de su amiga se desvió hacia un territorio que los demás no podían ver.

—El juego ha comenzado.

—¿Qué juego? —preguntó Taliyah. En aquel momento, se dio cuenta de que Neeka estaba en medio de una visión.

—Él ha sacado sus cartas. Ahora va a jugar. Preparaos. El siguiente movimiento es suyo.

La puerta del dormitorio se abrió de par en par con un chirrido de bisagras. Tabitha Skyhawk, madre de cuatro hijos, matrona del deshonor, asesina despiadada y soltera perpetua, entró tambaleándose en la habitación. Parecía que acababa de salir de una licuadora. Estaba maltratada, magullada y ensangrentada. Se apretó un brazo contra el pecho; le faltaba la mano. El miedo la envolvía como una segunda piel.

A Taliyah se le heló la sangre en las venas. Se puso en pie de un salto y, a pesar del dolor y la sensación de mareo, permaneció erguida.

—¿Qué ha ocurrido? —preguntó.

—Harpina —dijo Tabitha, con la voz enronquecida. Se tambaleó hacia delante dejando un rastro de sangre a su paso. Cayó a los pies de la cama—. Una niebla la cubrió por completo y, después, apareció una enorme pared. Había nueve monstruos frente a ella. Sonó la alarma de batalla y, rápidamente, nos enfrentamos a ellos. Los monstruos no tenían armas, pero en pocos segundos cortaron manos y pies a las arpías. Los cuerpos comenzaron a desaparecer sin más. Las que sobrevivimos hicimos lo impensable: rendirnos. Yo salí a buscar ayuda.

¿Las arpías se habían rendido? A Taliyah se le revolvió el estómago. Aquello era un horror insoportable. Sacó el botiquín de primeros auxilios y se puso a curar las heridas más graves de su madre.

—¿Quiénes han muerto? —le preguntó.

Sus hermanas vivían en el mundo mortal. La tía Tamera había muerto hacía un siglo en una batalla, porque sus heridas eran demasiado profundas como para regenerarse. Taliyah llevaba una cicatriz con su nombre.

—¿Qué monstruos?

—No lo sé —dijo Tabitha.

—Nissa está muerta —dijo Neeka, absorta en su visión—. La mató el líder —añadió, y dio un jadeo—. Blythe.

—¿Blythe estaba allí?

Taliyah sintió pánico. Blythe había encontrado a su consorte hacía ocho años, al varón que el destino había elegido para ella. Ella le había entregado su virginidad, renunciando de ese modo a su objetivo de ser General. Hacía siete años, había tenido una preciosa hija llamada Isla. Alguien a quien ella adoraba.

—¿Estaba con ella Isla?

Tabitha asintió.

—Sí. Y sí.

Taliyah se arrodilló frente a su madre.

—Dime todo lo que necesito saber.

—Ojalá pudiera —dijo su madre—. Lo único que sé es que Blythe e Isla salieron corriendo. Isla cayó y Blythe retrocedió. Me abrí paso, pero no conseguí encontrarlas de nuevo. No sé de quién eran los pedazos que estaban en el suelo.

A Taliyah se le formó un doloroso nudo en la garganta.

—Sean cuales sean sus heridas, se van a recuperar.

Su hermana había pasado por tantas muertes como ella y nunca había tenido problemas para resucitar. ¿Por qué iban a cambiar las cosas ahora?

Isla tenía sus propias habilidades de fantasma, a pesar de no morir nunca.

—Nunca había visto nada como esos monstruos. Eran demasiado fríos y crueles. Destrozaban a cualquiera que se acercara a ellos. Había tanta sangre...

Tabitha la Sanguinaria miró a su hija con una expresión grave.

—Salva a nuestra gente, hija. Sálvalos a todos.

Ver a su poderosa madre tan conmocionada, hablando como si se hubiera acabado el mundo, la afectó profundamente.

—Voy a ir a Harpina para evaluar la situación —dijo.

Se olvidó de su propia herida, fue al armario y sacó dagas, una ballesta y un par de espadas cortas. Al atarse aquellas espadas a la espalda, sintió un dolor insoportable, pero no le importó.

—No sé quiénes son esos monstruos, pero van a morir suplicando piedad.

—Toma mi llave —le dijo su madre.

Con movimientos cada vez más torpes, su madre se quitó una cadena con un pequeño colgante en forma de daga.

Las llaves del reino, fuera cual fuera su encarnación, permitían a quien las poseía teletransportarse a cualquier ubicación con un solo pensamiento. Ella podría aterrizar en el lugar de su elección. La llave del Reino de los Olvidados le facilitaría el regreso. Se la había tatuado en la parte baja de la espalda. Era un reloj de arena que desaparecería cuando terminara el tiempo que había comprado.

Se colgó la cadena del cuello y revisó su anillo encantado. Los tornillos que sujetaban el metal al hueso se mantenían firmes. Excelente. A medida que crecía, los gritos fantasmales se habían vuelto más y más estruendosos y, en algunas ocasiones, habían estado a punto de empujarla hacia la locura.

Se giró hacia Neeka.

—¿Alguna pista útil para mí?

Su amiga inclinó la cabeza, como si profundizara en su visión.

—Deberías decir que sí.

¿Decir que sí? ¿A qué?

—¿Algo más?

No hubo respuesta. La pitonisa estaba perdida en sus visiones.

Bien.

Taliyah asintió para despedirse de su madre y obligó a su cuerpo a convertirse en niebla. Sintió un frío gélido y, después, la ingravidez. Respiró profundamente y agarró la llave de Harpina. Con un pensamiento, se trasladó al otro reino. El dormitorio se desvaneció y, en su lugar, apareció el palacio. Las paredes estaban adornadas con murales dorados en los que aparecía retratada la General Nissa en plena batalla. De la bóveda colgaban varias arañas y el piso estaba pavimentado con ladrillos dorados.

Por lo general, aquella parte del palacio siempre estaba llena de arpías parlanchinas. ¿Aquel día? No había arpías ni parloteo. Reinaba un silencio sepulcral.

Taliyah se enfureció. Alguien iba a pagarlo.

Ante ella se alzaban las puertas gigantescas de la sala del trono. A cada lado de las puertas había un centinela armado con una espada. Había más hombres, algunos por los pasillos y otros vigilando diferentes entradas. Vampiros, cambiaformas lobo y *banshees*, todos ellos enemigos natos, estaban trabajando codo con codo. Sin embargo, no vio ningún monstruo.

Agarró la empuñadura de una daga, preparándose para atacar. En forma de niebla, nadie podía verla, oírla ni sentirla. Sería fácil aparecer, atacar y desaparecer, pero, antes, iba a espiar.

—¿Quién es el más sediento de sangre de entre todos vosotros? —preguntó alguien con una voz áspera, desde la sala del trono, con una intensidad brutal.

¿Era un monstruo? Se dispuso a averiguarlo. Sin perder un segundo más, atravesó las puertas cerradas...

Capítulo 3

Taliyah se detuvo en seco. Se vio rodeada por cientos de soldados. Más vampiros, lobos y *banshees* reunidos con otros enemigos natos, elfos, brujos, tritones, duendes, minotauros, centauros, *trolles*, hadas y cambiaformas de todo tipo. Gorgonas e incluso otras criaturas a las que no podía identificar.

Todos estaban concentrados en... Aún no podía verlo. La multitud se lo impedía.

Avanzó, pasando entre los cuerpos, hasta que... se le escapó un jadeo.

Había diez arpías arrodilladas delante del estrado. Tenían las manos encadenadas a la espalda y los eslabones de metal estaban conectados a los tobillos. De esa manera, no podían protegerse y, mucho menos, ponerse en pie. Movían frenéticamente las alas intentando liberarse.

Su rabia se multiplicó. ¿Dónde estaban las otras arpías?

Detrás de las cautivas había cuatro hombres. Sin duda, eran los monstruos, seres gigantescos, increíblemente altos y musculosos. Tenían el torso cubierto de tatuajes que se movían. ¿Por qué? ¿Qué significaban?

Necesitaba un plan.

¿Qué haría una General? ¿Ayudaría a los prisioneros o atacaría a los otros?

En aquel momento, los invasores estaban distraídos y no sabían que había un poderoso fantasma entre ellos. No había mejor ocasión para una búsqueda y un rescate. Además, otras arpías podrían ayudarla a salvar a aquellos prisioneros.

Pero ¿qué pretendían hacer los monstruos con ellas? Los seres le recordaban a los *berserkers*, mutantes que se alimentaban de los huesos de sus enemigos. Aquellas criaturas mitológicas tenían la mandíbula inferior sobre los hombros y la superior, sobre el cráneo, con dientes de sable que formaban una jaula alrededor de la cara. Taliyah apretó los puños al ver que tenían las garras manchadas de sangre.

—Vamos, señoras —dijo el hombre que había hablado antes—. Seguramente, habrá alguien que querrá reclamar el título de Arpía Más Sanguinaria.

Aquella voz grave de tono petulante atrajo su mirada hacia el trono, donde había reclinado un quinto hombre. ¿Cómo había osado ocupar el lugar de la General? Su actitud era agresiva y arrogante y era más grande que los demás, aunque también estaba totalmente cubierto de tatuajes que se movían por su piel.

«Voy a matarlo».

Sería el primero que iba a caer por su mano.

Él tamborileó con las garras negras en el brazo del trono.

—La más sanguinaria será liberada. El resto pasará el próximo mes prisionera en las mazmorras. ¿Alguien se apunta ahora?

Las chicas comenzaron a responder en un tono edulcorado.

—Soy como el algodón de azúcar. Prácticamente me deshago en tu boca.

—No le hagas caso. ¡Un día me golpeó con un coche en la cara! Yo soy la más dulce.

—¿Dulce? ¡Acabas de reconocer que te gusta el sabor de tu propia cara! ¡Sanguinaria!

Mientras ellas hacían todo lo posible por ser liberadas, el líder siguió tamborileando con los dedos.

Taliyah quería observarlo mejor, así que se acercó flotando. En cuanto llegó al borde del estrado, el líder se movió.

—¿Se me ha olvidado mencionar que la arpía más sedienta de sangre ganará el derecho a desafiarme?

—¡Yo, yo, yo! ¿No has oído hablar de mi cara aplastada?

—Jacoline es ágil y rápida, y te empalará con un candelabro. Yo soy Jacoline.

—Te abriré en canal y te sacaré los órganos con los dientes.

Aquella última amenaza llegó de Mara, una mujer que ya había obtenido su novena estrella. Era rubia como ella e igualmente pálida.

El líder se puso en pie y se hizo el silencio en el salón del trono.

—Creo que he encontrado a quien estaba buscando.

No, todavía no. Ella cambió la daga por una ballesta pequeña y se materializó. No podía perder el tiempo. Se abrió paso entre empujones, oliendo la sangre y el sudor de los hombres.

—Me he enterado de que están haciendo un *casting* para la Arpía Más Sanguinaria y he venido a hacer mi audición.

—Tú —dijo el líder, en un tono de reverencia.

Su rostro permanecía oculto por las sombras que proyectaba el casco, pero ella sentía el ardor de su mirada sobre la piel fría.

¿Se conocían? Quizá la siguiera en redes sociales.

No se lo reprochaba, porque sus publicaciones relataban los pasos para convertirse en General.

Los guardias desenvainaron las espadas para detenerla por cualquier medio necesario.

—No la toquéis —dijo el líder, con calma, y todos volvieron a envainar la espada.

Qué autoridad ejercía con una sola frase... Taliyah sintió envidia.

—Permite que me presente —dijo—. Soy Taliyah, el Terror de Todas las Tierras, la del Corazón Helado, la Enemiga de Enemigos. Entre mis ocupaciones favoritas están escuchar los gritos de mis enemigos, recolectar los huesos que corto y vengar las muertes de mi pueblo.

Tuvo que hacer un gran esfuerzo para pasar al lado de las arpías prisioneras sin ayudarlas, pero lo consiguió. Solo se detuvo al llegar al estrado.

«Te toca a ti, monstruo».

Él se movió y se levantó el casco. Ella sintió impaciencia por saber qué iba a encontrarse. ¿Un tipo común y corriente? ¿Una bestia horrible? ¿Quizá un apuesto príncipe de cuento de hadas?

Un denso trazado de venas llamó su atención y dirigió su mirada al tatuaje de una hermosa guerrera amazona en su...

De repente, Taliyah sintió un intenso mareo y se tambaleó. Se le oscureció la vista. La sala del trono desapareció.

¿Qué ocurría?

Aunque se resistió, apareció una escena en su mente... ¿Un recuerdo?

Estaba en un jardín, siguiendo a escondidas a una amazona que llevaba un vestido de color marfil salpicado de sangre. Era la chica del tatuaje. Ella tropezaba y trataba de huir hacia la derecha y la izquierda, pero aquellos monstruos con sus horribles cascos y tocados se interponían en su camino y la obligaban a continuar recto, hacia una enorme estructura de ónice con escalones, una plataforma elevada y un altar.

Tras ella había multitud de gente y, en el centro, un hombre de unos treinta años que irradiaba supremacía. A su lado, dos mujeres pequeñas con vestidos transparentes. A su derecha...

A Taliyah se le escapó un jadeo. Erebus. Su padre se parecía a los retratos que había visto de él. Era rubio, de cabello rizado y ojos negros. Tras él se extendía un ejército de mujeres fantasma silenciosas e inmóviles, vestidas con trajes negros que no les sentaban bien.

La amazona miró con pánico por encima de su hombro y dio un sollozo. Al llegar al altar, el líder la agarró por la nuca con una de sus manos grandes y tatuadas, con las garras listas. Ella luchó con una gran habilidad, pero perdió enseguida.

—¡Para! ¡No hagas esto! —le suplicó, en un idioma antiguo.

Él, sin dudarlo, sin demostrar el más mínimo sentimiento de culpabilidad, la obligó a tenderse en el altar.

—La primera vez es sorprendente, lo sé —dijo él, a través de la visión.

Mientras Taliyah luchaba por escapar de ella, su visión siguió oscurecida. Los demás sentidos cobraron vida, al menos. Sintió un calor increíble y un olor divino le llenó la nariz. Era un olor a ron especiado y azúcar derretida. Pero... ¿por qué no podía ver?

—Estás reviviendo mi recuerdo —dijo el hombre.

Él. El líder. Él era el responsable de aquello.

—Te despegaré de mi cerebro como sea necesario.

—Relájate y todo terminará.

¿Relajarse rodeada de enemigos? No, eso no iba a

suceder. Luchó con todas sus fuerzas hasta que, por fin, llegó a la luz y el recuerdo murió. La sala del trono apareció primero y, después, el líder. Había acortado distancias y, en aquel momento, se erguía ante ella.

Taliyah se quedó boquiabierta. No era un tipo cualquiera ni una bestia horrible. Era todo perfección y atractivo sexual. Un príncipe azul con antecedentes penales.

No tenía tatuajes en el rostro y su piel era bronceada e impecable, con una nariz orgullosa y noble y los labios rojos y carnosos. Era la boca más suave que hubiera visto nunca. Llevaba el pelo cortado al estilo militar, pero también tenía una barba que necesitaba un recorte. Tenía las pestañas negras y puntiagudas y los ojos, de color dorado con estrías grises.

Conclusión número uno: el delicioso olor y el calor provenían de él.

Conclusión número dos: él la estaba observando con tanta atención como ella.

Aunque se le había cortado la respiración, fingió que le resultaba indiferente y ladeó la cabeza.

—Esto es trampa. Se supone que debes contar hacia atrás si vas a empezar una competición de miradas fulminantes.

—La cuenta es cosa tuya, arpía. Cuando fijo mi atención en alguien, debe saber que tiene cinco segundos para convencerme de que no lo mate.

Buena idea. La usaría. Sonrió con toda su intención y dijo:

—Vaya, sí que eres adorable.

—Soy Alaroc Faetón.

Faetón. Vaya, vaya. Un nombre familiar. ¿Dónde lo había oído?

—Puedes llamarme Roc.

¿Ah, sí?

—Gracias, pero no, Alaroc. ¿Dónde están las demás arpías?

—Vivas. Por el momento, es lo que necesitas saber.

—¿Vivas? Veo que sus manos y sus pies están por los jardines de palacio.

—Maté a tu General. No a otras arpías, solo a los consortes.

Aunque su madre le había dado la noticia de la muerte de Nissa, Taliyah sintió horror y tristeza. Ella no era la mayor admiradora de la General, pero su respeto por aquel puesto no disminuía nunca. Nissa se había ganado su sitio.

Por primera vez en la historia, las arpías no tenían líder.

—Las que nos atacaron perdieron las extremidades y fueron arrojadas a otro reino, en el que permanecerán y se curarán.

No podía ser cierto. ¿O sí? Nadie tenía el poder de arrojar a otros a otro reino, ¿verdad?

Territorio inexplorado...

—Demuéstrame que mis arpías siguen con vida —le exigió—. Llévame con ellas. Deja que las vea con mis propios ojos.

—Lo haré cuando te ganes ese derecho —respondió él. Miró su cuerpo de arriba abajo y se le dilataron las pupilas—. Eres la arpía más sedienta de sangre, ¿no?

—Sí.

Era la verdad.

Faetón... Aquel nombre seguía sonándole...

—Y qué es lo que te da derecho a llevar ese título, ¿eh? —le preguntó, inclinándose hacia él como si fuera a compartir un secreto, mientras acercaba la daga a su ingle—. ¿Tal vez el hecho de que yo vaya a usar tus testículos de monedero?

Entonces le clavó profundamente la daga en... ¿el muslo?

Él había adivinado su intención y cambió de postura, y la hoja de la daga se le clavó en el muslo. No se inmutó ni gritó.

Ella dio un resoplido de irritación. Los siglos pasados en el campo de batalla habían afinado su instinto y, en aquel momento, su instinto gritaba: «Para ganar, debes usar los trucos que has mantenido en secreto».

—¿Qué decías? —le preguntó él, con indiferencia.

—Algunas veces, una chica tiene derecho a golpear y fallar en alguna ocasión, ¿no? —respondió ella, encogiéndose de hombros.

—La próxima vez te daré una paliza, te lo prometo.

Él la examinó con un ligero brillo de entusiasmo en la mirada.

—¿Eres virgen, Taliyah?

¡Vaya! ¿Qué tenía que ver eso con la situación?

Ella preguntó, con una sonrisa forzada:

—¿Cuenta juguetear solo con el extremo?

Él se quedó inmóvil, sin dejar entrever sus intenciones. Pestañeó. La agarró de los hombros y la giró. De repente, ella se vio frente a su público, con el brazo musculoso de su captor colgando por debajo de sus pechos, sujetándola para que no se moviera de su sitio.

¡Su calor corporal! Emitía intensas oleadas de calor. Le estaba quemando la piel... y ella pensó que podría gustarle. ¡Humillante!

Ella miró a la gente, pero nadie la estaba mirando a ella. Los guerreros habían obligado a las arpías a tenderse en el suelo boca abajo.

El poderoso líder puso la boca justo encima de su oreja.

—Vamos a asegurarnos, ¿de acuerdo?

Aquella voz... era el equivalente sonoro a un prostíbulo. Capaz de darle placer a cada centímetro del cuerpo, siempre y cuando uno pagara por ello.

¿Qué iba a hacer? En vez de enfurecerse, su *modus operandi* de costumbre, se obligó a sí misma a apoyarse en él. ¿Qué tendría planeado aquel monstruo, y por qué?

—Nena, esta boca y estas manos han hecho cosas.

—¿Ah, sí?

A ella se le cortó la respiración al notar que él deslizaba la mano libre por debajo de su camisa. Notó el calor abrasador de la palma de su mano en la piel mientras él seguía deslizándola hacia abajo. Ella se quedó paralizada... No era posible que lo hiciera...

Lo hizo. Metió la mano por debajo de la cintura de sus bragas y, a través de la diminuta mata de rizos, introdujo dos dedos dentro de su cuerpo. A ella estuvo a punto de escapársele un gemido. ¡El calor!

Sentirse llena... Necesitaba detenerlo antes de...

Él soltó una maldición, sacó los dedos y se apartó.

Ella se sintió mortificada. Aquel tipo había conseguido que olvidara que tenían público. Y ella se había excitado. Se había humedecido por él.

¿Cómo se atrevía? Se giró y le dio un puñetazo brutal en la mandíbula. Él no se movió ni un centímetro, pero a ella, sin embargo, se le rompieron los huesos de los nudillos. El dolor se disparó por su brazo.

¡No era justo!

Él no estaba reaccionando como ella esperaba. Un momento... Incluso a través de la neblina, se fijó en cómo él cerraba un puño y abría la otra mano. La que tenía los dedos mojados.

Una parte de él había disfrutado tocándola. Taliyah sonrió complacida. Un resultado mucho mejor... para ella.

Él asintió como si acabara de tomar una decisión importante.

—Sí, creo que eres la mujer que busco.

Entonces, en aquel preciso instante, ella lo recordó,

y se le cayó el alma a los pies. Faetón no era un nombre, sino un rango. Aquel hombre era el comandante de los Planeta Astra. El ejército más brutal que hubiera existido nunca.

Había descubierto quiénes eran mientras investigaba a sus padres. El ejército estaba formado por veinte señores de la guerra, algunos, muertos, otros, vivos. Cada uno de ellos tenía más de cien títulos diferentes. En el pasado, fueron guardias personales de Chaos, su abuelo secreto. No se sabía el porqué, pero ellos habían matado a los hijos de Chaos.

Se decía que Chaos apoyaba tanto a su hijo Erebus, que había regresado, como a sus antiguos guardias, negándose a elegir bando mientras los dos seguían luchando después de milenios.

¿Volvería Erebus a Harpina? ¿Sabía de su existencia? Ella siempre se lo había preguntado. ¿Podría conocerlo por fin, después de tanto tiempo? ¿Quería conocerlo?

Según la leyenda, los Planeta Astra eran capaces de conquistar mundos en menos de veinticuatro horas. Algunas veces, entraban a un estado conocido como *anhilla* y mataban sin piedad, sin pensarlo. Era parecido a lo que experimentaban los *berserkers*, pero diez millones de veces peor. Lo cual tenía sentido, porque eran los Planeta Astra quienes habían creado a los *berserkers*.

Los Planeta Astra vivían por la guerra y eran la encarnación de la conquista. Sus víctimas preferidas eran los fantasmas.

Se echó a temblar. ¿Acaso habían ido a Harpina a buscarlas a Blythe y a ella?

No. No era posible que supieran de la existencia de las hijas fantasma de su enemigo más odiado. Si tuvieran la más mínima sospecha, ya la habrían matado.

Alaroc irradiaba petulancia y satisfacción, y eso irritó a Taliyah.

—Veo que te has dado cuenta de lo que soy —dijo él.

—Sí —respondió ella. No tenía ningún motivo para negarlo—. Sois los Planeta Astra, un guerrero primigenio alimentado por planetas. Viajáis de reino en reino erradicando a todos aquellos que se niegan a serviros. Las pruebas de vuestros asesinatos os manchan la piel para que los demás puedan ver la horrible naturaleza de los crímenes. Algunos dicen que no tenéis debilidades. La mayoría afirma que sois invencibles.

A pesar de sus preocupaciones, sonrió con frialdad y prosiguió:

—Haré que te salgan por la boca cada una de las vértebras, individualmente. Serás mi propio dispensador de caramelos Pez. Después, utilizaré tu piel para hacerme un traje. Lo llamaré la Cáscara de la Derrota.

Su abuelo podía meterse a sus guerreros favoritos por donde le cupieran.

Al Astra se le dilataron las fosas nasales, pero... no con hostilidad. La miró de manera ardiente, presionó su cuerpo contra el de ella y les dijo a sus hombres:

—Traed al testigo. La boda es hoy.

Capítulo 4

«No te lamas los dedos».

«¡Sí! Lame».

«¡Tonto! No te atrevas».

El comandante Roc Faetón observó a la belleza etérea que tenía delante, con desesperación por olvidar la miel femenina que cubría dos de sus dedos. Debería limpiársela y acabar con la tentación, pero no iba a hacerlo.

Taliyah Skyhawk le había enredado el pensamiento.

Nunca había visto unos rasgos tan delicados ni unos ojos tan insondables, de un color azul que le recordaba al de un océano helado. Tenía las pestañas muy espesas y pintadas con kohl.

Su pelo era blanco, plateado, y lo llevaba trenzado de un modo que la transformaba en una reina. Tenía la piel pálida y sedosa y su cuerpo era exquisito.

Llevaba un corpiño con una coraza incorporada y una falda corta, de modo que quedaban a la vista todas las armas que llevaba amarradas a las piernas largas y delgadas. Los únicos adornos que llevaba eran un anillo en el dedo índice de la mano izquierda y una cadena con un colgante en forma de daga en el cuello.

Su peor y mejor atributo era su fragancia. Olía a bayas heladas. A... hogar. Cada inhalación le encogía el pecho.

«Tiene que ser mi esposa». Debía elegir a quien más lo atrajera y, por lo tanto, tenía que ser ella. Cuando uno buscaba la grandeza, debía exigirse el máximo posible. No elegía el camino fácil, y Taliyah, claramente, era muy difícil. Lo había sabido desde el primer momento en que la había visto.

Había llegado a Harpina hacía doce meses y había recorrido el territorio sin que lo descubrieran, tomando notas y preparando el plan de batalla perfecto. Al ver a aquella mujer tan bella en un mercado, frente a él, se había quedado embelesado y todo le había recordado a su hogar. Él había pasado la primera parte de su infancia en una tundra helada y, al ver su palidez, su pelo blanco y sus alas iridiscentes, había pensado: «Ella es el país de las maravillas invernales».

Nunca le había gustado el frío, pero siempre había adorado las habitaciones caldeadas del palacio de sus padres. Sus hermanas mayores le leían cuentos antes de dormir frente a chimeneas en las que ardía alegremente el fuego.

Con un nudo en la garganta, se apartó de la cabeza cualquier pensamiento que no fuera del presente. Lo único que importaba era asegurarse de que Taliyah Skyhawk se convertía en su esposa.

—¿Boda? —preguntó ella, atragantándose.

Él ignoró la pregunta.

—Tienes una parte de cambiaformas serpiente, ¿verdad?

Cada vez que había ido a Harpina, la había buscado. Aunque no había vuelto a verla, había oído chismorreos sobre ella. Era muy respetada y muy protectora con respecto a su familia y amigos. Extremadamente sedienta de sangre.

—¿Boda? —repitió.

Con la excepción de los fantasmas, los cambiaformas serpiente eran la especie que más detestaba. Todos ellos eran unos mentirosos natos de naturaleza seductora y, generalmente, cobardes cuando se les presionaba. Los halagos se derramaban de sus lenguas sin cesar. Tentaban y atraían, y su momento más feliz era cuando inspiraban miseria. Sin embargo, él estaba dispuesto a tolerar a aquella cambiaformas serpiente de forma temporal. Con dificultades, incluso.

—Boda —reiteró.

Ella sería su novia más hermosa hasta el momento. Era una lástima que tuviera que sacrificarla en un periodo de treinta días.

—La nuestra, por si no había quedado claro.

—¿Casarme contigo, yo? Preferiría... Oh... no. No, no, no —murmuró ella, y palideció—. ¿Di que sí? ¿De verdad, Neeks?

¿Neeks?

—Vas a acceder, Taliyah. Por muchas razones.

Ella mostró los colmillos y le espetó:

—No me voy a casar contigo, nunca. Ni siquiera por el honor de convertirme en tu viuda.

—Cuando digas que sí, cosa que harás, te concederé treinta días para matarme, un honor que no he concedido nunca. Si lo consigues, te convertirás en el comandante de mis hombres. Cuando fracases, cosa que harás, sacrificaré tu cuerpo virgen a mi dios.

—¿Sacrificarme? Eres asesino por naturaleza. ¿Por qué calificas de sacrificio el hecho de acabar con tu mujer?

Taliyah no tenía ni idea. Lo que más deseaba él era tener una familia y proteger a sus seres queridos. Darles todo lo que necesitaran.

Sin embargo, prosiguió como si ella no hubiera preguntado nada.

—No se te ocurra seducirme a mí ni a ningún otro hombre para descalificarte. Te voy a matar de todos modos, y a tu pueblo, contigo.

No quería que hubiera malentendidos. Él no era un buen hombre.

Taliyah se puso una mano sobre el corazón y lo abanicó con las pestañas.

—¿Amenazas de exterminio contra mi gente? ¡Por fin el romanticismo que me faltaba en la vida! ¿Debería decir que sí en este mismo momento o esperar a que me describas cómo vas a matar a todo el mundo? Ya sabes, para seducirme y llenarme de deseo.

—En algún momento me rogarás que tome tu virginidad. Solo es cuestión de tiempo.

—¡Yo no te voy a rogar nada! —le escupió ella.

—Pero tus intentos por seducirme solo servirán para que pierdas el tiempo y mi respeto.

Sus esposas habían hecho cualquier cosa por anular los requisitos necesarios para el sacrificio. Sin embargo, no sabían la verdad.

Él no necesitaba que su esposa fuera virgen. Lo prefería así.

Si sacrificaba a su esposa, sus hombres y él recibían la bendición mística de ganar todas las batallas durante los cinco siglos siguientes. Si sacrificaba a su esposa virgen, recibían la misma bendición mística y un arma muy poderosa. Por supuesto, no podía reclamar ningún precio hasta que los demás Astra hubieran terminado sus propias tareas, que iban desde encontrar ciudades perdidas hasta fabricar armas letales. Ni sus hombres ni él necesitaban la bendición. Si luchaban, ganaban, punto. A menos que estuvieran malditos.

Irguió los hombros. Si un solo Astra fracasaba en su tarea, sobre todo el grupo caía automáticamente, la maldición de perder todas las batallas que libraran.

—Claro, claro —dijo Taliyah, asintiendo, con sarcasmo—. Porque acostarme con el hombre que ha herido y aprisionado a mi gente es una de mis prioridades.

—Te recordaré lo que acabas de decir la primera vez que te metas en mi cama.

—Querido, si me encuentras en tu cama estarás demasiado ocupado muriendo como para recordarme lo que sea.

—Me resistiré a ti —dijo él— porque tengo un objetivo más importante.

Hacía mucho tiempo, el dios Chaos había creado su ejército personal con semidioses que tenían la posibilidad de convertirse también en dioses. Para ello, había comprado a veinte niños de sus aliados, los griegos. Niños a los que había criado con mano dura y a quienes había enseñado las costumbres de sus antepasados. «El poder hace el derecho».

Roc y su hermano biológico eran dos de aquellos veinte jóvenes y, al principio, despreciaban a Chaos. Parecía que aquel dios disfrutaba haciendo daño a sus protegidos...

«Para regenerarte, primero debes romperte. Para deshacerte de la debilidad, debes vencer el dolor que temes. Te voy a romper de formas que no te imaginas y te voy a lastimar como nunca olvidarás. Maldecirás mi nombre durante siglos, pero, cuando mires atrás, me lo agradecerás todo. Serás más fuerte de lo que nunca pudieras soñar».

Chaos cumplió su palabra. Bajo su tutela, él se había fortalecido de mil maneras diferentes. Ahora protegía por todos los medios a la gente que tenía bajo su responsabilidad. Nadie tocaba lo que era suyo.

Al poco tiempo iba a ascender por segunda vez y a convertirse en dioses más poderosos e importantes que los padres que lo habían vendido. Más grande que el enemigo al que odiaba con todas sus fuerzas. Nada iba a apartarlo de su objetivo. Nada.

—Eh, Alaroc —dijo Taliyah, moviendo las pestañas y mordisqueándose el labio—. ¿Estás seguro de que, si intento seducirte, perderé el tiempo? ¿Estás seguro de que ese propósito tuyo tan elevado es más importante que tu deseo?

Él se echó a reír.

—Sí, arpía.

No tenía ninguna duda. Al principio, Celestian Eosphorus, Ian, era el comandante. Su hermano. Pero Ian no había sido capaz de sacrificar a su primera mujer y la maldición había recaído sobre los Astra. Durante la primera hora de batalla habían perdido dos hombres y habían tenido que retirarse. Al recordarlo, se sintió humillado.

Habían pasado cinco siglos en hibernación. Al despertar, se habían enterado de la degradación de Ian. Otro de los guerreros había recibido el casco de comandante, una bestia despiadada llamada Solar.

Solar tenía la responsabilidad de casarse con una mujer virgen y, una vez tras otra, lo había hecho sin quejarse. Sin embargo, había conocido a una sirena y había cometido el error de acostarse con ella. Desde entonces, todo había cambiado.

—Es mi *gravita* —dijo.

La mujer que sacaba su mundo de su órbita. Que aceleraba y retrasaba el tiempo para él, cuya atracción era demasiado fuerte como para ignorarla.

—Produzco polvo de estrellas para ella.

El polvo de estrellas era un polvo brillante que brotaba de las palmas de las manos de un Astra y que era tóxico para todo el mundo salvo para su creador y su gravita. Al final, Solar le había perdonado la vida a su mujer, exactamente igual que Ian.

De cualquier modo, los dos habían perdido a sus

esposas el mismo día del sacrificio. Solar había muerto pocos minutos después que su mujer y el resto de los Planeta Astra habían tenido que luchar sin él.

Roc tuvo un sentimiento de amargura. ¿Qué líder tenía derecho a elegir a su esposa antes que a sus hombres?

—Sí, pero ¿estás seguro? —le preguntó Taliyah, y señaló su bragueta—. Porque uno de los dos tiene una erección, y no soy yo.

Él rechinó las muelas.

—No importa. Como las anteriores a ti, tú no tienes nada que yo necesite.

—¿Ah, no? —preguntó ella, con una mirada calculadora que contrastaba con la inocencia de su belleza. Dio un paso hacia él y posó la fría palma de la mano sobre su corazón—. ¿Y si fuera amable contigo? ¿Eso ayudaría a mi causa?

Él contuvo un siseo porque se sintió incómodo al notar aquel frío. La arpía era muy atrevida. Pocas novias se habían atrevido a tocarlo sin pedirle permiso.

Frunció el ceño y le apartó la mano.

—Ya está bien, arpía.

Ella sonrió lentamente, con malicia.

—Podría conseguirte si quisiera, guerrero.

A pesar de lo extraña que había sido su reacción al notar su contacto, él se echó a reír. La mera idea de que él pudiera rendirse le resultaba absurda.

—Me gusta el sexo. Lo utilizo para purgar el exceso de agresividad. Pero he vivido mucho tiempo y he tomado a muchas mujeres. Lo que pudiera desear de ti puedo conseguirlo con mi concubina. Ella está aquí y satisface mis necesidades.

—Tu concubina puede estar contigo todo lo que quiera, con todos mis respetos.

De repente, Taliyah frunció las cejas y se quedó sumida en sus pensamientos.

—Supongamos —dijo— que soy una idiota que dice que sí a tu propuesta, solo porque mi mejor amiga me lo indicó así. ¿Por qué hay un periodo de treinta días antes de la ejecución?

—Mi determinación y mi fuerza deben ser probadas.

—¿Y pasaré encerrada esos treinta días?

—Si cumples mis normas y obedeces, tendrás acceso ilimitado al palacio.

—Adivino cuál es la primera regla: no salir nunca del palacio.

—Exacto. Si intentas marcharte, lo sabré e iré a buscarte. Y créeme cuando te digo que es mejor que no vaya a buscarte, arpía.

Ella lo miró a los ojos, tratando de comprenderlo.

—No me temes en absoluto, ¿verdad?

—Me asombra que necesites una aclaración.

Lo único que temía era perder la bendición para sus hermanos de armas, solo eso. Si tenía que cometer un asesinato a sangre fría para salvarlos, si tenía que vivir con las consecuencias de sus actos el resto de la eternidad, que así fuera.

La muerte de la arpía iba a ser un golpe muy duro para su enemigo.

Erebus Phantom lo encontraría pronto. El dios iba a ir a Harpina con el único objetivo de destruir la vida de los Astra. Solo con pensar en su nombre, a él le hervía la sangre. El hijo mayor de Chaos era el ser más vil y corrupto que pudiera existir. Y sabía que el mejor momento para atacar eran los meses anteriores a que ellos consiguieran una nueva bendición, cuando ni la derrota ni la victoria estaban garantizadas.

Erebus despreciaba a los miembros del ejército de su padre y sentía una envidia incontrolable. Había cometido atrocidades contra ellos a lo largo de los años. Los había atacado con demasiada frecuencia y, al final, los Astra habían tomado medidas. En aquel entonces, a él le había preocupado mucho perder el respeto de Chaos. El dios amaba profundamente a su hijo, pero también amaba a los Astra. Al final, había optado por apoyar a ambos sin distinciones.

Él también amaba a Chaos. Lo admiraba por su inquebrantable devoción hacia aquellos que estaban bajo su cuidado, algo que sus propios padres no habían sentido.

—Vaya, ¿a alguien le ha caído una mina en la cabeza?

Al oír la voz burlona de Taliyah, frunció el ceño. Había perdido la noción del tiempo en presencia de una enemiga.

—Arpía, deberías saber a quién estás provocando. Puedo destrozarte y hacerte pedacitos, más de los que nadie sabría contar.

Ella dio un suspiro.

—Podrías intentarlo. Debo admitir que me atrae la idea de gobernar a tus hombres. ¿Crees que seré la primera dictadora en masacrar a su propio ejército?

La más hermosa de sus mujeres y, al parecer, también la más obstinada.

—No importa lo que me arrojes, lo superaré. Tengo que hacerlo. Tu muerte es el primer paso para ganar una bendición de mi dios.

—¿Ah, sí? ¿Y qué tipo de bendición?

Él no respondió. Ya había complacido lo suficiente a aquella mujer.

—Dame tu respuesta ahora, Taliyah.

—Tranquilízate, nene. Yo aún no he terminado de hacer mis preguntas. Insinuaste que has experimentado antes la felicidad conyugal. ¿Cuántas veces te has casado?

—Muchas —dijo él, y se golpeó el hombro con el puño—. Llevo sus muertes en la piel.

El *alevala* era una señal externa de su compromiso interior, su determinación y su voluntad de cruzar cualquier límite con tal de lograr su objetivo.

No se arrepentía de nada.

Salvo de una cosa.

Apretó la mano para resistir la tentación de frotarse el parche de carne perfectamente curada que había sobre su corazón. Aquella mañana, como todas las mañanas, se había quitado un círculo de piel del tamaño de un puño. El parche estaba empezando a mancharse de nuevo, y la imagen aparecería completa por la noche, revelando el peor de sus crímenes.

—Qué suerte —dijo ella.

Él se sorprendió y alzó la barbilla.

—Dentro de treinta días llevaré también tu muerte. A menos que me derrotes, claro. ¿O quieres que le ofrezca este don a otra arpía?

Tan pronto como se echó aquel farol, tuvo que morderse la lengua para no retirarlo. Taliyah era la mujer a la que más deseaba y tenía que casarse con ella. ¿Y si ella permitía que eligiera a otra?

—¿Y dejar que otra persona tenga la oportunidad de atacarte? —dijo ella, con el sol reflejado en sus ojos de hielo—. Tu muerte será mi honor, y solo mío.

Él exhaló un suspiro de alivio y reprimió una sonrisa.

—Entonces, ¿me aceptas, Taliyah Skyhawk? Quiero oír la respuesta.

—Si acepto esto, tendrás que liberar a las arpías.

—No tienes poder de negociación —dijo él.

Ya había hecho una enorme concesión. Normalmente, cuando conquistaba un mundo, mataba a los soldados que lo atacaban y hacía prisioneros únicamente a los que se rendían. A esos podía moldearlos más tarde.

Sin embargo, a los seres queridos de Taliyah solo

los había herido y sacudido, tal y como le había explicado.

No le debía favores a aquella mujer, pero añadió:

—Si no me das problemas hoy, te permitiré que veas a las cautivas.

Lo dijo porque quería resolver la situación lo más rápidamente posible.

Hubo una pausa. Después, ella preguntó:

—¿Cuáles son las condiciones de este compromiso?

—Son sencillas. Te tendré el mismo respeto que tú me demuestres a mí. Una sala de mi elección será el terreno neutral. En ella no podrás cometer actos violentos. No puedes hablar con mis hombres y limitarás tus ataques a mí. Yo me acostaré con quien quiera cuando quiera, y tú guardarás abstinencia.

Ella sonrió y se pasó la lengua por un colmillo. Después, asintió con un gesto cortante.

—Está bien. Accedo a casarme contigo.

Él se mordió la mejilla para contener un grito de victoria. Y, quizá, una punzada de dolor... No, no podía ser. Todo iba según el plan. A pesar de las reacciones que le estaba provocando, no iba a vacilar a la hora de conseguir su objetivo.

A su lado apareció una bella mujer con el pelo azulado y la piel morena y grabada con símbolos parecidos a estrellas. Era su hermana Aurora, la testigo de la boda. Como siempre, aquella rara visión le rociaba los órganos de ácido. Se hablaban cada quinientos años, cuando se casaba y durante el sacrificio. Rara vez, en el reino de Chaos, cuando él iba de visita, algo que solo podía hacer con invitación.

Echaba de menos a sus dos hermanas más de lo que podía explicar. Recordaba como jugaban juntos, como se acurrucaban para calentarse... Y recordaba que no había podido impedir que sus padres las vendieran también. Apretó los puños de rabia. De no haber sido por Chaos... El dios las había salvado de los hombres que las habían comprado y las había aceptado como acólitas.

Aurora llevaba el típico traje de acólita: retales de tela fina, tan negra como una noche sin estrellas, y los pies descalzos a pesar del frío.

—¿Quién eres? —le preguntó Taliyah, y él se puso tenso—. Porque te acabo de ver presenciando el asesinato de otra mujer sin hacer nada en absoluto.

—Ten cuidado con lo que dices, arpía, o perderás la lengua.

Su futura esposa ni siquiera se estremeció. Siguió mirando atentamente a su hermana. Era como si estuviera intentando encajar las piezas del rompecabezas.

Aurora frunció el ceño y se sacó una daga de una funda que llevaba atada al muslo. Ah, sí. A él se le había olvidado que estaba allí.

—Gracias —le dijo él, y tomó la daga que ella le ofrecía por la empuñadura. Aurora le sonrió y él sintió que se le encogía el pecho.

Ella le dijo, con una voz tenue:

—Puedes comenzar.

—¿Cómo? —gritó la arpía—. ¿Va a suceder ahora?

—Ahora.

—Pero ¿ni siquiera voy a tener una fiesta de despedida de soltera? ¿Dónde están los *strippers*?

«¿Y me toma el pelo?», se preguntó él. La tomó de la muñeca e hizo que extendiera la palma de la mano hacia la luz. Ella no se resistió ni se movió cuando él pasó la hoja de la daga desde la base de su dedo índice hasta su muñeca.

La sangre brotó abundantemente.

—Te vas a arrepentir de esto —dijo Taliyah, con una sonrisa fría.

—¿Por qué? ¿Porque eres una serpiente venenosa?

—preguntó él. Se cortó la palma de la mano y la junto con la de ella, entrelazando los dedos y mezclando así su sangre—. Soy inmune.

Taliyah dio un silbido, como si se hubiera quemado. Tal vez fuese cierto, porque la diferencia de temperaturas de sus cuerpos era asombrosa. Ella trató de retirar la mano, pero él no se lo permitió.

Estaba decidido a acabar con aquello y la miró fijamente a los ojos.

—Te tomo como esposa, Taliyah Skyhawk, Terror de Todas las Tierras. Eres mía —dijo, y le ordenó—: Repite estas palabras.

Ella no obedeció al instante. Le clavó una mirada fulminante y respondió:

—Voy a disfrutar matándote. Así que... sí, vamos a hacerlo. Te tomo como esposo, Alaroc Phaethon. Eres mío... para que te mate.

Aurora aceptó sus palabras y dijo:

—El matrimonio es aceptable para Chaos. Empieza la cuenta atrás.

Miró a Roc por última vez y se desvaneció.

Él sintió, como siempre, la dolorosa punzada de la pérdida.

«Concéntrate».

Taliyah le sonrió, pero tenía una expresión diabólica...

—Este es el momento en que nos besamos, ¿no?

Él le miró los labios sin poder evitarlo. Eran tan carnosos, tan rosados... Los tenía en forma de corazón. Increíblemente preciosos.

Carraspeó y dijo:

—No hay ningún motivo para que nos besemos. Nuestra palabra es nuestro vínculo.

—No estoy de acuerdo. No estaré casada hasta que me besen.

Cierto, en muchas culturas, pero no en la suya.

—Mi sangre corre por tus venas. Estás muy casada.

—Sin beso no hay matrimonio —replicó ella y, con una mirada hipnótica, posó la mano en su pecho—. Párame cuando sea demasiado para ti...

Su temperatura lo dejó inmóvil, y no pudo hacer nada cuando ella se soltó de su otra mano y posó la palma en su nuca... ni cuando estrechó su cuerpo contra el de él, dio un salto y se sujetó a su cintura con las piernas.

Sin poder evitarlo, alzó las manos para acariciarle las alas, que se movieron rápidamente y le rozaron los nudillos una y otra vez. Se le escapó todo el aire de los pulmones.

Tenía que dejarla en el suelo. Y lo haría.

—Estás rogándolo, prácticamente —dijo ella, e inclinó lentamente la cara. Le dio tiempo para protestar mientras, al mismo tiempo, lo desafiaba con la mirada.

Permaneció inmóvil. Ella tenía algo que demostrar, pero él, también. Ella esperaba que él se diera la vuelta. No iba a hacerlo.

¿Y ella?

Casi estaba sobre él... Contacto. Taliyah apretó los labios contra su boca y él tomó aire profundamente. Ella se sobresaltó.

Él se sintió devorado por el deseo cuando ella lo besó. Sus bocas se unieron y sus lenguas se enredaron. A él se le escapó un gemido. Qué dulce era su sabor. Qué dulcemente lo saboreaba a él.

Pasaron los segundos y ninguno de los dos quiso parar. Él pensó que se estaba volviendo loco. Cuando se encendió la primera llama de fuego salvaje, él la tomó del pelo y se dio cuenta de que adoraba la sensación que le producían sus mechones en la piel. Hizo que ella ladeara la cabeza y profundizó el beso, y ella se lo permitió.

«Quiero más de ella. Tengo que tocarla».

Estuvo a punto de perder el dominio sobre sí mismo.

«¡No!».

Con el corazón acelerado, se quitó a Taliyah del cuerpo y la puso en el suelo para acabar con la sensación de su contacto. Su olor a bayas heladas se le quedó en la piel y su dulzura, en los labios. Él se limpió la boca con el dorso de la mano. Necesitaba deshacerse de aquella dulzura inmediatamente.

—No vuelvas a hacer eso —le espetó—. Te quedan treinta días de vida, Taliyah. Si me enfureces, atente a las consecuencias.

Capítulo 5

«¿Estoy casada?».

Neeka la había instado a que aceptara aquel estado, algo que no había planeado nunca. Sin embargo, acababa de suceder realmente...

Para ser sincera, esperaba que su novena estrella apareciera justo después de recitar los votos matrimoniales. Casarse con el gran malvado para salvar a la especie de las arpías era un gran sacrificio, ¿no?

Pues, aparentemente, no lo bastante. La estrella permaneció invisible.

A partir de aquel momento, tenía treinta días para urdir un plan perfecto y asesinar a su esposo. En cuanto Alaroc exhalara su último suspiro, ella podría ordenar a los Astra que liberaran a las arpías. No estaba del todo segura de que unos hombres fuertes y hostiles cumplieran sus órdenes cuando ella resultara victoriosa contra su líder, pero..., ciertamente, algunos de los guerreros más antiguos respetaban su palabra.

Lo que sí sabía era que los señores de la guerra podían utilizar a su gente contra ella en cualquier momento y, por lo tanto, debía encontrar y liberar a las arpías lo antes posible. En cuanto a que aquel tipo pensara sacrificarla... Buena suerte. Resucitaría... tal vez. Probablemente. ¿Y si utilizaba algún tipo de arma especial?

Recordó que había leído algo sobre la poderosa espada que utilizaban los Astra contra los fantasmas. Aunque ella no era un ser sin cerebro. Pertenecía a la realeza, era prácticamente una diosa. Tal vez sí resucitara.

Dio una imagen de indiferencia y dijo:

—Cerciórate de que haya opción vegetariana en el banquete, querido. ¿Te has acordado de pedir la tarta?

A él se le dilataron las pupilas, y fue lo más increíble que hubiera visto nunca. Sin embargo, ¿qué significaba? ¿Furia? ¿Pasión? ¿O las dos cosas?

Tal vez no debería haberlo besado, pero necesitaba supervisar su derrota. Alaroc no quería aquel beso, así que ella lo había conseguido.

Sin embargo, no esperaba que le gustara. Tenía un hormigueo en los labios y su sabor le había resultado tan asombroso como su olor, todo ron especiado y azúcar derretido. Como la piña colada que había probado una vez. Algo que, quizá, pudiera anhelar.

—No va a haber banquete —dijo él—. Estoy seguro de que querrás instalarte para comenzar tu primer ataque. Permíteme que te acompañe escaleras arriba para que puedas empezar.

No le dio tiempo para responder. La tomó de la mano y atravesó la sala del trono. Sus hombres se apartaron y las arpías la miraron con envidia.

Cuando salieron al corredor, se fijó en que los centinelas seguían en su lugar. Debería haberlos matado cuando había tenido la ocasión.

Alaroc giró una esquina y ella vio que las paredes estaban salpicadas de sangre. Era la sangre de su gente. Los muebles estaban volcados y había jarrones de valor incalculable rotos por el suelo de mármol.

Sintió furia. Las arpías también eran seres sedientos de sangre, pero valoraban sus tesoros.

—¿Por qué decidiste venir a Harpina? ¿Por qué decidiste casarte con una arpía?

—Siempre estoy atraído de forma mística por el mundo que debo conquistar.

—¿Quién provoca esa atracción? ¿Tu dios?

—Tal vez, él. Tal vez, el destino.

—Vaya, pues el destino te ha dado malas cartas esta vez.

Quería estudiar los tatuajes de Alaroc y enterarse de cuáles habían sido los errores de sus víctimas, pero resistió la tentación porque sabía que cualquier distracción podía costarle muy caro.

—¡Eh! ¿Cómo es que conoces tan bien el palacio? —le preguntó.

—Llegué hace un año, sin que nadie se diera cuenta.

—¿Llevas aquí un año entero?

—He recorrido hasta el último kilómetro del reino recabando información. Mis conocimientos me han permitido crear un reino duplicado. Allí es donde reside en este momento tu gente. Hoy ha sido el día en que me he revelado.

Taliyah se quedó asombrada. ¿Un reino duplicado? ¿Algo como un almacén?

Ummm... ¿Cómo iba ella a vencer a un creador de mundos? ¿Y por qué tenía aquella extraña sensación? No podía ser miedo, ¿no? ¡Imposible!

—¿Por qué no has elegido a un ratón tímido para garantizarte la victoria?

—Ni un ratón ni un león tienen el poder de derrotarme. Nunca he deseado a una mujer tímida.

¿Acaso tenía que desear a su mujer?

Cuando subieron por la escalinata, ella se dio cuenta de que se dirigían a la habitación de la General. Ella se detuvo en seco.

—No voy a quedarme en el dormitorio de Nissa.

—No. Yo dormiré allí. Tú dormirás en el cuarto de al lado.

Ella apretó los dientes y preguntó:

—¿No te sientes culpable por ocupar el cuarto de una mujer a la que acabas de asesinar?

—Ella me atacó. Eligió la muerte.

—Y tú honraste su decisión —respondió ella, con sequedad.

—¿Hay un honor más grande que morir por tu causa?

—Sí. Vivir por ella.

Alaroc frunció el ceño.

—Quizá tengas razón —dijo, encogiéndose de hombros—. Le concedí el segundo mayor honor.

—Pues, si el honor te importa realmente, no engañarás a tu nueva esposa. Te abstendrás de mantener relaciones sexuales durante los próximos treinta días.

—Me manipulas. En este momento, estoy dispuesto a seguirte el juego. Sí, permaneceré célibe en tu nombre. Sin embargo, si crees que has ganado una batalla, te equivocas. Solo tú sufrirás mi ira.

—Para tu información, he ganado dos batallas. Esta promesa y la del beso. Reconoce que deseas más de mí. ¡Estás hambriento!

Él dio un gruñido, y ella sonrió. Ah, sí, la deseaba más. Y, ahora, ella lo fastidiaría con eso durante el resto de su corta vida.

Cuando llegaron a la habitación principal, los centinelas les abrieron la puerta sin decir una palabra.

—Podéis marcharos —les dijo él, y la empujó suavemente hacia el interior del cuarto.

Ella echó un rápido vistazo y memorizó la disposición del dormitorio, tomando nota de lo que podía utilizar como arma. Básicamente, todo. La tetera de la sala de estar, que estaba en la repisa de la chimenea.

El jarrón de flores de la cómoda. La enorme araña que colgaba sobre la cama.

Cuando ella se giró hacia él, él cerró la puerta con el talón.

—Muy bien, señor rey del drama, ¿qué tienes planeado hacer conmigo?

—Lo que quiera.

—¿Y eso es de doble dirección?

Él soltó un resoplido desdeñoso, y eso fue como la campana de inicio del combate. Ella no se preocupó de pensar en el mejor ataque. Simplemente, agarró la daga y la abatió en dirección a su tronco cerebral. Sin embargo, él se giró y le agarró la muñeca antes de que la hoja hiciera contacto. Sus miradas se conectaron y a ella se le cortó la respiración.

—Hay una cosa que tienes que saber —le dijo él, con calma—. Siento el más mínimo indicio de agresión.

—¿Estás diciendo que he transmitido mis intenciones sin darme cuenta?

Él asintió.

—Entonces, tengo que trabajar en eso.

Él entrecerró los ojos.

—Suelta la daga.

—No, gracias —respondió ella, y agarró la empuñadura con más fuerza.

—Suéltala.

—No. Es obvio que tengo una cosa que demostrar.

Él le retorció la muñeca, y eso fue doloroso. Al día siguiente tendría hematomas. Sin embargo, sujetó la daga con todas sus fuerzas.

—Este dormitorio es nuestra zona neutral. No se permiten ataques aquí —dijo él—. No siento ira por tus actos, aún, porque no lo sabías. Ahora ya lo sabes, así que la próxima vez... Que no haya próxima vez. Suelta la daga, Taliyah. Ahora.

—Lo siento, pero esto es una daga de terapia. La ley dice que tengo que llevarla a todas partes sin hacer preguntas.

Él dio un paso hacia ella y entró en su espacio personal con la daga apoyada en el cuello. Entre dientes, le dijo:

—Escucha bien, arpía. Desde este momento, mi ley es tu ley. Si tengo que arrancarte la mano para asegurarme tu colaboración, lo haré.

De su cuerpo irradiaba un calor delicioso que debilitó su determinación. Por su condición de fantasma y de serpiente, ella existía en el frío absoluto, fuera cual fuera la situación. No le gustaba, pero ¿qué podía hacer? ¿Cómo era posible que él consiguiera darle calor, algo que no había conseguido ni el propio Hades, el rey del Infierno?

—¿Alguna vez te desobedece alguien? —le preguntó.

—Nunca más de una vez.

Era muy arrogante.

«Yo conseguiré que ceda».

—¿Estás diciendo que —dijo, mientras posaba la palma de la otra mano sobre su pectoral— no quieres que te toque?

El músculo se movió y atrajo su mirada. Ella miró y vio un tatuaje que se movía.

Volvió a sentir un horrible mareo y dio un gruñido. Otra vez, no.

Había una *banshee* temblorosa delante de un enorme altar negro. Soplaba un viento salvaje que sacudía sus rizos rojizos y el bajo de su vestido de color marfil. Tenía los ojos llenos de lágrimas. Bajó la cabeza con un gesto de derrota, subió al altar y se tendió en él. Dio un sollozo.

Detrás del altar había un grupo de gente silenciosa. Un hombre con una túnica negra ocupaba el centro del espacio y estaba separado de los demás. Había dos mujeres a cada lado y Erebus estaba a pocos centímetros de distancia, lleno de furia, con un ejército de fantasmas tras él. Cada una de las mujeres llevaba un vestido negro.

Alaroc se acercó a la *banshee* y puso una mano sobre su corazón.

—Me has servido bien, mujer. No te preocupes. No sentirás dolor en tu muerte —le dijo. Eran palabras de disculpa y su voz tenía un tono monótono.

La *banshee* sollozó de nuevo.

—Por favor, no lo hagas.

—Estabas muerta en el momento en que te casaste conmigo. Lo sabías. No te lo oculté.

A distancia, una campana dio la medianoche. Ding. Él mantuvo su posición, con la mano apretada sobre ella. La *banshee* lloró. Entonces... por toda su piel pálida se extendieron líneas negras. Ding.

Alaroc irradió un extraño fulgor azul y una pulsación casi cegadora estalló en su ser. Ding.

La luz se desvaneció y dejó ver...

A Taliyah se le escapó un jadeo. La *banshee* se había convertido en piedra. La piedra se deshizo en cenizas. El viento se las llevó en remolinos.

El toque final de la campana se oyó a lo lejos. Mientras, ella agarró con fuerza la empuñadura. ¿Acaso Alaroc tenía pensado convertirla en cenizas a finales de mes? Sabía que podía recuperarse de la pérdida de cualquier miembro u órgano del cuerpo. Había sobrevivido a un millar de envenenamientos, al hambre y a otros horrores, pero... ¿convertirse en piedra y luego, en cenizas? ¿Podría recuperarse de algo así?

Sí, sí, por supuesto. ¡Había sobrevivido a una decapitación!

«No dejes entrever nada», se dijo. Pestañeó con coquetería y preguntó:

—¿Todos los Planeta Astra matan a sus mujeres, o es que he tenido mucha suerte y me he casado con el mejor?

—Suelta la daga.

—¿Por qué conviertes en piedra y en ceniza a tus mujeres?

Él frunció el ceño.

—La piedra y la ceniza impiden que nadie pueda resucitar y deshacer el sacrificio.

Ella tragó saliva.

—¿Y cómo matas a las que no son tus mujeres?

—Con una espada de tres hojas. Un arma hecha de trinita. La mayoría de mis enemigos son fantasmas.

¿Trinita? Seguramente, el arma especial. Se imaginaba los materiales utilizados: hierro de fuego, cristal diabólico y madera maldita.

—¿Y qué les hace la trinita a los fantasmas? Porque nunca había oído hablar de eso, y soy aficionada a las armas.

—La trinita les da el golpe final a los fantasmas, porque hace que sus cuerpos se evaporen por completo. Suelta la daga.

Ella crispó los dedos para proteger su anillo encantado. Alaroc no podía enterarse nunca de que era fantasma. Había resucitado después de pasar por manos del trío tóxico, pero ¿resucitaría por segunda vez? Su madre no lo creía así.

Vaya.

—¿Y por qué te dedicas a matar a tus mujeres sin sentido?

Sus ojos brillaron con intensidad.

—Mis esposas mueren por una causa, con honor.

—Morir con honor no es igualable a vivir con honor. Te lo demostraré muy pronto.

Otro brillo irradió de sus iris.

—Cada una de esas muertes ha servido para salvar muchas vidas. Sin los Astra, los fantasmas camparían a sus anchas por todos los mundos, dándose un festín con todos aquellos que se cruzaran en su camino.

—Entonces, el sacrificio a tu dios y tu supervivencia están vinculados. Me alegro de saberlo.

No le había gustado nada revelar más de lo que pretendía, estaba claro. Le apretó la muñeca con fuerza.

—Estoy quedándome sin paciencia, arpía.

Ella sintió una descarga de dolor por todo el brazo. Inhaló y exhaló todo el aire de los pulmones.

—¿Por qué odias tanto a los fantasmas? Solo son seres sin cerebro controlados por un amo.

Una expresión de pura maldad apareció en el semblante de Alaroc.

—Los fantasmas son parásitos. El hecho de que se alimenten de ti... —dijo él, y frunció los labios con repugnancia—. Que nunca experimentes ese horror. No hay una sensación peor —dijo, y la apretó aún con más fuerza—. Aunque puede que perder una mano se le acerque.

Ay..., en más de un sentido. Él odiaba a los fantasmas con todas sus fuerzas. Tanto que podría matar a una novia fantasma antes de que llegara el final del plazo...

Así pues, tenía que emplearse con sus mejores armas. Sus habilidades de fantasma.

Aquella misma noche se alimentaría de Alaroc. Los fantasmas sin mente no eran capaces de alimentarse sin que sus víctimas lo supieran, pero ella, sí. Podría absorber su energía mientras él estaba dormido, o intentar secarlo hasta que consiguiera matarlo. Pero él era un tipo muy grande con mucho poder, y ella no tenía sitio para contener tanto... Si no conseguía absorberlo todo, tendría que conformarse con debilitarlo. Que se desvaneciera lentamente sin saber por qué.

—¿Es solo eso? —le preguntó, tratando de hacer caso omiso del dolor—. ¿Ese es el motivo de tu gran odio por los fantasmas? ¿Te succionaron un poco de alma con demasiada dureza? Vaya. Qué sensible.

Él se pasó la lengua por el borde de los dientes.

—Los fantasmas son una extensión de su amo, un dios que ha causado sufrimiento a los Astra durante más de veinte mil años. Hemos soportado emboscadas, pérdidas, maltrato y agonías —dijo él. Se inclinó y puso la punta de su nariz sobre la de ella—. Ya está bien de preguntas. En vez de eso, te voy a hablar de mí mismo para que sepas a qué bestia estás provocando. Yo siempre voy a poner a mis hombres, y a mí mismo, por delante de todo. Si eso significa que tengo que quemar un mundo y a todos los que habitan en él, lo haré. Nunca he sido un héroe y no quiero serlo. Soy mejor villano. Para mí, las mujeres solo son recipientes, iguales unas a las otras. Algunas veces, una mujer ni siquiera es mejor que mi mano.

—Estoy segura de que los malos amantes de todo el mundo estarán de acuerdo contigo. No me extraña que tengas que pagar por ello.

Él dio un resoplido.

—Te va a resultar difícil llevarme al límite, pero inténtalo si quieres. Puedo causarte dolor de todas las formas posibles. Además, no me conformaría con castigarte a ti, sino que iría en busca de tus seres queridos. Ahora que me conoces mejor, dime por qué sigues agarrando la daga en territorio neutral.

—Porque puedo.

—Taliyah...

—Preferiría morir —le espetó ella.

Él dio un gruñido y la soltó.

Aunque, al terminar la presión, sintió otros dolores

ascendiendo por su brazo, Taliyah estuvo a punto de gritar de alegría. Había ganado la tercera ronda con el comandante.

«Lo tengo. ¡Soy imparable!».

Él se alejó en dirección al armario. De ningún modo, forma o manera parecía un ser civilizado. No, parecía... Oh, Dios. Detestaba pensarlo, pero estaba muy bien. Muy muy bien. A ella nunca le habían gustado los hombres con barba, pero...

«Puede que tenga un nuevo fetiche».

Él salió del vestidor con un cristal en la mano.

—Cuando desees ver a las arpías que están en el reino duplicado, sujeta esto —le dijo.

Se detuvo en el centro del dormitorio y le ofreció el cristal.

Ella envainó la daga y se acercó a tomarlo. Era más pesado de lo que esperaba. Lo agitó, frunció el ceño y volvió a agitarlo.

—¿Qué hago con esto?

—Solo tienes que mirarlo.

¿De veras? Con recelo, se acercó el cristal al ojo y... ¡Oh, vaya! De acuerdo. Taliyah vio un nuevo mundo al completo. Había cuarenta arpías sanándose en camillas terapéuticas en una sala enorme. Un momento. ¿Aquella habitación? Tuvo la impresión de que estaba de pie en mitad de un cuerpo.

Dio un grito y saltó a un lado. Su movimiento cambió el ángulo del cristal e hizo que se entremezclaran el mundo real y el otro mundo. Eran tan diferentes... Pero, sin embargo, exactamente lo mismo.

¿Eran lo mismo? ¿Estaba viendo el mundo duplicado desde allí? No tenía importancia. Un reino duplicado era solo otro reino. Cualquiera que poseyese una llave podía entrar en él.

Taliyah aumentó su objetivo. «Encontrar una llave para salvar a todas las arpías y matar a Alaroc».

En el cristal, vio como uno de los Astra atravesaba el cuerpo de su flamante marido. Era un guerrero a quien no había visto nunca. Hasta el momento, solo había visto a seis de los nueve que había mencionado su madre.

Aquel nuevo Astra levantó con sumo cuidado a una de las arpías dormidas y la sacó de la habitación.

—¡Eh! —gritó Taliyah, dispuesta a perseguirlo—. ¿Qué vas a hacer con ella? ¡Déjala!

—No te oye. Seguro que la está llevando a uno de los sanadores para acelerar su recuperación. Mis hombres tienen órdenes estrictas y ninguno las desobedecerá.

Taliyah, con alivio, miró a todas las arpías en busca de Blythe o Isla. No tuvo suerte.

—Todo el mundo está durmiendo profundamente, a pesar de sus heridas.

—Están en hibernación.

—¿En hibernación? Explícamelo.

Alaroc se dio la vuelta, en silencio. Dejó claro que no le importaba darle la espalda porque no la temía. Peor aún, era como si la estuviera retando a que lo atacara.

¿Era una prueba?

Él desenvainó varias dagas y las arrojó sobre la cama. Sí, claramente, era una prueba.

—Si estás pensando en ponerme a mí a hibernar durante todo este mes...

—Te voy a quitar la vida, arpía, pero no te voy a arrebatar el derecho a elegir tu final. Ríndete o lucha contra mí. Tú decides.

No estaba dispuesta a admitirlo, pero acababa de conseguir que le diera un salto el corazón. Su ferocidad la convenció de que hablaba en serio. Le estaba ofreciendo una lucha justa.

Ganaría el mejor guerrero.

De acuerdo, sí, eso era muy sexi.

Él dejó las armas sobre la cama y fue hacia la puerta.

—Voy a cenar en el comedor dentro de una hora. Puedes unirte a mí, si quieres. Si prefieres evitarme, también puedes. Tú eliges, como en todo lo demás. Lo que no vas a conseguir es sorprenderme. Estaré preparado, decidas lo que decidas.

Salió de la habitación y cerró la puerta.

¿Dónde iba, y por qué? Iba a averiguarlo.

Aunque estaba deseando registrar el palacio en busca de Blythe e Isla, tenía que aprovechar cualquier oportunidad para averiguar más cosas de su enemigo.

Una futura General tenía que tomar decisiones duras y poner el bien común por delante de todo lo demás, incluida la familia. Además, si Alaroc le había dicho la verdad, Nissa era la única víctima. Eso significaba que Blythe e Isla estaban descansando. Curándose.

Tal vez tuviera suerte y Alaroc le revelara alguna de las llaves para entrar al reino duplicado. ¿Y si revelaba una debilidad o un vicio? ¿Y si mentía? Tal vez estuviera yendo a ver a su concubina en aquel momento...

«Tengo que saberlo».

Aquel fantasma iba a arriesgarse a espiar en un palacio lleno de asesinos fantasma...

Capítulo 6

Roc podía haberse teletransportado a la sala del trono, pero prefirió ir caminando para poder pensar en aquel misterio que era Taliyah Skyhawk. La arpía era un poco más tentadora que sus anteriores esposas, por la languidez de sus movimientos, por su voz ligeramente ronca, por el brillo de malicia permanente de sus ojos. Era férrea y le atraía, y se sentía extraño, porque eso le gustaba.

Él había reducido la guerra a una serie de tareas y listas, había conquistado cientos de mundos sin ningún problema ni dificultad. Sin embargo, una arpía osaba sujetar una daga, obligándolo a romperle una muñeca o retirarse, y él se quedaba con una erección permanente.

Se había sorprendido al ver cómo lo miraba mientras él le apretaba la mano. Taliyah, el Terror de Todas las Tierras, prefería perder una mano que una batalla.

Él le había hecho advertencias y debería haber cumplido sus amenazas. Las amenazas vacías solo servirían para empeorar las cosas. Pero... ¿qué derecho tenía a castigar su valentía?

Sin embargo, ella se había ganado el derecho a

regodearse. Había obligado a un Astra a retirarse, nada menos que a su comandante. El primer día. Durante la primera hora. ¡Dos veces! Cuando su olor a bayas heladas le había invadido la nariz, lo había dejado temblando como a un muchacho. Se había deleitado al ver que a ella se le ruborizaba la piel, que el calor que él irradiaba ahuyentaba su frío.

¿Dónde estaba su alma de titanio?

Desde aquel momento, tenía que ser severo con Taliyah. Nada de volver a tocarla ni a besarla, por mucho que anhelara su dulzura. Aquella mujer solo quería planear certeramente su asesinato, nada más. ¿Quién no iba a querer salvar a su gente y dirigir a los Astra? Esperaba que le tendiera una emboscada antes de que acabara el día. Quizá, una emboscada impresionante.

¿Qué haría?

De repente, sus pasos se hicieron más ligeros y entró al salón del trono. Estaba vacío, tal y como esperaba. Ian tenía la capacidad de teletransportar a ejércitos enteros cada vez que Roc tenía una esposa nueva. Los soldados habían sido teletransportados más allá de la muralla trinitaria, y el resto de sus hombres habían llevado a las arpías a las mazmorras.

La muralla era la primera línea de defensa contra Erebus y sus fantasmas. Cuando se combinaban en unas cantidades tan grandes, el hierro de fuego, el cristal diabólico y la madera maldita emitían ondas de energía y creaban una esfera de protección imposible de franquear para los fantasmas.

«Ian».

Roc se comunicó con él telepáticamente, como hacían a menudo los guerreros Astra.

«Sí, comandante. Estoy seguro de que desea su informe —dijo su hermano, con mordacidad».

Era comprensible. Había sido el comandante, pero había descendido en el rango y, aunque habían pasado eones desde aquello, todavía no había olvidado el gusto del poder. ¿Quién podría olvidarlo? Las bodas eran un recordatorio de lo que había perdido Ian.

«Halo está patrullando la muralla. No hay señales de los fantasmas todavía. Silver está trabajando en tu proyecto personal y Roux está vigilando a las arpías que están en la mazmorra. Yo estoy trabajando en las fortificaciones del palacio...».

Halo Phaninon, el Anillado, era un guerrero disciplinado y un maestro de la estrategia. Era frío en extremo. Roc no creía que se diera cuenta de que, fuera el mensaje que intentara transmitir a los demás, sus ojos y su tono de voz siempre eran glaciales.

Pero a Halo no le importaría, de todos modos. Amaba a los Astra y a nadie más. Los protegía con una serie de objetos místicos y vigilaba todo el reino, tanto el interior como el exterior.

Silver Stilbon, el Feroz, era un metalúrgico despiadado que tenía la capacidad de leer cientos de mentes al mismo tiempo. Aunque eso le costaba muy caro.

Roux Pyroesis, el Loco, era su experto en tortura. Los horrores que ideaba su mente enferma para sus enemigos... Roc se estremeció.

Algunos hombres tenían moralidad. Los Astra la habían perdido hacía mucho tiempo.

«¿Han protestado mucho las prisioneras por su nuevo alojamiento?», preguntó.

«Nos han insultado a gritos, han prometido que acabarían con toda nuestra línea familiar y le arañaron la cara a Roux cuando se acercó demasiado a los barrotes, así que nada fuera de lo corriente».

Él suspiró mientras se acomodaba en su nuevo trono. Las mujeres serían una póliza de seguros que mantendría a Taliyah atada a palacio.

«Tengo un trabajo para ti, hermano. Le dije a mi esposa que cenaríamos dentro de una hora. Por lo tanto, debes preparar una cena en menos de una hora».

Ian farfulló.

«Se te está notando lo negro que tienes el corazón. Lo sabes, ¿verdad?».

«Prepara un festín. No estoy dispuesto a ser anfitrión de nada por debajo de eso».

Los gruñidos le llenaron la cabeza antes de que se cortara la conexión.

Quería a sus hombres, pero a su hermano lo adoraba. Tomarle el pelo le proporcionaba una diversión inacabable.

Ian y él eran hijos de Dawn y Dusk, los dos nacidos en el momento en que la noche se convertía en día. Sus padres los ignoraban la mayor parte del tiempo y se habían criado con sus hermanas Aurora y Twila. Habían sido criados por niñeras despreocupadas y, a menudo, crueles, y los hermanos habían aprendido a confiar solo el uno en el otro.

Después de que Dawn y Dusk vendieran a las niñas, él se había sentido atormentado por una culpabilidad y una rabia que ningún hombre debería soportar y, mucho menos, un niño pequeño. Se había culpado a sí mismo de la injusticia, había sufrido por la impotencia y se había desesperado por un cambio. En cuanto Chaos había entrado en escena, él había conseguido que sus deseos se hicieran realidad.

Al principio, él despreciaba al dios tanto como despreciaba a Dawn y Dusk. El dios había planificado palizas diarias, pruebas interminables y batallas constantes como entrenamiento. Sin embargo, cuando él derrotó a su primer contrincante, entendió el método del dios. La dureza generaba fuerza. Cuanto más fuerte era una persona, menos perdía.

Él no sería débil nunca más, nunca sería incapaz de proteger y defender aquello que le pertenecía.

Ian interrumpió sus cavilaciones.

—Tengo a un ejército de cocineros instalado en la cocina. Tu esposa tendrá su banquete —dijo, e hizo una pausa antes de continuar—. Tu forma de reaccionar al conocer a esa arpía ha sido un poco fuerte, ¿no?

Su boca se torció hacia abajo.

—¿A qué te refieres?

—¿Me vas a obligar a que lo diga? De acuerdo. Tuviste una erección que casi te revienta los pantalones.

—¿Ah, sí? —preguntó él. No podía negarlo—. Ese beso... no volverá a suceder.

La virginidad de Taliyah no solo le proporcionaba un arma, sino que, además, impedía que Erebus se hiciera con ella.

Cualquier pérdida tenía consecuencias del peor tipo.

Durante todos sus años de líder, él solo había perdido un arma: la Espada del Destino. Una daga que podía cortar los hilos del destino y, de ese modo, ayudaba a su portador a avanzar con sus planes. La pérdida le dolía aún.

No estaba seguro de cómo había utilizado Erebus aquella espada contra él, pero sabía que el dios la había utilizado.

Tamborileó con las garras en los brazos del trono, una costumbre que había tomado al llegar a Harpina, y se comunicó telepáticamente con Silver.

«¿Cómo va lo del cinturón de castidad?».

Oh, sí. Tenía planeado ponerle a Taliyah el cinturón a la mañana siguiente.

Había perdido la Espada del Destino en una ocasión en la que Erebus se coló en secreto en la habitación de su novia para acostarse con ella. Erebus podía haberla matado, tal y como había tratado de hacer con muchas otras, pero no lo había hecho. Había dejado que él completara su tarea y se enterara de la verdad después de su muerte.

En ese momento, no había comprendido el motivo que tenía Erebus para hacer algo así. ¿Por qué se conformaba con la mitad, si tenía los medios para disfrutar de todo? Sin embargo, más tarde vio la respuesta con toda claridad.

Erebus quería derrotarlo, pero después de haberse asegurado su tristeza y su miseria.

A partir de aquel momento, él mantenía a sus novias con cinturones de castidad. En cuanto Silver terminara de ajustar el dispositivo para controlar los puntos fuertes específicos de la especie de las arpías, Taliyah llevaría uno.

¿Cómo iba a reaccionar cuando él la sellara?

Una vez más, tuvo una erección repentina y dolorosa. Se le calentó la sangre y todos sus nervios palpitaron de excitación.

«¿Qué opinas de las tartaletas de limón?».

Se concentró en la ridícula pregunta de su hermano e inhaló una bocanada de aire. Exhaló. Se relajó un poco, pero no se deshizo de toda la tensión.

«¿Quieres perder la lengua, hermano?».

Ian se echó a reír. Su risa era un sonido agradable para oír aquel preciso día.

«Parece que estás nervioso. ¿Quieres que teletransporte a tu concubina directamente a tu regazo?».

Él se pellizcó el puente de la nariz.

«Me voy a ocupar de mí mismo este mes. He dado mi palabra».

Su hermano se echó a reír con más ganas aún.

«Querrás decirles a las concubinas que sus servicios no serán necesarios, por supuesto».

No, especialmente. ¿Para qué molestarse? Las concubinas firmaban un contrato por doscientos cincuenta años de servicio y viajaban de reino en reino con los señores de la guerra. Podían acostarse con quien quisieran, y los compañeros de cama cambiaban a menudo.

Ian apareció sonriente a pocos metros. Se quitó el casco y dejó a la vista su pelo negro y la piel marrón clara, cubierta de alevala, y unos ojos negros que parecían estrellas ancladas en un abismo. Se hizo a un lado y movió un brazo. Las concubinas aparecieron a la vez.

Él miró a las mujeres. Eran diferentes en tamaño, color y especie e iban vestidas con todo tipo de ropa, desde camisetas de tirantes y pantalones cortos hasta vestidos formales. Algunas de las concubinas estaban en medio de una conversación y otras, en medio de algún tipo de acción. Tan pronto como se dieron cuenta de que las habían teletransportado, algo común entre los Astra, se quedaron en silencio.

Al verlo, le hicieron una reverencia y esperaron sus órdenes.

Ian enarcó una ceja.

«¿Crees que tu concubina se parece a alguien que conocemos? ¿A cierta esposa, tal vez?».

Miró a la elfa que había elegido el año anterior, pocas semanas antes de visitar Harpina por primera vez. Era alta y esbelta, tenía el pelo rubio, largo, los ojos azules y la piel blanca. Él frunció el ceño.

«No lo veo».

Taliyah exigía atención. ¿Estaba allí? Olfateó el aire. ¿Olía a bayas heladas?

¿Acaso tenía la habilidad del teletransporte?

Se puso en pie de un salto, con los puños apretados. Ian captó su agresividad y sacó una daga de tres hojas. Pasó un minuto en silencio. Dos. Taliyah no se materializó y él frunció el ceño aún más.

Se movió hacia la derecha. El olor a bayas heladas se intensificaba en aquella zona. Él empezó a sentir calor, como si su cuerpo, de repente, quisiera calentarla. Sin embargo, la arpía no apareció. ¿Acaso se le había pegado su olor a la camisa cuando ella se había frotado contra él?

Frunció el ceño y se giró hacia su elfa..., se llamara como se llamara.

—Durante los próximos treinta días no debes entrar en mi habitación ni acercarte a mí. Mantente alejada por completo.

No pareció que eso la molestara mucho. Hizo una reverencia y respondió:

—Sí, comandante. Cada uno de sus caprichos es mi mayor deseo.

Él asintió con irritación.

Todas sus supuestas conversaciones iban en aquella dirección: él hablaba y ella asentía, y eso era todo, exactamente como a él le gustaba.

«Por favor... Devuélvelas a sus habitaciones», le dijo a Ian.

Ian dio un resoplido antes de despedir a las mujeres.

«¿Cómo eres capaz de estropearme la diversión tan rápidamente?», le preguntó su hermano, antes de desvanecerse.

Él caminó hacia una de las ventanas y observó Harpina. El palacio daba a un laberinto de jardines lleno de arbustos y de estatuas de las Generales anteriores. En el centro había un meteorito. Él construiría el altar para Taliyah con aquella enorme piedra.

Más allá del jardín, en el centro del patio del mercado, había un árbol enorme que tenía flores rojas y que daba sombra a todas las tiendas.

Cuando había ido allí por primera vez, las calles estaban llenas de mujeres charlatanas que hacían sus cosas. Ahora, las calles estaban vacías y sus hombres estaban apostados detrás de la muralla.

Al atardecer, las patrullas recorrerían la ciudad.

El aroma a bayas heladas había desaparecido y, al darse cuenta, se sobresaltó. ¿Estaba Taliyah cerca todo el tiempo, observando y escuchando? ¿Qué habilidades tenía? ¿Estaba allí, proyectando una ilusión de invisibilidad, tal y como podían hacer solo los cambiaformas serpiente más fuertes? Si pudiera atraparla...

Emoción.

«¿Comandante?».

Él suspiró. Sabía que Roux le estaba pidiendo audiencia. La búsqueda de Taliyah debía esperar.

«Puedes entrar».

Miró hacia atrás y movió la cabeza para saludar a Roux. El guerrero era una bestia de pelo rubio claro, piel dorada y ojos amarillos con estrías rosadas, grises y marrones, hasta que su temperamento cambiaba y el color rojo lo invadía todo. Llevaba a un cambiaformas lobo agarrado del pelo. El cambiaformas estaba agarrado a la muñeca de Roux con sus garras afiladas, pero no luchaba.

Bien. Había entendido que la estrategia adecuada para tener alguna posibilidad de supervivencia en un encuentro con un Astra era mantener la calma.

Roux murmuró algo sobre ver y no ver a una mujer, y su mirada recorrió el salón del trono un momento de un lado a otro. Aunque parecía que estaba loco, era el Astra más inteligente de todos. Demasiado inteligente. Su mente brillante trabajaba a menudo de un modo que dejaba pasmados a los demás.

Al contrario que los demás Astra, Roux no poseía alevala fuera de la batalla. De hecho, sus alevala hacían lo contrario: por algún motivo, las imágenes se movían solo durante la batalla.

Cara a cara, él prefería hablar.

—¿Me has traído un regalo?

—Sí.

Roux debía de haber capturado al cambiaformas

cuando estaba intentando liberar a las arpías de las mazmorras.

Los lobos eran una especie peligrosa. Su esencia se elevaba de sus cuerpos como un demonio que salía de un anfitrión, y su espesa sombra se trasponía sobre sus rasgos.

—Es un consorte, estoy seguro.

Él se volvió de nuevo hacia la ventana. Tal vez se quedara con aquel mundo después de la muerte de Taliyah.

—Ponlo en...

—¿Qué piensas hacer con las arpías? —preguntó el cambiaformas, interrumpiéndolo—. ¡Dímelo! Están en...

Sin girar la cabeza, él sacó la pequeña ballesta que llevaba prendida a un costado, extendió el brazo y acertó con una flecha en el centro de la garganta del lobo. Le cortó las cuerdas vocales. Después, se volvió hacia él y, mientras el cambiaformas se ahogaba echando sangre por la boca, le dijo con calma:

—Si me hubieras dejado terminar, me habrías oído decirle a mi guerrero que te pusiera en la celda de al lado de la de las arpías.

El lobo se retorció y cayó al suelo.

Para proteger a su gente, uno debía mantener el orden. Para mantener el orden, los actos debían ser decididos. Era exactamente lo que llevaba haciendo desde que había matado a su primera esposa, y lo mismo que iba a hacer treinta días después.

Miró a Roux.

—Antes de volver a la prisión, exhibe su cabeza en el césped delantero.

Roc no estaba allí para perder el tiempo. Estaba aquí para asesinar esposas y cambiaformas lobo.

Taliyah se quedó mirando con la boca abierta al hombre con el que se había casado. Había entrado en el salón del trono justo a tiempo para ver a dos de las concubinas. Después, él había asesinado sin miramientos al consorte de alguien, sin mirar al pobre tipo, solo por una interrupción. O porque le había faltado el respeto.

El honor y el respeto eran importantes para Alaroc hasta un punto inconcebible. Y su poder...

«¿Me excita la idea de vencerlo o el hombre en sí?».

Sentía euforia, la sangre burbujeaba en sus venas como nunca. Sin embargo, no tenía por qué desear al tipo que pensaba matarla.

El monstruo que ya había conquistado su mundo y encarcelado a su gente.

Se acercó flotando a él y lo estudió con más atención. Él permaneció alerta, con los ojos brillantes. Había algo que también lo había excitado a él. ¿La matanza u otra cosa?

Un momento, ¿y si sentía su presencia? Para evaluar su reacción, reunió valor y atravesó al guerrero. Al notar el contacto, él dio un gruñido y se detuvo.

Oh, sí. La sentía. ¿Sospecharía de sus verdaderos orígenes?

Pasó un minuto. Dos. Él miró atentamente por toda la estancia, sin perder la excitación. Bien. Si sospechara la verdad, proyectaría odio.

Por fin, se acarició un par de veces la barba y se teletransportó.

¿Dónde había ido? Dentro de treinta minutos estaría en el comedor. ¿Por qué no reunirse con él para cenar? Ella podría continuar con sus averiguaciones. Él era demasiado petulante como para guardar secretos. Si ella le hacía las preguntas de forma agradable, incluso cabía la posibilidad de que él le dijera dónde tenía una llave para entrar al reino duplicado.

Sería otra victoria para la esposa.

Su euforia se multiplicó y mantuvo su habitual insatisfacción a raya mientras salía corriendo hacia el dormitorio de invitados. El armario de aquel dormitorio estaba lleno de trajes de todos los tipos y todas las tallas.

«Mi querido esposo ha tenido un día duro en el trabajo conquistando un reino. Se merece tomar una comida deliciosa con una compañera deslumbrante a su lado».

—No puedes sorprenderme, Taliyah —dijo ella, imitándolo en un tono burlesco, y pasó los dedos por la seda de los vestidos. «Ya lo veremos, guerrero».

Capítulo 7

Roc estaba sentado a la mesa de la General arpía, en la silla labrada a mano de la General arpía, con el plato de la General arpía repleto de comida. El aroma de la carne asada, las verduras rehogadas en mantequilla y los limones recién exprimidos impregnaba el aire.

Los tapices que adornaban las paredes mostraban escenas de las victorias de la General Nissa y, en varios puntos, había vitrinas en las que se exponían los cráneos de sus enemigos. Había jarrones y otros adornos con piedras preciosas que relucían bajo las luces y el suelo tenía un brillo nacarado. Era una estancia adecuada para la más querida de las reinas.

¿Aparecería Taliyah?

Sentía tanta impaciencia que no conseguía permanecer calmado. Pero era porque tenía muchas preguntas que hacerle a su encantadora esposa, no por ningún otro motivo.

Al otro extremo de la mesa estaban sentados otros tres Astra: Halo, Silver e Ian. Roux había preferido quedarse con los prisioneros, porque las reuniones sociales eran demasiado difíciles para él.

—¿Se supone que esto es una celebración? Muy

bien. Por Roc y su nueva esposa —dijo Halo, y alzó una copa llena de hidromiel—. Que su muerte nos traiga una nueva vida.

Silver también levantó su copa.

—Que acepte lo que no puede cambiar y no cambie nunca lo que no pueda aceptar.

El último también levantó su copa, con solidaridad. Él se limitó a asentir. Por mucho que quisiera a aquellos hombres, casi nunca se unía a su diversión. Todos los Astra tenían el derecho de levantarse contra él para hacerse con el puesto de mando. Entonces se libraría una lucha, y el vencedor se quedaría con el casco de comandante. Si el perdedor sobrevivía, descendería hasta el último escalafón del rango, y eso era algo que no quería nadie.

—Han pasado cinco minutos de la hora —proclamó Ian, que estaba sentado frente a él, y chasqueó la lengua—. Por cómo desafió la arpía a nuestro intrépido líder, pensé que vendría a cenar con nosotros.

«Lo mismo digo», pensó él, y miró hacia la puerta doble del comedor. Con suerte, se abriría en cualquier momento...

Apretó las muelas.

Un rato antes, cuando había acechado a su presa en el salón del trono, había confirmado sus sospechas. Taliyah era capaz de proyectar la ilusión de la invisibilidad. Él se había rozado en dos ocasiones contra su piel fría. Había sentido tres veces la caricia de su mano en el cuerpo.

¿Qué otras ilusiones podía proyectar? ¿Qué otras habilidades tenía? ¿Podría hipnotizar con una sola mirada, tal y como trataban de hacer muchas serpientes? ¿Podría tentar a un hombre hasta hacerle perder la cordura? Debía de ser así. A pesar de que había una separación entre ellos, él notaba que la sangre se le calentaba en las venas.

—¿Qué creéis que dirán de nosotros los libros de historia de las arpías dentro de cien años? —preguntó Halo, con una curiosidad fingida.

Silver, el más cínico de todos ellos, se encogió de hombros.

—Que matamos para entretenernos y que no nos importa el sufrimiento de los demás.

—¿La verdad, por una vez? —preguntó Ian, inexpresivamente.

A lo largo de los siglos, los descendientes de aquellos que habían sido conquistados por los Planeta Astra habían escrito muchas historias sobre ellos. Muchos inmortales creían que se habían extinguido, que habían sido derrotados por seres menores como Cronus, Zeus y Ares. Por favor. Esos supuestos dioses no ascendían nunca a un rango superior. Estaban demasiado ocupados jugueteando con los mortales como para preocuparse por el poder.

Frunció los labios con desdén. «No hay nada más importante que un ascenso».

La próxima vez que ascendiera, se graduaría y dejaría atrás la etapa de las bendiciones y la maldición. Lo primero que iba a hacer era matar a Erebus de una vez por todas. Después, se casaría de verdad y podría experimentar la paz por primera vez en la vida.

Hasta ese momento, el ciclo continuaba. Los Astra creaban y destruían mundos a voluntad, y sus conquistas eran innumerables.

Y, si Taliyah no bajaba a cenar con ellos, ¡no iba a comer! Él no iba a consentirle sus caprichos. No lo había hecho nunca con sus otras esposas y no iba a empezar ahora.

Miró hacia la puerta y, con enfado, se llevó el tenedor a la boca. La comida, fuera lo que fuera, tenía un sabor agradable, pero... Oyó algo. Se irguió. ¿Estaba oyendo el clic clic de los pasos de una mujer?

Esperó, sentado al borde de la silla, con el pulso acelerado.

Por fin, se abrieron las puertas y la arpía entró en el comedor. Llevaba la cabeza bien alta y los hombros, erguidos. En cuanto sus miradas se encontraron, ella se detuvo. Y él se la bebió... a tragos.

Taliyah había cambiado su atuendo guerrero por dos piezas de tela de color azul hielo que le marcaban las curvas y dejaban su abdomen a la vista. La parte superior tenía un marcado escote en forma de uve y la inferior se le ceñía a la cintura y fluía ligeramente hasta sus tobillos, con diferentes alturas.

Se había bañado y llevaba el cabello suelto. Sus ondas brillantes le caían por la espalda como una cascada blanca y brillante y enmarcaban su rostro exquisito.

La víbora se había pintado los ojos con kohl, con trazos gruesos, como si estuviera somnolienta porque se acababa de levantar y deseara un amante de inmediato.

En aquella ocasión, su erección fue inmediata y fuerte como el acero. Toda aquella piel pálida... Si otras veces había sentido calor, ahora tenía una sensación sofocante, abrasadora. Tuvo que apretar la lengua contra el paladar.

Taliyah se había pintado los labios de un rojo intenso. Labios que se habían inclinado hacia los suyos hacía solo una hora. Labios suaves, deliciosos, de los que un hombre anhelaba ver envolviendo su...

«¡Basta!».

Cuando ella comenzó a caminar hacia la mesa, los mechones de su pelo se agitaron sobre sus pechos, jugando al escondite con sus pezones. ¿Detectó él el bulto de un *piercing*? Se pasó la mano por la boca; ojalá aquel vestido se quemara y desapareciera. Tenía que verlo todo...

¿Tenía que verlo? Aquellas palabras reverberaron por su mente y, sin darse cuenta, él dobló el tenedor que tenía en la mano. Los pezones eran solo eso, pezones, con *piercing* o sin él.

Ella se detuvo a poca distancia y lo observó. Su expresión era fría y no dejaba entrever nada.

—¿Ya me he ganado tu respeto? —preguntó Taliyah—. ¿O tengo que desnudarme?

Había hecho una pregunta y él tenía la respuesta: ¡Sí! Debería desnudarse. ¡No! Debería ponerse un vestido que le cubriera todo el cuerpo, desde la barbilla a los pies. ¿Qué vestido? No podía pensar. Su olor a bayas escarchadas era como un vino muy potente. La lujuria se apoderó de él y estuvo a punto de hacer que perdiera la cordura.

—Siéntate con nosotros tal y como estás —dijo él, con más ímpetu del que hubiera querido.

—Por cierto —ronroneó ella, con un ligero rubor en las mejillas—, si alguien me ve desnuda más tarde, que se ocupe de sus asuntos. Yo solo llevaré puesto mi uniforme de esposa.

Sus hombres demostraron diversión en diferentes grados.

¿Sentía ella su calor, a pesar de la distancia que los separaba?

—Siéntate —dijo él, señalándole la silla que había a su derecha.

Ella no se sentó.

—Seguramente, debería pedir disculpas por mi tardanza, y lo haré en cuanto consiga lamentarlo. Tus hombres están dejando claro, con sus saludos de dieciocho centímetros, que la espera ha valido la pena. Bueno, él me está dando veinte centímetros —dijo, y le guiñó un ojo a Silver—. Bravo, señor.

Él se irritó aún más.

—Sabes que no debes hablar con mis hombres. Lo

sabes porque te lo dije. Considera esto como tu primera y única advertencia —dijo.

Sin embargo, ella no se acobardó. Hizo un puchero.

—Vaya, mi nuevo marido es celoso.

No, nunca.

—¿Lo que pretendes es excitarnos para que nos enfrentemos por ti? ¿Se trata de eso?

—Por supuesto que no —dijo ella, y le sopló un beso, mostrándole un poco de uno de los colmillos—. Eso solo sería un bonus.

—Siéntate.

Por supuesto, ella no lo hizo.

—Creo que prefiero llenarme un plato y marcharme. Al ver que todos están al otro extremo de la mesa, deduzco que eres una compañía espantosa.

—No finjas que no entiendes las costumbres de los guerreros. Tú luchas para llegar a ser General, y sabes que ese título te separará de aquellos a quienes lideres.

—Diferenciar, sí. Pero no me pondrá por encima.

—¿Pones en cuestión mi liderazgo? Otros han muerto por menos.

—Vaya. No me había dado cuenta de que fueras tan sensible. Pero, para que quede claro, sí, estoy cuestionando tu liderazgo. Cuando yo esté a cargo, haré las cosas de un modo muy distinto —respondió ella. Por fin, con movimientos tan fluidos como los del agua, se sentó—. Sé sincero. Te masturbaste pensando en mí en cuanto saliste del salón del trono, ¿verdad?

—Entonces, ¿reconoces que proyectaste una ilusión de invisibilidad para seguirme?

Ella sonrió con petulancia.

—Bueno, tengo una parte de cambiaformas serpiente. ¿Qué te esperabas?

Aquella mujer conservaba toda la seguridad.

Realmente, pensaba que podía vencerlo. Quizá debiera aclararle que estaba en un error.

Llevado por la irritación, y solo por la irritación, se levantó, la tomó por la cintura y volvió a sentarse con ella en su regazo. Le separó las piernas con las rodillas y le sujetó los brazos a la espalda. Ella aleteó contra su pecho. Las piezas de tela del vestido se abrieron y dejaron a la vista su piel de seda y una daga envainada en una funda.

Para su consternación, solo su consternación, ella se relajó y se apoyó hacia atrás, y él notó el contacto con sus alas, que se le aplastaron contra el pecho, como si la hubiera puesto justamente donde quería estar.

—Corrígeme si me equivoco —dijo Taliyah—, pero creo que mi influencia sobre ti está creciendo y creciendo.

Definitivamente, aquella mujer quería volverlo loco.

Se mordió la lengua con tanta fuerza que notó el sabor de la sangre. Mientras los demás observaban sus jueguecitos sin inmutarse, él le dijo al oído:

—Ya te dije lo que ocurre cuando provocas a un Astra. Ahora te lo voy a demostrar. Ojo por ojo. Si me desafías delante de mis hombres, haré lo mismo contigo.

A Taliyah se le escapó un gemido cuando el Astra metió la mano bajo su vestido y le hundió dos dedos en el cuerpo. El increíble olor de Alaroc la envolvió, como su calor, y la fuerza incomparable de su cuerpo la emocionó.

«Tú has empezado esto. Hazlo hasta el final».

—¿Esta es tu idea de un castigo, guerrero? ¿O has decidido aprovechar la primera excusa que se te ha ocurrido para meterme mano?

Ella había bajado al comedor con la intención de ser agradable y hacer preguntas mientras él la miraba con lascivia. Sin embargo, en cuanto había visto su erección, había cambiado de idea. ¿Por qué no iba a pincharle el orgullo para que se jactara de su fortaleza, de la llave del reino y de todo lo que ella deseaba saber?

Alaroc no tenía ni la más mínima oportunidad.

Estuvo a punto de escapársele otro gemido mientras él seguía moviendo los dedos en su cuerpo.

—¿Qué piensas que estás haciendo al coquetear así conmigo, arpía?

—Te estoy engañando para que me acaricies en público —respondió ella. Sin embargo, odiaba el hecho de que se le estuviera entrecortando el aliento—. Por cierto, he tardado treinta segundos. ¿No te sientes avergonzado?

Él gruñó y le mordisqueó el lóbulo de la oreja.

—¿Qué estás haciendo? —insistió.

—Te estoy demostrando que tu deseo por mí no es ningún secreto, y mostrándote mi capacidad de conseguir que cumplas mis órdenes. ¿Algo más?

Él le preguntó, en bajo, con la voz enronquecida:

—¿De verdad crees que alguien puede obligarme a hacer algo que no quiero hacer?

—Sí, es muy fácil —respondió ella. Se arqueó contra su espalda y le ofreció una vista perfecta del escote del vestido—. Solo tengo que conseguir que quieras decir sí más de lo que deseas decir que no.

Él se inclinó hacia ella, dejó que su espesa barba le raspara la mejilla y le acarició el clítoris.

—¿Por qué no te demuestro cuánto me deseas tú a mí, y no tan secretamente?

Ella se quedó sin aliento. El placer que sentía era innegable. ¡Tenía que controlarse! Cuando recuperó la capacidad de pensar, soltó una carcajada ronca.

—Si nadie puede obligarte a hacer nada, me estás acariciando porque quieres.

—¿Te quejarías si parara? —le preguntó él, y su siguiente exhalación le hizo cosquillas en la piel—. Voy a hacer que te rindas a gritos.

—Por favor, adelante —dijo ella, con la voz ronca—. No soy tímida ni modesta. A lo mejor me gusta correrme delante de tu público.

—Creo que te va a gustar correrte, y punto —dijo él—. Siento lo húmeda que estás por mí.

Guerrero petulante... Debería responder. No debería seguir maravillándose con aquel brazo fuerte que estaba sobre su vientre y con la luz suave y dorada que iluminaba sus tatuajes. Era mucho más oscuro que ella, mucho más grande, y los contrastes eran hipnóticos.

¡Vaya! ¿Hipnóticos? ¿Acaso había perdido la cabeza? Debía de ser así, porque, como una tonta, hizo girar las caderas para recibir su siguiente caricia.

—Si me vas a proporcionar orgasmos gratis, voy a encargar dos. Haz que me corra ahora mismo. Demuestra que puedes —le dijo. No podría y, cuando fracasara, ella se regodearía. Él ya debería saberlo: Taliyah se negaba a ceder—. Estoy segura de que tus hombres disfrutarán del espectáculo. Tal vez me hagan un favor y lo graben. Creo que disfrutaré mirándolo después.

Uno de los guerreros se tiró del cuello del traje y otro se movió en su silla como si se sintiera incómodo. El tercero sonrió y miró fijamente. Pero ninguno desvió la mirada. La respiración de Alaroc se hizo cada vez más trabajosa, pero la de ella, también.

Muy pronto, los dos estaban jadeando. ¿Detuvo él aquellas caricias perversas? No. El dolor de Taliyah se intensificó.

Finalmente, él inquirió:

—¿Es que no tienes vergüenza?

—¿Por qué lo preguntas? ¿Tienes la esperanza de darme un poco de la tuya?

No iba a gemir. ¡No lo haría! Para subir la apuesta, comenzó a acariciarse los pechos.

—He notado que los estabas mirando —dijo—. ¿Quieres verlos? ¿O prefieres la sensación a la vista? Adelante, amásalos. Quiero que...

¿Lo haría?

«Vamos, Astra, ríndete».

Él le apretó el clítoris y ella sintió que un placer inigualable le atravesaba todo el cuerpo. Unos escalofríos calientes le recorrieron la columna vertebral y las caderas se le arquearon como si tuvieran voluntad propia, intentando conseguir más de él sin que ella les diera permiso.

—¿Crees que tus hombres están sintiendo lujuria por la mujer de su comandante? —le preguntó, entonces, con desesperación.

Él debió de ponerles mala cara, porque ellos dejaron de mirarla a la vez. Ella volvió a reírse, y su risa fue más ronca que antes.

—Un Astra muy celoso.

—Dime por qué estás presionando por esto —le exigió Alaroc—. ¿Qué es lo que esperas conseguir, en concreto?

—¿Aparte de un final feliz, quieres decir? —preguntó ella, y se incorporó solo lo suficiente como para poder mover las alas.

Dio un impulso y consiguió que él sacara la mano de debajo de su falda. Giró y se colocó a horcajadas sobre su regazo. Era hora de llevar aquello a otro nivel.

Frotó su sexo contra el de Alaroc y la presión repentina hizo que los dos gimieran.

¿Había cometido un grave error? Quería y necesitaba frotarse con él. Permanecer inmóvil requería de toda su fuerza de voluntad.

—¿No te parece que así es mucho mejor? Así podemos corrernos juntos —dijo, en un tono burlón, más que de necesidad, y sonrió con malicia.

Él sabía lo mismo que Taliyah. O cumplía su amenaza y sufría las consecuencias con ella o se retiraba de nuevo.

—Es tan delicioso —dijo ella, con un suspiro, meciéndose contra él.

Él la miró con sus ojos ardientes, como si fuera un depredador a punto de atacar. ¿Qué haría a continuación? ¿Qué quería ella que hiciera? Su calor la tentaba y la atraía. Su intensidad la deleitaba. Por fin, él se movió de nuevo. Mirándola fijamente, la agarró por las caderas y la instó a seguir frotándose. Ella jadeó, luchando por recordar por qué debía resistirse a él.

—Tú eres... —murmuró Alaroc, sin dejar de estrecharla contra sí.

—Tú...

Justo cuando ella se quedó sin fuerzas, él dio otro gruñido, la levantó y la puso en su silla. Taliyah sintió decepción y satisfacción a la vez, pero aquella combinación le provocó ira. Había ganado otra ronda y debería celebrarlo. Lo haría en cuanto dejara de sentir dolor.

Él dio una palmada en la mesa e hizo vibrar los platos. Un líquido rojo oscuro salpicó el borde de su taza, pero no pareció que él se diera cuenta mientras seguía mirándola.

—Qué dramático eres —dijo Taliyah, y chasqueó la lengua con una irritación fingida.

Él frunció los labios.

—No lo soy...

—Sí lo eres —replicó ella—. Y también eres un provocador. Lamento decirte esto, pero a nadie le gusta que le provoquen.

—¿Estás segura? Creo que a ti te ha gustado mucho —dijo él, y entrecerró los párpados. Oh, qué sexi era...

Taliyah se movió en su asiento y se quedó horrorizada al darse cuenta de que estaba deseando volver a su regazo. El instinto de supervivencia hizo que se concentrara en la comida e hizo algo que había jurado que no haría: evitar la batalla. Tal vez él no se percatase.

—Ahora que hemos establecido mi ventaja —dijo ella—, quiero que mi gente sea liberada. Hoy.

—No vas a ganar la guerra contra mí, arpía —respondió él, con su habitual petulancia—. Tu ventaja ya está desapareciendo. Como te dije, liberaré a las arpías el trigésimo día, cuando mi enemigo ya no pueda usarlas contra mí.

¿Que su influencia estaba desapareciendo? Ella apretó los dientes.

—Tal vez tengas razón con respecto a las arpías.

Erebus, luchando contra la hermandad otra vez... Sí, tal vez fuera mejor que siguieran durmiendo.

—Pero estás equivocado sobre mí. Te prometo que encontraré la forma de ganar. Ya voy por delante. Tú llevas una. Yo llevo cinco.

Él preguntó, con recelo:

—¿Cinco qué?

—Erecciones tuyas.

¡Qué cosas decía aquella mujer! Qué cosas hacía. Roc no tenía ni idea de cómo proceder con ella. ¿Debía reírse? ¿Disfrutar del viaje?

No podía borrarse de la mente las sensaciones que le producía. Y su olor... más dulce que la miel.

Se sentía muy atraído por ella, y ella lo sabía. Había decidido simular una seducción usando su propio cuerpo contra él solo para obligarlo a rendirse ante ella.

Nunca más.

Ian, el muy traidor, no pudo contener la risa. Los otros miraban furtivamente a la arpía, como si fuera una especie de criatura extraña que había surgido de una galaxia lejana. Incluso el cínico de Silver.

Él necesitaba una distracción, así que amontonó tipos distintos de comida en el plato de Taliyah.

—Come, no vuelvas a mencionar las erecciones y yo responderé a tus preguntas. Estoy seguro de que tienes muchas más.

Tal vez, si la mantuviera comiendo, relajada, ella dejaría de arder y no lo desafiaría a que la agarrara de nuevo.

Ella examinó la selección de comida e hizo una mueca, pero, obedientemente, tomó un poco de arroz. Fingió que se lo tomaba, pero lo escupió con disimulo en la servilleta. Él puso los ojos en blanco, extendió la mano y apuñaló algo que había en su plato para demostrar que podía comer sin preocupaciones.

—No te voy a envenenar.

—Claro —respondió ella, con ironía—, porque tú prefieres despedazar a tus víctimas, ¿no?

—Cuando es necesario —dijo él.

Se preguntó dónde estaba ella durante la batalla de aquella mañana. La había buscado.

—Uf. Respuesta poco convincente. ¿Cómo tienes pensado pasar los próximos treinta días mientras yo estoy ocupada matándote? Ayúdame a entender lo que está por venir.

—Voy a matar fantasmas y a construir un altar.

Él notó una opresión en el pecho y se apretó el lugar libre de alevala que tenía sobre el corazón. Casi libre de alevala. La imagen estaba apareciendo poco a poco en su piel. Por suerte, Taliyah no podía verla bajo su camisa. Los Astra no llevaban ese tipo de prenda normalmente, puesto que querían que sus enemigos fuesen testigos de lo que ellos habían hecho. Que conocieran al ser contra el que luchaban.

—He oído hablar de los fantasmas, pero nunca he combatido contra ninguno —dijo ella, en un tono de voz extraño—. Mencionaste a su líder. Se rumorea que Erebus Phantom está muerto.

—Erebus es su líder, sí. Lo matamos, pero resucitó.

La próxima vez, iba a convertirlo en piedra y en cenizas para siempre. Era la única forma de acabar de verdad con un dios que tuviera aquellas habilidades y aquel poder.

—¿Lo matasteis? ¿Cómo?

—¿Quieres que te lo cuente para que puedas usar esa información contra mí? No.

Ella sonrió con dulzura.

—Para poder usar la información contra ti. Me alegro de saberlo.

Él inspiró profundamente.

—¿Sabías que Erebus vino a aterrorizar al reino de Harpina antes de que yo naciera? —le preguntó mientras movía la comida por su plato—. Su hermano Asclepius ayudó a curar a los supervivientes.

—Dudo que Asclepius haya ayudado a los de tu especie. En su carrera por crear nuevos ejércitos y ascender, Erebus y él trabajaron juntos para aterrorizar a muchas especies, sobre todo, de mujeres. A los hermanos les gustaba vestir a esas mujeres con el luto de las viudas para recordar a los Astra la ceremonia de la esposa. E, incluso después de la muerte de Asclepius, Erebus continuó con la tradición.

Taliyah lo miró.

—¿Alguna vez has masacrado a un ejército de arpías fantasma?

—Supongo que sí, seguramente, pero no lo sé con certeza. Yo lucho y mato. En el caso de los fantasmas, no te planteas su origen, porque su antigua vida ha terminado.

Ella se quedó pensativa.

—¿A qué te refieres con lo de «ascender»? ¿Puedes subir más?

—Siempre. Entre los dioses hay miles de rangos y niveles de poder. Para alcanzar un puesto superior debemos trabajar y luchar.

—Ah. Como la carrera por el puesto de General arpía. Mientras hacemos todo ese trabajo y luchamos, nuestro poder aumenta.

—Exacto.

Volvió a mirar la comida y a mezclarla por el plato. ¿Por qué no comía?

—¿Va a venir Erebus a Harpina? ¿Y Chaos?

—Chaos asistirá a la ceremonia final —dijo él, sin disimular su afecto por el dios—. Erebus y sus fantasmas, también. Pero no tienes nada que temer de ellos. Yo te protegeré.

—¿Temer? —preguntó ella, mirándolo—. Retira eso ahora mismo. Yo no tengo temor a nada.

—Deberías temer a Erebus y a sus fantasmas —dijo él—. Ellos quieren que mueras antes del día del sacrificio.

—Como tú mataste a mi General, yo estoy a solo una estrella de ser la siguiente General arpía. Puedo vérmelas con un dios y sus cachorros, ¿entendido?

—Está bien. El comandante de los Astra va a hacer una proclamación oficial: Taliyah Skyhawk no teme a nada.

Una vez su orgullo estuvo calmado, ella se relajó en la silla.

—No he olvidado lo que dijiste en el salón del trono —dijo él. De repente, se le ocurrió una pregunta que le causó preocupación—. ¿Con quién has usado las manos y la boca... para hacer cosas?

—Tuve a un hombre objeto a mi disposición cuando me convenía. Su nombre es Hades. ¿Por qué lo preguntas?

—¿Hades, el rey del inframundo?

Según los informes, todo un maestro de la seducción.

—¿Has oído hablar de él?

—Ha ganado ciertas batallas y ha matado a innumerables enemigos. Sí, he oído hablar de él.

Se agarró con fuerza a los brazos de la silla.

Taliyah y Hades.

Hades y Taliyah.

Umm.

—¿Lo echas de menos?

Taliyah se quedó boquiabierta y farfulló.

—Respóndeme, arpía.

—Estás celoso de verdad —dijo ella, con un jadeo de asombro—. ¡Estás celoso! Llevamos casados un minuto y ya estás echando espumarajos por la boca a causa de los celos —dijo ella, con alegría—. Entonces, ¿los Astra sois muy posesivos? No, ni te molestes en negarlo. La envidia te sale por los poros, querido.

En aquel momento, él sintió odio, más o menos, hacia ella.

—Solo tengo curiosidad. ¿Por qué te arriesgaste a perder la oportunidad de llegar a ser General arpía por tener un orgasmo con un tipo como Hades?

—Lo cierto —dijo ella, con un brillo calculador en los ojos— es que no solo tuve un orgasmo. Mi mundo se volvió del revés. Repetidamente. Nadie ha estado tan cerca de ganarse mi virginidad.

Un dios del inframundo había estado a punto de quedarse con lo que le pertenecía a él. Se puso furioso. Cada inhalación fue como una corriente de fuego en sus fosas nasales.

Las primeras señales de anhilla, un momento en el que nadie podría detenerlo. Quien se interpusiera entre su enemigo y él iba a morir entre gritos de dolor.

«Si me das permiso, terminaré de adaptar el cinturón de castidad antes de que acabe la cena. Solo me quedan unos pocos ajustes».

La voz de Silver se abrió paso en su mente y le alertó de lo rápidamente que estaba perdiendo el control.

Se agarró con más fuerza a los brazos de la silla, miró al guerrero y asintió con un gesto cortante.

«Hazlo».

Cuanto antes tuviera a Taliyah con el cinturón de castidad, mejor. No porque temiese perder la cabeza y acostarse con ella, no. Por favor. Por mucho que la deseara, no iba a tomarla. Pero, si él tenía que sufrir aquella noche sin una concubina, ella sufriría por no conseguir alivio de ningún tipo.

Silver se puso en pie y salió del comedor.

—¿Qué ha sido eso? —preguntó Taliyah, mirando a los guerreros con el ceño fruncido—. ¿Os comunicáis telepáticamente como los Enviados, o algo por el estilo?

—Come —le ordenó él.

—¡Ya casi he vaciado el plato!

—No has comido más que un bocado —dijo él. Necesitaba tiempo para calmarse, y ella necesitaba sustento. Además, podían estar allí mientras esperaban a que llegara el cinturón de castidad—. No vamos a marcharnos hasta que hayas cenado, Taliyah. Si tengo que darte de comer yo mismo, lo haré, te lo juro.

Capítulo 8

Taliyah entendió cuál era el desafío: Alaroc quería que se negara a cenar. Cualquier excusa era buena para castigar a la mujer que había descubierto su debilidad, su primitivo sentido de posesión. Sin embargo, no tenía celos porque se hubiera enamorado de ella, ni nada parecido. En realidad, era porque ella, ahora, llevaba su nombre. Él la consideraba de su propiedad y creía que tenía el derecho exclusivo sobre su cuerpo.

En aquel momento, Alaroc estaba deseando pelear. Cuánto debía de lamentar el hecho de no poder invocar a su concubina. Durante los siguientes treinta días, ella sería su única salida. Por lo tanto, no debía pelearse con él por aquello. El comandante no iba a conseguir lo que quería de ella. Sonriéndole, tomó un bocado de algo cremoso. Oh, qué asco. ¿Masticar siempre había sido tan repugnante? Prefería absolutamente su dieta de almas; el alimento bajaba de forma agradable, suavemente, hacia el estómago. Al menos no tenía que robar o ganarse la comida para disfrutar de ella, como otras arpías. Su fantasma casi anulaba esa necesidad.

Roc la miró con el ceño fruncido. Su rey del drama no era capaz de contenerse.

—Si no te gusta un plato, elige otro.

—¿Por qué estás tan enfadado, esposo? ¿Has tenido un mal día en la oficina?

Él no dijo nada, se limitó a estudiarla como si estuviera tomando notas para sus próximas batallas, planeando dónde pondría las manos.

Al siguiente bocado, ella empezó a acostumbrarse a las cosas, a adaptarse a las sensaciones y los sabores. Y, en absoluto, por supuesto que no, no se retorció mientras veía cómo la miraba. Aquel tipo la confundía, eso era todo. Era brusco y tenía mal carácter, esperaba obediencia en todos los sentidos, en todo momento, pero también era... normal.

Se había suavizado al hablar de Chaos y se había irritado al mencionar a Erebus. ¿Cómo reaccionaría al conocer la relación familiar que ella tenía con esos hombres? Dependería de lo que fuera más fuerte, su amor o su odio.

Como, supuestamente, Erebus iba a visitar Harpina, decidió guardarse aquella información. Una bomba solo podía detonarse una vez.

Aquel día tenía que conformarse con fastidiar a Alaroc. Por lo menos, era divertido escandalizarlo, teniendo en cuenta su actitud estoica.

—Solo por curiosidad, ¿vamos a pasar la luna de miel en mi cama o en la tuya? —preguntó, después de tragar.

Él se reclinó en su asiento y adoptó una pose relajada. Buen intento. Una agresividad como la suya no podía disimularse. La camiseta negra le ceñía unos enormes bíceps flexionados y listos. Por debajo de la manga, uno de los tatuajes espumeaba y se retorcía a mayor velocidad.

«¡Evita la trampa!». Centró la atención en su rostro áspero y hermoso. Aquel no era el momento para hacer otro viaje por la calle del asesinato.

—¿Y bien? —insistió.

—Yo dormiré en la *suite* de la General. Solo.

Así que necesitaba dormir, como todo el mundo. No era todopoderoso. La Operación Desfiladero Nocturno estaba en marcha.

—Dado que las arpías solo usan camas para sexo y para guardar ropa —dijo—, estoy seguro de que pasarás cada noche planeando mi desgracia.

—No te equivocas.

Hasta que no encontraban un consorte, las arpías se negaban a descansar en lugares obvios o cerca de un enemigo.

—¿No tienes miedo de que te abandone?

—Puedo destruir el reino duplicado con las arpías dentro. No, no tengo miedo de que te vayas —respondió él. Lanzó la amenaza con tanta calma como todo lo demás, como un guerrero que confiaba en su estrategia. Como debía ser. Era sensato.

Ella no podía engañarse a sí misma pensando que solo estaba viendo su farol. Si se marchaba y él se enteraba, destruiría por completo el otro reino. Sin embargo, se equivocaba en una cosa: saberlo no iba a detenerla. Una de las primeras normas de la guerra era no permitir que la inquietud por algo que podría ocurrir le impidiera a una tomar la decisión más acertada.

Si ella deseaba hablar con Neeks, lo haría. Si saltaba de reino en reino después de haberse alimentado, Alaroc nunca iba a entender que había abandonado un rato el barco. Si él sobrevivía a la alimentación, por supuesto. Su alma iba a tener un sabor delicioso, estaba segura.

—¿Qué motivación iba a tener yo para dejarte, querido esposo? —le preguntó, abanicándolo con las pestañas—. Una pre-General se merece disfrutar de cada segundo de su flamante matrimonio.

Él le miró la muñeca.

—¿Y por qué piensas que vas a llegar a ser General antes que la otra arpía? Me refiero a la primera que elegí. Ella tiene más estrellas.

—Puede que esta sea la pregunta más tonta de las que has hecho. Mara luchó contra la General Nissa y perdió. Está fuera de la competición hasta que sea coronada la nueva General.

Taliyah se imaginó que lucharían aquellas que tuvieran nueve estrellas. Cuando ella terminara su sacrificio, iba a desafiar a la ganadora. No quería alardear, pero podía vencer a Mara maniatada y con los ojos vendados.

—¿Por qué deseas ser General?

—Soy la mejor para ese trabajo —dijo ella.

La verdad era la verdad.

—¿Y por qué piensas que eres la mejor? —preguntó él, con curiosidad.

—Para empezar, soy fuerte.

—También lo son las demás.

—Soy... Yo nací para ser General, así que seré General.

¿Y a qué se debía la insatisfacción constante que sentía? ¿Qué ocurría con eso?

Alaroc ladeó la cabeza y miró hacia el final de la mesa. Debía de estar comunicándose con sus hombres. Después, se puso en pie y le tendió la mano.

—Ven —le dijo—. Tengo un regalo especial que has de aceptar.

Ella, con una gran curiosidad, estuvo a punto de tomarle la mano.

—No, gracias. Me apetece tomar el postre.

No iba a concederle nada de lo que quisiera aquel día.

Él dio un gruñido, hizo que se pusiera en pie y la estrechó contra su pecho.

A ella se le aceleró el corazón mientras se miraban en silencio. Sintió un impulso de rebeldía.

—¿Eres tú mi postre, Astra?

Él soltó una maldición y se teletransportó a una habitación que ella no conocía. Era más pequeña que el dormitorio principal, pero en ella había una cama con dosel, una bañera de pie de garra frente a la chimenea y un escritorio con tortugas doradas bajo las patas. Le gustó.

Alaroc la soltó y se separó de ella tan repentinamente que ella se tambaleó.

Lo miró de manera fulminante, pero solo sirvió para que se quedara anonadada. Las estrías plateadas de sus ojos dorados estaban girando a gran velocidad.

—Ahora —dijo él, con una sonrisa sardónica—, podemos hacer esto a mi manera, agradable y fácil, o a tu manera, no agradable ni fácil.

Ella tembló mientras observaba todo lo que había a su alrededor, hasta que detectó un precioso pero traicionero cinturón de castidad sobre la cama. Reconoció el diseño. Era una delgada banda de metal decorada con símbolos en espiral, que se ajustaba alrededor de las caderas. Del centro de la banda colgaban dos eslabones planos, uno por delante y otro por detrás. Tenían un aspecto delicado y servían para sujetar una lámina curva de metal entre las dos.

No era de extrañar que Alaroc estuviera tan contento. Con aquel regalo aseguraba su inversión. Se cercioraba de que su esposa fuera casta y, además, la castigaba por haberlo provocado durante la cena.

Todo eso la enfureció.

—¿Necesitas ayuda para resistirte a mí? Vaya, qué triste.

Él hizo caso omiso de sus palabras.

—Por una vez, arpía, tengo la esperanza de que hagamos esto a tu manera.

—¿Te gustan los regalos de rebote? Creo que el cinturón va a regalarte muchas erecciones.

—O te lo pongo yo, con tu colaboración, o te lo pongo yo. Decide.

Pensó febrilmente. Vaya, había provocado de verdad a aquel oso con su comentario sobre los celos, ¿eh? Él estaba ansioso por librar aquella batalla desde entonces. Sabía que si aceptaba el cinturón sin resistencia, él se quedaría desconcertado, pero renunciar a la libertad personal dócilmente no era su estilo.

Además, ¿para qué iba a desperdiciar la oportunidad de comprobar su habilidad en el combate?

Se acercó a él.

—Parece que vas a conseguir tu deseo, Astra —le dijo. Su delicioso olor la desconcentró, pero siguió adelante—. Veamos qué es lo que tienes.

Él sonrió lentamente.

—Con mucho gusto, esposa.

Con un movimiento tan rápido que resultó imprevisible, él la tomó en brazos y la tiró sobre la cama, junto al cinturón de castidad. Antes de que ella dejara de rebotar, él le levantó la falda y le arrancó las braguitas.

A ella se le escapó un jadeo al notar el aire frío.

—Bueno, bueno, bueno. Sabes moverte. No está mal.

—Hay más.

—Estoy segura.

Para su consternación, él no se abalanzó sobre ella. La miró fijamente y flexionó los músculos. Ella tragó saliva. Todo aquel poder acumulado le estaba afectando de una manera extraña a la concentración. Temblando por dentro, se incorporó, apoyándose en los codos, y sonrió amablemente cuando él se inclinó hacia ella. Entonces aprovechó para darle una patada en la cara con los zapatos de tacón de aguja.

Él la agarró por el tobillo después de que ella consiguiera cortarle la mejilla. La sangre le goteaba de la herida, aunque ya se le estaba curando.

—Yo también tengo mis movimientos —dijo ella.

—Seguro que sí —respondió él, y le pasó el dedo gordo por el talón para quitarle el zapato—. ¿Has llevado alguna vez un cinturón de castidad?

—Solo en mis pesadillas.

Él se rio.

—Pues vas a llevar el mío.

—Primero tendrás que someterme. ¿Puedes?

Él observó el punto de unión de sus muslos, y una gota de sudor le resbaló por la sien.

—Creo que te gusta la idea.

No, no le gustaba. No podía gustarle. ¡Era una locura!

—Lo que me gusta es la posibilidad de tu derrota —respondió, con la voz más ronca de lo normal. Qué humillante.

No más conversación. Le dio una patada con el otro pie y, a velocidad de arpía, pudo clavarle el tacón tres veces. Seguramente, él podría haberla detenido, pero ni siquiera lo intentó mientras el tacón de aguja se le hundía en el hombro a cada golpe.

—La forma en que se sacuden tus pechos...

Por fin, salió de su estupor, le arrancó el zapato y lo arrojó por detrás de él.

Cuando trató de alcanzarla, ella le dio un puntapié en la garganta. Él se tambaleó y ella aprovechó para levantarse y volver a golpearlo en el mismo sitio. Se le rompieron los nudillos al primer golpe y se le hicieron añicos al segundo, porque él tenía la tráquea como el acero. Pero no le importó y golpeó de nuevo.

Antes de recibir el siguiente golpe, él se teletransportó y desapareció. Ella notó un calor a su espalda, se inclinó hacia atrás y pateó con las piernas.

¡Contacto! A él se le escapó un gruñido y empezó a echar sangre por la boca.

—Ya te has divertido. Ahora voy a divertirme yo —dijo, y se abalanzó sobre ella.

Ella giró y se apartó, y él cayó sobre el colchón. Entonces ella lo pateó, pero él la agarró del tobillo. Siguieron luchando a golpes. La única habilidad que no utilizó fue la de convertirse en neblina. Tal vez él lo considerara una ilusión; tal vez, no. La recompensa no compensaba los riesgos. Convertirse en neblina requería una gran energía y ella aún no se había alimentado. Ya estaba cansada y sentía debilidad en las extremidades.

¡Ay! ¿Cuánto más podría seguir luchando?

Para su asombro, Alaroc no dio ni un solo puñetazo. Tan solo se defendió. Se valió de su fuerza superior para conducirla de vuelta a la cama. Fue el principio del fin para ella, y ambos lo sabían. En pocos minutos, él logró inmovilizarla en el colchón y, con las alas aplastadas, su fuerza disminuyó más rápidamente.

—Ríndete, arpía. He ganado.

Estaba sobre ella, húmedo de sudor. Tenía una vena hinchada en el centro de la frente.

A ella se le pasó un poco la animosidad. Tal vez hubiera perdido la batalla, pero había ganado otra cosa.

—¿Por qué no te sientes victorioso, guerrero? ¿Porque me deseas más que nunca?

Tenía una erección enorme y se le notaba a través del pantalón.

Él, en silencio, la sujetó y le puso el cinturón de castidad por las piernas, con delicadeza. No pudo disimular el temblor de su cuerpo mientras le rozaba la piel.

«¿El guerrero Astra tiembla por mí?».

«Ignora tu asombro».

—Te gusta el ojo por ojo, ¿verdad? Supongo que tendré que matarte de deseo antes de matarte.

Él no se echó atrás. Con un solo giro de muñeca atornilló el cinturón.

El siniestro clic y el frío contacto del metal deberían haberla enfurecido, y se sentía vulnerable acostada allí, con un ejecutor de más de doscientos kilos. Sin embargo, le gustaba. Claramente, algo no andaba bien en su cabeza. Una General no debería nunca disfrutar de la victoria de un enemigo.

—¿Lo ves ahora, arpía? —preguntó Alaroc, con satisfacción—. No puedes vencerme.

—Lo único que veo es un hombre sin concubina que acaba de perder el privilegio de acariciar a su esposa —le espetó ella.

Capítulo 9

En medio de un caos de emociones contradictorias, Roc fue a la *suite* principal. Necesitaba escapar del adictivo frío de Taliyah..., de su aroma, de su mirada de desafío, de su boca lasciva y de la excitación y el estremecimiento que le causaba su mera presencia.

Luchar contra ella era estimulante, una sensación embriagadora. Poseía una habilidad increíble, era veloz y tenía una vena cruel. En medio de la lucha, a pesar del dolor que le producían sus golpes, anhelaba besarla. Anhelaba meter de nuevo los dedos en su cuerpo y ardía de deseo por ella. Taliyah era una seductora.

¿Otra vez tenía aquel sentimiento posesivo? Soltó una maldición. Ella ya había utilizado sus artimañas con él. El verdadero peligro de tratar con un cambiaformas serpiente. Eran capaces de manipular con tanta habilidad que uno ni siquiera se daba cuenta de que había sacrificado sus propios límites hasta que era demasiado tarde.

¿Se habría sentido Solar tan destrozado?

Roc se acercó al armario para ponerse la armadura. No iba a pensar más en Taliyah. Aquella noche iba a custodiar la muralla. Los fantasmas solían aparecer el día después de su boda.

Cuando hubo seleccionado el arsenal de aquella noche, se puso en contacto telepático con sus hombres y les pidió un informe.

Halo, el segundo al mando, respondió rápidamente.

«Acabo de volver de la muralla. No hay señales de fantasmas», dijo, e hizo una pausa. «Esta esposa es bastante luchadora», comentó.

A continuación, la voz grave de Roux le llenó la cabeza.

«Las arpías se rebelaron cuando se enteraron de tu batalla con tu esposa. Les recordé que no vas a matarla hasta dentro de treinta días, pero no conseguí que se calmaran. Supongo que la ejecución multitudinaria sigue descartada, ¿no?».

Silver le dijo:

«Tengo a los soldados divididos en grupos, repartidos por el reino y en formación, preparados para cualquier cosa...».

Excelente.

«Yo he reanudado la fortificación del palacio», dijo Ian. «Y debería informarte de que los soldados están chismorreando. Se ha corrido la voz de tu humillante lucha contra la arpía. Gracias a mí, claro. Se hacen bromas. Te van a encantar».

Roc se pasó la lengua por un colmillo mientras tomaba una daga de tres hojas.

«Ríete lo que quieras. Estoy esperando el día en que pueda devolverte el favor».

Cuando salió del vestidor, miró hacia la puerta de la habitación de Taliyah. ¿Estaría ella dentro, intentando quitarse el cinturón de castidad?

Todavía tenía una erección, y soltó una palabrota. Volvió a maldecir cuando iba hacia la puerta. Cuando iba a girar el pomo, notó un calor abrasador en la nuca, en el punto exacto donde Chaos le había grabado un símbolo.

Era una llamada oficial.

No se resistió al notar que una mano invisible tiraba de él y lo transportaba a través de diferentes reinos. El paisaje se desdibujó a su alrededor, las paredes fueron reemplazadas por árboles, agua, edificios... Cuanto más viajaba, más se le enfriaba la marca de la piel.

Al fin, se detuvo en medio de un cielo nocturno infinito. Era una habitación privada de la morada del dios. Sus hermanas no estaban presentes.

Contuvo su decepción. Cerca de él, suspendido, estaba el enigmático dios, conocido por muchos como Océano de la Oscuridad.

—Roc.

—Mi señor —dijo él, inclinando la cabeza con respeto.

Chaos tenía los ojos y la piel negros. Cuando salía el sol, se le aclaraban los ojos y se le teñían de matices rosados, amarillos y azules. A mediodía, los iris se le ponían de un color azul puro, como el agua más cristalina. Después, el proceso comenzaba de nuevo.

Una nube de humo blanco le rodeaba el pelo. Llevaba una túnica negra y el bajo de la tela estaba cubierto de escarcha.

Él sentía una gran curiosidad, pero no dijo nada. Era el guerrero de mayor rango quien debía iniciar la conversación. Y, por fin, el dios comenzó.

—Estás casado de nuevo.

—Sí, así es.

No dijo nada más. Con Chaos era más inteligente el silencio que el parloteo. A menudo, el dios usaba sus propias declaraciones para dar una lección dolorosa.

—Mi hijo sigue decidido a quebrarte.

—Estoy seguro de ello.

Él no entendía por qué Chaos amaba a Erebus, después de todo lo que les había hecho a los Astra, pero, por otro lado, admiraba a su mentor por amar a su hijo, cosa que sus propios padres no habían hecho con sus hermanos y él.

—Elegiste a Taliyah, el Terror de Todas las Tierras, la del Corazón Frío. Ella te atrae como ninguna otra, pero la matarás. Otros guerreros podían haberse casado con ella y haberse quedado con el Terror.

—La arpía serpiente es la mejor especie para el sacrificio.

—Si tuvieras la oportunidad de empezar de nuevo, de elegir a otra esposa, no cambiarías nada.

—No.

Cualquier cosa que no fuera lo mejor sería una falta de respeto para el dios que había salvado a sus hermanas y se había pasado la eternidad supervisando sus avances. Él deseaba a Taliyah, cierto, pero eso no era bastante para salvarla. En realidad, no había nada que pudiera salvarla.

—Vas a vacilar a la hora de cumplir con tu deber —dijo Chaos, y él se quedó helado—. Lo único que no puedo saber de todo esto es si, finalmente, te negarás a matarla.

—No. Cumpliré con mi deber sin dilación y sin excusas. La mataré.

—La matarás —dijo el dios— aunque Taliyah, el Terror de Todas las Tierras, sea tu gravita.

Él se quedó horrorizado. ¿Taliyah era su gravita? ¿La novia a la que nunca podría reemplazar? No, por supuesto que no.

—Un Astra produce polvo de estrellas para su gravita. Yo no he producido nada.

—Aún.

Aquella palabra se quedó suspendida entre ellos. Taliyah... su gravita. ¿Era posible? Sería la explicación de por qué se sentía tan atraído por ella. Por qué no quería hacerle daño mientras peleaban. Por qué la anhelaba con aquella intensidad.

—Yo... no. No lo es y no lo será.

—O lo es y lo será siempre.

No. Y él iba a demostrarlo.

—No cambiaré de opinión sobre ella ni sobre mi deber.

—Sospecho que nos estás mintiendo a los dos —respondió el dios—. Tal vez, con su muerte, asciendas finalmente.

Su mayor deseo. Estaría dispuesto a hacer cualquier cosa por conseguirlo.

—Sabremos la verdad al mismo tiempo —dijo Chaos.

Movió una mano y él cayó al siguiente reino, y al siguiente. Aterrizó en su habitación de Harpina antes de haber podido procesar las palabras del dios y rodó por el suelo hasta chocar con la pared, con tal fuerza que resquebrajó la piedra. El cerebro se le golpeó contra el cráneo. El polvo contaminó el aire y le raspó la garganta.

Cuando se detuvo, miró la puerta que comunicaba su dormitorio con el de Taliyah. Tuvo el impulso de atravesarla, pero se contuvo. Ella no era su gravita, y él no le había mentido a su dios. Lo primero era cumplir con su deber. Por sus hombres, por la bendición, por la caída de Erebus, él siempre cumplía con su deber.

¿Ascendería, tal y como había predicho Chaos?

La posibilidad de conseguir por fin su objetivo no le entusiasmó como hubiera debido. Frunció el ceño. ¿Acaso no podía alegrarse con la idea de superar el poder de Erebus y de aniquilar a todos los fantasmas? ¿De conseguir que sus padres se arrepintieran de sus actos contra sus hermanos y él? ¿De escapar del ciclo interminable de bodas y asesinatos?

Aunque, si asesinaba a su gravita, podía verse sometido a una maldición mucho peor.

Capítulo 10

¡Estúpido cinturón de castidad! Taliyah atravesó el palacio dando pisotones al andar, con un cristal en la mano, en busca de Blythe e Isla y en busca de una llave. A cada paso, la placa de metal le rozaba un punto muy sensible y eso la mantenía nerviosa. Sin duda, el diseñador del cinturón pretendía atormentarla tanto como proteger su preciosa virginidad.

No le servía de ayuda la debilidad que había experimentado durante su lucha con Ros y que persistía. Tan pronto como él se durmiera, se libraría de ella alimentándose, alimentándose y alimentándose.

Movió las alas con impaciencia. Si todo iba según lo previsto, su viudez empezaría antes del amanecer. Y, si solo conseguía fatigarlo, se conformaría. Tenía mucho tiempo para asegurar su victoria.

Dobló la esquina y entró en un pasillo con seis puertas, tres a la izquierda y tres a la derecha. No había ni rastro de su hermana ni de su sobrina, pero... había algo nuevo.

Al otro extremo del pasillo, alguien había enmarcado las ventanas con algo extraño. Se acercó a la vidriera arqueada y se fijó en la sustancia, que era de color gris metalizado y estaba latiendo con energía.

Lo tocó y, con el contacto, se dio cuenta de que eran mil insectos invisibles que se arrastraron por su piel, la mordieron y la picaron.

Reconoció la sensación y se le revolvió el estómago. Los Astra habían bordeado la ventana con una mezcla de hierro de fuego, cristal diabólico y madera maldita. Trinite, según lo había llamado Roc. «Mi kriptonita».

Bueno, después de terminar la búsqueda, tendría que igualar el campo de juego.

Se dirigió hacia la última habitación que tenía en la lista de aquella noche: la biblioteca, una enorme estancia de tres niveles llena de miles de libros sobre arpías y las muchas especies distintas contra las que luchaban. Entre otras cosas.

El primer piso brillaba como un lago de fuego, el segundo, como una capa de hielo, y el tercero, como una combinación de los dos. Alrededor del centro de la sala había estatuas de las antiguas Generales.

Con el cristal en la mano, descubrió varias filas de catres alineados en la biblioteca del reino duplicado. Las arpías dormían allí. Estaban por todas partes. Sin embargo, no encontró a Blythe ni a Isla, ni la llave.

Aunque se sintió decepcionada, no perdió la determinación de destruir a Roc. Preparo un candelabro para que cayera durante las veinticuatro horas siguientes, jugó con los cables eléctricos para electrocutar a quien pulsara los interruptores y aflojó las barandillas de algunos balcones.

Cuando terminó, vio a una chica morena de estatura baja y a una rubia con la piel muy clara, alta, con rulos en el pelo. Estaban rodeando una estantería.

Eran concubinas.

Taliyah se detuvo. Iban en bata y estaban rebuscando entre los libros. Se acercó a ellas y las saludó amablemente.

—Hola, chicas. Soy yo, la nueva mujer de vuestro comandante. ¿Os importaría hablar conmigo?

Ellas se quedaron inmóviles, aunque no parecía que tuvieran miedo. Eran tontas. Taliyah se había quitado el vestido y se había vestido para la batalla. Llevaba armas de Roc atadas a todo el cuerpo; se había colado en la zona neutral antes de comenzar su cacería. Él se había marchado hacía bastante tiempo.

—Eres Taliyah, ¿no? —le preguntó la chica morena.

—Sí. ¿Cómo os llamáis vosotras?

—Soy Teriella. Teri —dijo la morena.

La rubia, la que se parecía a ella, le dio un sorbo a una lata de refresco y eructó tapándose la boca con la mano.

—Yo soy Kindred.

A tan poca distancia, ella percibió las diferencias. Kindred era unos cinco centímetros más baja que ella y tenía las orejas puntiagudas. Su piel era rosada, parecida a las perlas. Así pues, era una elfa. Olía a lilas.

—Hemos venido a buscar algunos libros —dijo Kindred—, pero te dejamos tranquila para que sigas... con lo que tengas planeado.

—Quedaos. Puedo ayudaros a encontrar los mejores libros. ¿Qué tema os interesa más? Tenemos un par de estanterías dedicadas a las novelas románticas, si os gustan.

—Mira, no quiero ser maleducada, ni nada por el estilo, pero no vas a ganarnos para que nos pongamos de tu lado —dijo Teri—. No vamos a ayudarte a escapar ni vamos a hacerles daño a nuestros hombres por ti.

—No necesito ayuda —dijo ella, y miró a Kindred—. ¿Estás enamorada de Roc?

La elfa se echó a reír.

—Lo has entendido mal. Estoy viviendo una buena

vida. Protectores feroces, buen sexo y grandes amigos. No voy a renunciar a todo eso por una arpía que ya está muerta.

Ella se encogió de hombros.

—Adelante, apostad por el caballo perdedor. Este año, el trofeo es la cabeza del Astra.

Teri tiró del brazo de su amiga.

—Vamos. No deberíamos estar hablando con ella.

Pues buena suerte. Ella tenía cosas más importantes que hacer.

Mientras colocaba trampas para los Astra en otras habitaciones, el estómago empezó a dolerle a causa del hambre. Iba quedándose sin fuerzas. Pronto iba a salir el sol y, seguramente, Roc había vuelto ya. Seguramente, estaba dormido.

Se le hizo la boca agua. Tenía mucha hambre. Sin embargo, antes de ir en busca del Astra, recogió las armas que todas las Generales tenían guardadas en la biblioteca. Cualquiera necesitaba un plan alternativo.

Rápidamente, examinó la zona. Estaba sola. Excelente.

Se acercó a un retrato de tamaño natural de Nissa, que colgaba a la altura de los ojos. La General estaba cruzada de brazos con un arma semiautomática apoyada en un hombro.

Ya podía oler la pólvora. Extendió el brazo y atravesó la imagen con la mano. No se había transformado en neblina, pero, a menudo, las arpías cambiaban trabajo de mercenarias por magia. Cualquier arpía podía hacerlo.

Cuando notó el contacto frío y duro del metal, sonrió. Aunque las balas no mataran a Roc, sí lo ralentizarían. Y, si combinaba el arma con la ballesta y las dagas que él se había dejado sobre la cama, podría hacerle mucho daño.

Envainó el arma y volvió a su habitación silenciosamente. Dejó el arma en la mesita de noche, junto a las demás que había robado. ¿Se habría dado cuenta él de que las había perdido? Hacía poco tiempo que lo conocía, pero lo había visto tratar su arsenal como si fuera desechable. Eso era exactamente lo que no debía hacerse, según la escuela de la guerra victoriosa de Tabitha Skyhawk. Su madre solía decirle que, cuando las fuerzas flaqueaban, tener armas era una gran ventaja.

Roc estaba a punto de perder todas sus fuerzas.

«Tendrá un sabor exquisito», pensó.

Temblando con una mezcla de hambre y de emoción, se sentó en la cama y comenzó a prepararse para la succión de almas. La succión de almas era un término intercambiable con alimentación. Ocurría física o místicamente, a elección del comensal. La mayoría de las veces, ella prefería en persona, cuerpo a cuerpo, pero, como en aquella ocasión se trataba de un Astra, habría que hacer una excepción.

Respiró profundamente y empujó su espíritu fuera de su cuerpo, poco a poco. Era un proceso doloroso, tanto como amputar un miembro. La invadió un frío profundo mientras el hueso, el músculo y la carne se separaban del espíritu. Ya casi lo había conseguido...

Detestaba dejar una parte de sí misma sola y vulnerable. Ojalá pudiera convertirse en neblina para alimentarse, pero debía asegurarse de que una parte de su espíritu conectara con el de Roc sin barreras.

En cuanto terminó aquel proceso, flotó por la habitación y atravesó la pared. Y allí estaba él, el comandante de los Astra. Estaba dormido, dando vueltas por la cama en un sueño inquieto.

Ella se acercó y, cuando él se movió en su dirección, lo iluminó un rayo de luna. Se quedó helada. ¿Había sentido su presencia?

—¡No! —ladró Roc. Comenzó a dar patadas y apartó la manta, y movió la cabeza violentamente de un lado a otro.

¿Tenía una pesadilla? Qué... normal. Y qué mono. Lo humanizaba un poco.

Ella se lamió los labios mientras seguía acercándose, y se sentó al borde de la cama. Él siguió moviéndose con inquietud, y ella se preguntó qué podía molestar tanto a un guerrero tan feroz como aquel, con sus crímenes grabados en la piel.

No se apiadó de él. No iba a apiadarse de un hombre que pensaba matarla. En aquel momento, vivía para atormentarlo.

Se inclinó hacia él y olisqueó su alma, que tenía un aroma a ron especiado y azúcar derretido. Por un momento, se limitó a saborearlo. Cuando el hambre eclipsó todo lo demás, ahuecó la mandíbula, sorprendida por lo mucho que temblaba. Temblores que aumentaron cuando presionó sus labios contra los de él y extrajo... nada.

Frunció el ceño. ¿Había hecho algo mal? Lo agarró con más fuerza y se aseguró de que sus espíritus estaban en contacto, y volvió a colocar la boca sobre sus labios. Chupó con fuerza, pero solo sintió mareo, vértigo. Se quedó atónita y disolvió aquel contacto poco a poco. No sabía cómo, pero aquel poderoso guerrero la había bloqueado mientras dormía.

Se puso furiosa. Volvió a su habitación y entró de nuevo en su cuerpo.

Mientras las diferentes partes de su ser volvían a unirse, sintió un frío cosquilleo en los miembros. Empezó a pensar febrilmente.

«Olvídate de alimentarte».

Quedaba muy poco tiempo para el amanecer y no podía ir a cazar a uno de sus soldados para consumirlo. Tendría que pasar un día más sin alimentarse. Al día siguiente, al anochecer, lo primero que haría sería visitar al ejército de Roc.

En aquel momento, tendría que golpear a Roc de otros modos. Tenía el arma y la ballesta. ¿Por qué no tenderle una trampa? Por lo menos, así se enteraría de cómo reaccionaba a las balas y las flechas, y sabría con cuánta rapidez se curaba.

Una vez tomada la decisión, una idea empezó a tomar forma en su cabeza. Se ocupó de preparar una mañana muy mala para su marido.

Al terminar de pensar en todos los detalles, sonrió. A Roc no iba a gustarle aquello nada de nada...

Capítulo 11

Roc se levantó en cuanto la luz del sol empezó a entrar por las ventanas del dormitorio. No había podido dormir. Primero había recorrido las calles de Harpina en busca de fantasmas. Después, había estado moviéndose por la cama sin poder evitarlo, soñando con sus hermanas, reviviendo el día en que sus padres habían vendido a las niñas al mejor postor. La impotencia de luchar y no poder salvarlas... El puro terror grabado en sus caritas... Las lágrimas de Ian mientras se las llevaban...

En algún momento, había tenido una visión de Taliyah, de su cuerpo perfecto tendido en la cama, desafiándolo a hacer lo que quisiera mientras él le ponía el cinturón de castidad. A partir de aquel momento, había tenido que contener una intensa erección. Sin embargo, al mirarse las manos, no detectó polvo de estrellas.

—Ella no es mi gravita —murmuró.

Chaos quería darle una lección, eso era todo.

Pero ¿cuál sería esa lección? ¿Cómo obsesionarse con una mujer?

Estaba de muy mal humor. Agarró una daga y fue al baño. Necesitaba una distracción, así que le pidió a Ian un informe de la noche anterior. Su hermano respondió a los pocos segundos.

«Tu esposa utilizó el cristal durante casi toda la noche. Perdí su rastro varias veces mientras bloqueaba las ventanas, pero sé que tuvo un encuentro con las concubinas. No sé de qué hablaron».

No había forma de saber lo que podía hacer la impredecible Taliyah a aquellas mujeres con tal de herirlo a él.

«Traslada a las concubinas a una casa cercana a Halo y el muro».

Una pausa.

«¿Algo más?».

«¿Por qué? ¿Quieres que haya algo más, hermano?».

«No importa. Olvídalo».

Conversar era mala idea.

Roc entró en la cabina de la ducha sin soltar la daga. Mientras el agua caliente llovía sobre él, se miró el corazón. La alevala había vuelto a crecer. Su recuerdo más odiado estaba bien visible. Cuánto deseaba poder eliminar aquella marca de manera permanente. Lo mejor que podía hacer era olvidarlo durante un rato.

Roc apretó los dientes y se cortó un amplio círculo de carne sobre el corazón. Cayeron ríos de sangre uniéndose a la corriente de agua, y el líquido rojo formó un remolino en el desagüe.

Respiró profundamente y exhaló el aire. Parte de su tensión desapareció.

Llevaba haciendo lo mismo todos los días durante siglos. Aquel dolor era una parte bienvenida de su vida.

¿Qué pensaría Taliyah, si lo viera alguna vez?

Tiró la daga a un lado y se lavó. Después, salió del baño y miró hacia su puerta. ¿De qué le valdría? Tenía mil cosas que hacer aquel día, y ninguna de ellas era ver a la sarcástica arpía.

—No es mi gravita —dijo, gruñendo.

Se vistió de negro y se puso las botas de combate. Después, tomó sus cinceles favoritos. Los altares bien construidos no crecían en los árboles. Tenía veintinueve días para crear una obra maestra que fuese digna de su dios y del sacrificio.

Pero ¿qué estaría haciendo ella? Él era su marido, ¿acaso no tenía derecho a saberlo? Además, el hecho de no recabar información solo la ayudaba a ella. Como el día anterior no le había tendido ninguna emboscada, seguramente sí lo haría hoy.

¿Por qué no se quitaba de encima el próximo enfrentamiento?

Se teletransportó a su habitación sin molestarse en avisarla.

La cama estaba hecha. Todo estaba en su sitio.

Él apretó los puños.

—Tali...

Notó en la piel el roce de una agresión. Su cuerpo empezó a arder en cuestión de segundos, y se preparó para el ataque. Pasó una fracción de segundo que le resultó eterna hasta que se dio cuenta de que su ballesta, que estaba sujeta en la pared, tenía un cordón atado al gatillo. Taliyah estaba preparada en un rincón de la pared de enfrente, con las garras incrustadas en el yeso y un brazo extendido. Había atado el extremo opuesto del cordón al gatillo de un arma semiautomática, con el cañón apuntando hacia él.

Ella sonrió mientras lo miraba fijamente a los ojos. Era una tentación incomparable.

Él se mantuvo inmóvil.

—Impresionante —dijo.

—Ya lo sé.

¡Bum!

¡Zas! Una bala le atravesó el corazón al mismo tiempo que se le clavaba una flecha en el hombro. Él no tuvo tiempo de procesar lo que había hecho Taliyah antes de que ella lanzara su siguiente ataque.

¡Bum, bum, bum! ¡Zas, zas! Tres balas y dos flechas lo atravesaron. Se tambaleó hacia delante y hacia atrás, y se enredó con algo en lo que no había reparado. ¿Alambre de espino? Cayó al suelo de golpe, como si fuera una bala de cañón.

Pensó que la admiraba un poco.

—¿Mi lema? —preguntó ella, mientras se dejaba caer de la pared con una gracilidad espectacular. Caminó hacia él, alzó el arma y volvió a dispararle—. ¿Por qué vas a esperar a mañana para matar a tu enemigo cuando puedes matarlo hoy?

Él permaneció en el suelo, haciendo caso omiso del dolor.

—Hay muy pocas formas de matar a un Astra, esposa mía, y esta no es una de ellas.

—Me lo imaginé. Por eso he traído una espada.

El arma cayó al suelo de golpe y se oyó un silbido metálico. Ella abatió la espada y él pudo agarrarla con las manos. La hoja le cortó la piel, el músculo y el hueso.

A ella se le aceleró la respiración.

—¿Estoy luchando contra un robot? La verdad es que tiene todo el sentido.

Él frunció el ceño. ¿Taliyah lo consideraba un ser sin sentimientos?

—Te prometo que soy un hombre. Nadie puede superar mi tolerancia al dolor ni mi rapidez a la hora de sanarme. ¿Has terminado con esta emboscada o tienes pensado algo más? El deber me llama.

Aquel aburrimiento fingido provocó una respuesta de Taliyah. La furia se reflejó en sus ojos del color del océano y algo de su hielo se derritió. En sus mejillas apareció un precioso color.

—Vas a pagarlo caro —dijo.

Era magnífica. Él la miró de arriba abajo, como si su mirada fuera una caricia, y ella se humedeció los labios. Él se excitó dolorosamente.

—¿Sabes lo que te voy a hacer, Roc? —le preguntó Taliyah.

—Dímelo.

—Absolutamente nada —dijo ella y, moviendo las caderas de forma seductora, se alejó—. Mi trabajo ya está hecho.

—¿A qué te refieres?

¿Qué trabajo?

Ella sonrió con deleite.

—Me deseas. Ahora mismo estás anhelando tocarme. ¿Sabes cuánto te deseo yo a ti? Cero.

Mentira.

—Te excito y los dos lo sabemos.

Ella chasqueó la lengua.

—¿Estás seguro de que has sido tú, o el recuerdo que tengo de Hades?

Él sintió tantos celos que perdió la calma. Con un gran disgusto, le dijo:

—Tú no eres mi gravita.

Y desapareció.

Capítulo 12

¿Gravita? ¿Qué significaba aquello?

Taliyah se dirigió hacia las mazmorras sin dejar de darle vueltas a aquella pregunta. «¿No eres mi... ruina? ¿Mi... amiga? ¿Mi... buena chica?».

No se le ocurrió ninguna respuesta.

Cuando Roc había aparecido en el dormitorio, ella notó que estaba enfadado y supuso que había tropezado con algunas de sus trampas. Sin embargo, cuando se miraban de un lado a otro de la hoja de la espada, había notado un cambio momentáneo, como si ella fuera la respuesta a sus oraciones. Al instante, por supuesto, él había vuelto a convertirse en una bestia gruñona.

Bien, su opinión no importaba. Ella también tenía sus deberes, como él. Para empezar, tenía que idear otro plan. No había conseguido alimentarse, ni decapitar a Roc, así que quería hablar con las arpías encarceladas y echar un vistazo a los demás prisioneros. Tal vez encontrara el bocadillo perfecto. Tenía más hambre de la que esperaba.

Descendió por la escalera oscura y húmeda y entró en un amplio pasillo con paredes de piedra desmoronadas. La iluminación corría a cargo de unas cuantas antorchas parpadeantes y el agua goteaba en varios lugares. El olor era horrible, a moho y a muerte, y el suelo permanecía helado todo el año, al igual que en el jardín, lo que le congelaba los pies dentro de las botas.

Mientras recorría aquel pasillo, observó a los cautivos de cada celda. La mayoría habían cometido actos atroces contra la especie de las arpías. No eran una gran selección, a decir verdad. Ninguno mostraba señales de fuerza. Aunque los agotara a todos, dudaba que pudiera llenar sus reservas ni siquiera hasta la mitad.

Las competidoras al cargo de General ocupaban la celda que estaba al final del pasillo. La única forma de entrar y salir de allí era teletransportándose, y esa era una habilidad de la que carecían las arpías. Tampoco tenían fuerza, porque les habían sujetado las alas con unas bandas de metal que se les cruzaban en el pecho.

Aquella visión hizo que a Taliyah se le encogiera el alma. Apretó los puños. Roc iba a pagar por aquello, como pagaría por todo lo demás.

Las mujeres estaban acurrucadas, susurrando entre sí. Había un centinela Astra cerca de los barrotes, el chico del pelo largo y blanco y los ojos llenos de estrías de colores. Llevaba una camiseta y un pantalón de cuero y estaba inmóvil. Salvo su mirada, que se movía constantemente de un lado a otro, como si viera cosas que no estaban allí.

—Están allí y no están. ¿Cuándo? ¿Cuándo se desvanecieron?

Ella dejó de prestarle atención al guerrero y se concentró en las arpías.

¡Eh! ¡Estaban hablando de ella!

—¿Pensáis que Tal ya ha muerto? —preguntó alguien.

—¿Te enteraste de la pelea que hubo ayer? La chica atacó y falló y el chico tomó represalias. Ahora estamos solas. Y, como yo soy la guerrera que tiene más estrellas, estoy a cargo.

Taliyah reconoció aquella voz. Era Mara, y la arpía debería tener más cuidado con lo que decía o también recibiría lo suyo.

El Astra no la reprendió mientras se acercaba, pero se quedó callado y la miró fijamente cuando se detuvo ante él. En sus maravillosos iris se encendieron unas brasas rojas que volvieron a apagarse a los pocos instantes.

—He venido a ver el apartamento de una habitación con luz natural y seguridad garantizada. Debo decir que no es lo que esperaba.

—¿Por qué me siento feliz de verte? —le preguntó él.

—¿Porque soy increíble?

—¿Por qué, por qué, por qué? —insistió él, y apartó la mirada—. ¿Por qué no lo recuerdo? Ella estaba allí. Ellas estaban allí y, después, nada. ¿Qué es lo que no recuerdo?

Empezó a pasearse de un lado a otro, como si se hubiera olvidado de su presencia. ¿Era un posible eslabón débil en la cadena de los guerreros Astra? ¿Podría utilizarlo contra Roc?

Las arpías empezaron a exclamar palabras de entusiasmo.

—¡Taliyah!

—¡Taliyah! ¡Nunca dudé que sobrevivirías!

Pasó junto al carcelero y se acercó a los barrotes. Abundaron las sonrisas y los vítores. Ninguna tenía heridas ni hematomas que indicaran maltrato. Sin embargo, estaban muy sucias.

—¿Ya murió su líder? —preguntó Mara, en un tono de superioridad.

—Confía en mí. Estoy trabajando en ello. Le disparé un montón de balas y flechas y apenas lo siguió. Atrapó la hoja de mi espada y estuvo a punto de bostezar.

—Acuéstate con él, con sus hombres o con un vibrador, con lo que sea —gritó Mara—. Todas lo hemos oído. Necesita una virgen. Sin himen, no hay sacrificio.

Según Roc, todas sus esposas habían intentado llevar a cabo ese plan.

—Vaya, ¿Mara tiene miedo de un poco de competencia?

—Vaya, ¿Taliyah tiene miedo de no conseguirlo? No parecía que el comandante estuviera muy impresionado con tus bienes y servicios.

—Solo porque no estabas mirando lo suficientemente abajo —le espetó ella. Aquella mujer había tocado un punto débil. ¿Y si... ella no podía?

Si aquellas chicas se enteraban de lo del cinturón de castidad, se burlarían de ella de por vida.

—Voy a matarlo, ¿de acuerdo? No os preocupéis. Solo he venido a deciros que el resto de nuestra gente está a salvo, en un reino duplicado. Algunos de los Astra, o todos ellos, tienen la llave. Necesitamos una.

—¡Nos ponemos manos a la obra!

—¡Lo tenemos todo controlado!

—Le quitaré la llave a Murmullos, te lo aseguro. Y creo que, de paso, le voy a quitar el corazón. Todo el mundo necesita un *souvenir*.

Las arpías eran las mejores del mundo.

—Voy a enviar comida que podáis robarle a Murmullos —les dijo.

Después, se giró y pasó a grandes zancadas más allá del Astra, de camino a la escalera. Él no hizo ningún comentario.

¿Dónde estaría su querido y amado esposo en aquel momento? ¿Debería buscarlo para hacerle otra jugada o debería esperar?

Decidió que esperaría y seguiría con su plan original. Regresar al Reino de los Olvidados mientras él dormía, alimentarse, fortalecerse y aclararse la mente. Al día siguiente atacaría de nuevo.

Durante el resto del día... ¿Intentaría averiguar más cosas sobre él, descubrir otra de sus debilidades? ¿Lo desafiaría de una manera sexual para mantenerlo desequilibrado? «No eres mi gravita». ¿Qué significaba eso?

Cuando entró en la *suite* principal, oyó un tintineo constante y rítmico. El ruido provenía del balcón privado, así que se acercó. Las puertas estaban abiertas y permitían que entrara una suave brisa con olor a rosas que mecía las cortinas.

Salió al balcón, se apoyó en la barandilla y escudriñó los jardines del palacio.

Ah, bien... Roc estaba sin camiseta, delante de una enorme roca negra, esculpiéndola. Le caía el sudor por los músculos y tenía una expresión de furia y determinación. Era un monstruo muy bello, poderoso y peligroso. Un guerrero valiente pero presa de las pesadillas. Vaya, ¿su nuevo tipo de hombre era sexi, estoico y atormentado? Roc la había excitado muchas veces y había conseguido que olvidara su insatisfacción. Eso la irritaba. Podría matarlo solo por eso.

Iba a matarlo. Ese era su objetivo número uno.

Sin embargo, de repente, tenía dudas... Las habilidades especiales de Roc iban aumentando. La ceniza. El hecho de que le hubiera impedido que se alimentara de él. Su resistencia al dolor y su capacidad de curarse a la velocidad del rayo.

«¿Dudar? ¿Yo?».

«Nunca aceptes la imagen de la derrota».

Y, menos, en medio de una guerra. Desde que era niña, su madre le decía que las dudas eran el miedo disfrazado. Todo temor debía ser erradicado y destruido, o volvería a crecer. Se negaba a temer a nadie. Sin embargo, ¿qué ocurriría si no conseguía matar a Roc y aquel matrimonio seguía su curso? ¿Y si no le quedaba más remedio que seducirlo? Estaba segura de poder conseguirlo. El mismo Hades la había entrenado para ella. Abrió mucho los ojos al recordarlo... Claro.

«Algún día, necesitarás las habilidades de una maestra de la seducción», le había dicho Neeka.

Ese día ya había llegado. Y, en realidad, Taliyah no tenía que llegar hasta el final con Roc. Perder la virginidad significaría tener que abandonar su carrera para llegar a ser General. Tan solo tenía que conseguir que admitiera lo mucho que la deseaba. Durante aquel proceso, podría descubrir otras debilidades o, quizá, encontrar la ocasión perfecta para asestarle un golpe definitivo.

Observó de nuevo su cuerpo musculoso y tatuado, y se estremeció. Como mínimo, comparar su capacidad de seducción con la resistencia de Roc la liberaría del cinturón de castidad.

«¿Justificándote?».

Sí, era posible que sí. Sin embargo, hasta que no pudiera alimentarse, no propiciaría un enfrentamiento físico con él. Una seducción para vengarse era, en aquel momento, la flecha más potente que tenía en su carcaj. Así que...

Sí. Lo haría. Una vez tomada la decisión, ideó un plan. Primero, investigaría más con ayuda del cristal para encontrar a Blythe y a Isla, y se haría una lista mental con todas las otras arpías a las que reconociera. Después, podría comenzar la preparación para tratar a su querido esposo...

Roc iba a aprender lo que era luchar contra una arpía y sufrir.

Capítulo 13

Roc estaba sentado en un taburete, trabajando bajo el ardiente sol de Harpina. Estaba sorprendido y decepcionado, porque habían pasado las horas y ni Taliyah ni los fantasmas lo habían interrumpido.

Podría sentarle bien una batalla, para liberar tensión. En su interior, la presión aumentaba. A aquel ritmo, parecía que iba a producirse una explosión inminente. Por lo general, llamaba a su concubina antes de llegar a aquel nivel de agresividad, pero, aunque tuviera aquella opción, no deseaba a su concubina. A pesar de que Taliyah no era su gravita, su cuerpo traicionero la deseaba a ella y solo a ella.

«¿No eran las mujeres más que un receptáculo, Roc? ¿No era cualquier mujer lo mismo que otra?».

No. La feroz Taliyah era distinta a todas las demás. Era más terca, desafiante y rígida... hasta que se excitaba. Entonces se derretía por él.

O, por lo menos, lo fingía.

Soltó una maldición. Él la deseaba con todas sus fuerzas, mientras que ella deseaba a otro.

—Cero punto cero —dijo, con desprecio.

Dio un resoplido, se ajustó la erección en los pantalones y decidió no pensar más en aquella arpía sarcástica. Bajó la cabeza y se secó el sudor de la frente antes de continuar cincelando el meteorito que había elegido. Era una bestia de seis toneladas con forma de medialuna, tan grande como para llenar su nuevo dormitorio. No tenía grietas ni imperfecciones. Cuanto mejor fuera el meteorito, más honor le otorgaba el señor de la guerra a Chaos. Sería a la vez como señal de su gran respeto y de su compromiso con él, algo que se tomaba muy en serio. ¿De qué otra manera podía mostrarle su agradecimiento al dios al que servía?

Normalmente, trabajaba como si estuviera manejando cristal soplado. Aquel día, sin embargo, estaba alterado y sus golpes eran demasiado fuertes. Cayeron grandes pedazos de piedra al suelo cubierto de escarcha. Una anomalía de Harpina que detestaba, porque le recordaba a Taliyah y...

«¡Nada de pensar en ella!».

Siguió tallando y, de repente, cayó una pieza de piedra muy grande. En el hueco que había dejado apareció una grieta. Él apretó los dientes y dedicó sus esfuerzos a subsanar el daño. Tal vez debería pensar en la arpía. Tal vez debería hacer una lista de los motivos por los que la despreciaba.

Para empezar, Taliyah Skyhawk, Terror de Todas las Tierras, se negaba a cumplir órdenes aunque fuera por salvar su propia vida. Todo lo convertía en un enfrentamiento y él se veía obligado a hacer lo mismo. Que aquellas batallas fueran excitantes no tenía importancia. La mujer se negaba a ceder, y ese rasgo de carácter solo era valioso en un Astra. Con su presencia, su olor y todo lo demás, ella conseguía hacer que ardiese. A él le encantaba... No, odiaba arder. Lo que quería era controlar todos los aspectos de su vida.

El control era lo mismo que el poder. La vida sin poder era lo mismo que una tristeza sin parangón.

Soltó una maldición y dejó el cincel en el suelo. Se sentó en un taburete y apoyó la cabeza en las manos. Una seductora estaba pasando por encima del comandante de los Astra, y él se lo estaba permitiendo. Él animaba sus rebeliones porque le gustaba el resultado final. Sus manos paseándose por el cuerpo de Taliyah. Sus dedos, dentro de ella.

Incluso en aquel momento, se le escapó un jadeo de anhelo. Quería más.

¿Sería capaz de hacerla gemir? Por orgullo, debería conseguir que Taliyah lo deseara. Llevársela a la cama era un deber. No necesitaba su virginidad, solo proporcionarle placer.

¡Sí! Se puso en pie. Iba a hacer que pasara toda la noche de orgasmo en orgasmo. Él tenía la habilidad necesaria para satisfacer a Taliyah sin cruzar la línea. Y, al mismo tiempo que él podría liberar gran parte de su tensión, ella aprendería a no provocarlo nunca más.

El plan perfecto. No tenía ni una fisura.

Se acarició la llave que llevaba colgada del cuello. Era la llave de su cinturón de castidad encantado. Taliyah no volvería a reírse de él. Estaría demasiado ocupada gritando de placer.

Apareció su hermano y apoyó un hombro en el meteorito. En vez de darle el informe que él estaba esperando, Ian le dijo:

—Tienes aspecto de sentirte más atormentado de lo normal.

—Pues eso significa que tengo aspecto de sentirme mejor de lo que me siento —dijo él, con un gruñido, y tomó de nuevo el cincel para reparar la grieta de la roca—. ¿Qué necesitas?

—La falta de sexo no te está sentando nada bien.

Él iba a lamentarse de las tribulaciones de estar casado con la mujer más sensual del mundo, pero se quedó callado. Ian iba a empezar muy pronto la misión que tenía asignada. Era el Astra de menor rango y, por ese motivo, estaba obligado a hacer algo tan horrible que él se estremeció. «Que se divierta mientras pueda».

—Estaré mejor mañana, ya lo verás —le dijo—. Mucho mejor.

Ian dio un silbido.

—¿Te das cuenta de que estás acariciando la llave como si fueras un amante?

¿Otra vez? Retomó su tarea.

—Tal vez yo debiera quedarme con ella...

—¡Es mía! —gritó él, en un tono de advertencia y autoritarismo. Al darse cuenta de que parecía un loco, se pasó una mano por la cara—. Por favor, perdona.

Ian pestañeó.

—¿Tú pides perdón? ¿Tú?

Él respondió con una voz monótona:

—Si no te importa, yo me quedo con la llave.

Ian alzó ambas manos con un gesto de rendición.

—He pensado que deberías saber que la arpía ha colocado trampas por todo el palacio —dijo, y se sacó del hombro un cristal ensangrentado—. Me he reunido con los hombres esta mañana. Silver se ha electrocutado cada vez que pulsaba un interruptor. A Roux le ha cortado el tendón una tabla del suelo que se ha hundido. Cada vez que Halo tocaba el pomo de una puerta, el pomo se caía al suelo. Y a mí se me han caído dos arañas en la cabeza.

Una estrategia inventiva e interesante. A ninguna de sus otras esposas se le había ocurrido molestarlos hasta matarlos. Él tuvo que ignorar lo orgulloso que se sentía de Taliyah.

—La arpía no juega limpio —dijo su hermano, con más diversión que enfado.

—Ya me ocuparé de ella cuando termine esta parte del altar.

—Además, también debería contarte que ha ido a visitar a las prisioneras esta mañana. Todo el grupo tiene la determinación de arrebatarle las llaves del reino a Roux, y no lo mantienen en secreto, precisamente.

Él sonrió. Admiraba la iniciativa de Taliyah. Él la había amenazado con destruir el reino duplicado y, al instante, ella había empezado una misión de búsqueda y recuperación.

Únicamente otro Astra tendría la fuerza y el talento necesarios para robarle algo a Roux. Sobre todo, teniendo en cuenta que no llevaba el objeto encima, sino que los Astra eran las propias llaves.

—¿Y qué está haciendo ahora? —preguntó, tratando de contener la curiosidad tan enorme que sentía.

—Después de pasar horas buscando por el palacio con el cristal, se ha metido en la cocina. Le pregunté qué estaba cocinando y me dijo que era un manjar especial para su hombre. Es evidente que está envenenando tu comida.

Ian tenía razón. Claramente, ella estaba tratando de envenenarlo. Aquel era un juego decepcionante y familiar, porque muchas de sus esposas habían recurrido a toxinas y venenos para tratar de eliminarlo, aunque no habían tenido ninguna suerte. Los Astra eran inmunes a todos los venenos. Creaban mundos. Ellos eran el veneno y el antídoto.

Él tenía la esperanza de que Taliyah lo atacara físicamente. Tenía la esperanza de...

—¿Estaba buscando a alguien en concreto?

Su madre, sus hermanas y primas vivían en otro reino. Eran gente que sufriría mucho con su muerte. Algo que nunca se había parado a pensar durante sus otros matrimonios. Algo que se quitó enseguida de la cabeza. «No importa. No puede importarme».

—Supongo que sí. Cuantas más habitaciones registraba, más frustrada estaba.

Quizá él debiera hacer una búsqueda también. Si alguien de su familia estaba de visita en Harpina el día de la invasión, él lo habría reconocido a primera vista. La madre y sus primas la acompañaban aquel día de mercado. A las hermanas las había visto solo una vez, aquel mismo día, más tarde. Podría utilizar a aquellas arpías como medida de presión. O como regalo...

«¿Un regalo, comandante? ¿Quién eres tú?».

Cuando terminó la conversación, Ian no se despidió y se teletransportó. Se quedó a su lado, como inseguro, como si algo importante le estuviera causando agobio.

—¿Qué pasa? —le preguntó él, con un suspiro.

—¿Quieres...? No sé..., quizá... No sé —dijo su hermano, y se frotó la nuca—. ¿Quieres un cinturón de castidad para ti?

Él se quedó boquiabierto.

—¿Y tú quieres perder la lengua? —le espetó a su hermano—. Si no puedo resistir la tentación de penetrar en una pequeña arpía, no me merezco dirigir al ejército más poderoso del mundo.

—¿Estás seguro? Ayer, en el comedor, no me pareció que tuvieras mucha capacidad de resistencia —le dijo Ian, con una risita—. Ah, y no hay ni rastro de fantasmas, aunque, en realidad, tú no has preguntado por nuestra seguridad, ni nada parecido.

Dio un paso hacia su hermano, que estaba riéndose a carcajadas, pero, antes de que pudiera alcanzarlo, Ian se desvaneció en el aire.

Él tomó una botella de agua helada, se bebió la mitad y se echó el resto por la cara. Sintió una corriente de frío por todo el cuerpo, pero no sirvió para apaciguar su deseo por la arpía.

Quizá sí necesitara un cinturón de seguridad.

No. Lo que necesitaba era ocuparse de ella. Lo que le había dicho Ian había hecho saltar las alarmas en su cabeza. Erebus nunca perdía una ocasión para hacer la guerra. ¿Por qué no había enviado ya un ejército de fantasmas para que los atacara? ¿Tenía una nueva estrategia?

No importaba. Él tenía un plan para cada posible suceso.

Salvo para Taliyah.

Se pasó una mano por la cara para enjugarse el agua de las pestañas. Aquella noche cenaría la comida que ella hubiera preparado. El hecho de enfurecerla mientras cenaban iba a ponerle de buen humor. Si ella lo atacaba, le daría la excusa perfecta para tocarla. Podía conseguir que lo deseara.

Y lo haría.

Capítulo 14

Taliyah observó su obra. Bonito. Romanticismo de nivel experto. Había preparado una mesita para cenar, como si fuera un pícnic, delante de la chimenea encendida.

La escena para seducir a Roc estaba preparada.

Después de seducirlo, ella recuperaría la seguridad en sí misma y no tendría problemas para orquestar su asesinato. Todo iba a salir bien.

Se había puesto un precioso y sofisticado vestido de estilo griego, con un escote en forma de uve que le llegaba hasta el ombligo, y unas sandalias de tacón. Entre los pechos le colgaba la llave de Harpina.

Tal vez él supiese lo que era aquel objeto o tal vez no. De todos modos, a Roc no iba a importarle, porque pensaba que, con su amenaza de destruir el reino duplicado, evitaba que ella se marchara de allí. Él no... ¡Arg!

Cada vez que se movía, el cinturón de castidad le rozaba el centro de la necesidad de su cuerpo. Creía que iba a volverse loca. Aquel estúpido artefacto iba a desaparecer esa misma noche. Si Roc enloquecía de deseo, se lo quitaría él personalmente.

¿Conseguiría llevarlo hasta ese punto? El desafío era... casi excitante.

Se dio cuenta de que el ruido del cincel había cesado hacía un rato, y se asomó al balcón para mirar al jardín. El enorme meteorito seguía allí, pero no vio al Astra. A los pocos segundos, se abrió la puerta del dormitorio y, como si lo hubiera conjurado con el pensamiento, entró Roc.

Estaba recién duchado y llevaba una camisa que cubría la mayoría de sus alevala. Tenía el pelo húmedo y en su semblante se reflejaba la tensión.

Se detuvo bruscamente y la miró de la cabeza a los pies. Ella se echó a temblar. Bah, solo eran los nervios de la actuación teatral, nada más.

Él mantuvo una expresión impertérrita, pero apretó los puños.

«Mi turno», pensó ella, y se acercó a él.

—Mi marido ha tenido un día difícil y se merecía unos mimos —dijo, señalando el pícnic.

—Sí, ya veo que te has esforzado mucho para preparar la deliciosa comida —respondió él, observando las fuentes del servicio—. Piña.

Bueno, la cocina no era su punto fuerte. Había tomado todas las piñas que había en la cocina.

—No sabía cómo te gustaba, así que la he preparado de diferentes maneras. Cortada, machacada, aplastada, pateada, ahogada y en zumo, para que puedas elegir. Y, sí, ya lo sé. No hace falta que me lo digas, soy una buenísima esposa.

Cuando se puso frente a él, le pasó un dedo por el pecho y vio que se le dilataban las pupilas.

—Vamos, come algo. Debes de tener mucha hambre.

De repente, él la agarró por la muñeca y la estrechó contra su pecho. Ella se estremeció y sintió un calor intenso. Tragó saliva, porque tuvo la sensación de que se le iban a derretir los huesos.

Roc bajó la cabeza y pasó la nariz por su cuello, olisqueándola. Se irguió de nuevo y murmuró:

—Acepto tu invitación a cenar —dijo. Incluso aquella frase sonaba... lujuriosa.

Eh..., ¿dónde estaba la bestia furiosa con la que había tenido que lidiar aquella mañana?

—¿No te da miedo que te envenene?

—Estoy seguro de que has usado veneno, pero no importa. Soy inmune.

—Sí, pero ¿a qué veneno?

—A todos.

¿Cómo era posible?

Él, sin dejar de mirarla, le pasó las manos por los brazos. Mientras ella trataba de recuperar la respiración, él se puso a juguetear con unos mechones de su pelo.

—Podemos pasar el tiempo conociéndonos.

Pero... ¿qué era lo que había provocado aquel cambio de actitud?

—¿Quieres saber más cosas sobre la futura General de las Arpías a la que pretendes matar?

—Claro, ¿por qué no? Me fascina todo lo que he aprendido sobre ella hasta la fecha.

—¿De veras?

No, no podía haberle preguntado eso y, además, en un tono tan parecido al de la necesidad. Roc estaba jugando con su mente. Iba a estropear su plan, y eso tenía que terminar.

Para que ambos estuvieran en el camino correcto, su camino, ella le preguntó:

—¿Qué es una gravita?

Él dio un respingo y la soltó. Miró la mesa.

—Vamos a hablar de cosas más importantes mientras cenamos.

Dio tres zancadas y se sentó sobre los almohadones. Tema cerrado.

—¿Puedo servirte a ti también? —preguntó, mientras se llenaba un plato de piña.

—Lo que puedes hacer es decirme qué ocurre, eso es lo que puedes hacer —respondió ella. Dio un resoplido y se sentó frente a él.

—Preferiría que me contaras más cosas de ti, pero estoy dispuesto a intercambiar información.

—Vaya, ¿el gran guerrero implacable negocia con una insignificante esposa? Creía que no tenía capacidad de negociación.

Él se encogió de hombros como si estuviera avergonzado. Adorable.

—Recuerdo claramente que encontraste capacidad de negociación en mis pantalones.

No, no era posible que hubiera dicho eso...

—Está bien. Voy a picar en el anzuelo. Vamos a intercambiar información. ¿Qué quieres saber sobre mi vida?

Él la miró con los ojos entrecerrados.

—Cuéntame cuáles son tus pasatiempos.

—En realidad, no tengo aficiones, porque no tengo tiempo libre. Antes me pasaba los pocos días libres que tenía pagando las fianzas de mis hermanas para sacarlas de la cárcel, pero, ahora, esa es una tarea para sus consortes.

Al crecer, Kaia se había convertido en la más cruel y dulce de las hermanas, y se había emparejado con un guerrero poseído por el demonio de la Derrota llamado Strider. Bianka, la más salvaje, había dejado a todo el mundo boquiabierto porque se había enamorado de un Enviado con un poder inconmensurable llamado Lysander. Su hermana pequeña, la indomable Gwen, se emparejó con el guerrero Sabin, guardián del demonio de la Duda. Sin duda, eran parejas extrañas, pero sus hermanas habían conseguido que funcionaran. Nunca habían sido más felices.

Desde que había conocido a Roc, ella también había probado su propia satisfacción. Sin embargo, era algo temporal y no significaba nada. Roc no era su consorte. Una arpía tenía que confiar lo suficiente en su pareja como para ser capaz de dormir en su presencia, y ella no iba a dormir cerca de Roc. Pero no podía negar que, por primera vez, entendía el atractivo de tener un consorte.

—Hoy en día —prosiguió— estoy ocupada interfiriendo en la vida de mi amiga Neeka. Está huyendo de un rey fénix que quiere atacarla.

Roc le entregó el plato que había preparado y ella se dio cuenta de que le había servido las mejores rodajas de piña, las menos mutiladas. Un gesto sorprendentemente detallista y respetuoso.

—¿Quieres que mate a ese fénix en tu nombre? —le preguntó él.

—¿Cómo? ¡No! ¿Lo dices en broma? Si no soy capaz de eliminarlo, no merezco ser General. Yo protejo a quienes amo.

Él ladeó la cabeza.

—¿La familia y los amigos son importantes para ti? Un momento.

—Si estás a punto de amenazar a mi familia...

—Esta noche no vas a oír ninguna amenaza mía —dijo él, con toda su inocencia.

¿Y por qué no iba a amenazarla aquella noche?

—¿Acaso la familia es importante para ti? —le preguntó—. Bueno, un momento... ¿Tú tienes familia, aparte de tener veinte exesposas?

Él se estremeció ligeramente.

—Tengo dos hermanas y un hermano —respondió, con suavidad—. Tú ya has conocido a mi hermano. También es un Astra. Y a una de mis hermanas.

—Ah. La testigo de la boda —dijo ella. De repente, su contestación en la ceremonia cobró sentido.

—Las echo de menos a las dos —admitió él.

Vaya, aquello hizo que se le encogiera el pecho.

¿Solo por darse cuenta de que aquel monstruo tenía un centro de caramelo pegajoso dentro de aquel caparazón tan pétreo? ¡Era ridículo!

—¿No las ves a menudo?

—No tanto como me gustaría. Solo las he visto unas cuantas veces durante los últimos quinientos años.

Con elegancia, se metió un pedazo de piña en la boca. Mientras masticaba y tragaba, frunció el ceño.

—No detecto veneno.

—¿Y?

—Nada —dijo él, observando su vestido. Ella se dio cuenta de que en su rostro se reflejaban varias emociones diferentes—. No has tratado de envenenarme, pero te has arreglado —añadió, con una sonrisa de picardía—. Me estás seduciendo.

A ella le ardieron las mejillas.

—¿Crees que he tirado la toalla y he cambiado de objetivo? ¿Que no habrá más peleas y solo sexo para librarme de mi virginidad? No. Lo que ocurre es que mi próximo ataque llegará cuando menos lo esperes.

—Tú no quieres sexo. Quieres un orgasmo.

«No le hagas caso a tu orgullo herido. No menciones a Hades».

Apretó los dientes y respondió:

—¿Qué problema hay con tu familia? ¿Estáis demasiado ocupados conquistando mundos como para ir a ver a vuestras hermanas?

A él se le borró la sonrisa tan rápidamente que ella casi se sintió culpable.

—Me permiten verlas en pocas ocasiones. El día de mi boda es una de esas ocasiones, y el día del sacrificio. Los demás encuentros son al azar —dijo él, con tristeza.

—¿Quién te lo permite? No me pareces el tipo de hombre que cumpla órdenes de nadie.

—Siempre sirvo a Chaos.

Aquella muestra de lealtad era extraña. Muy valiosa. ¿Cómo se sentiría ella si contara también con su lealtad?

—¿Qué haces entre bodas?

—Voy a cazar a Erebus y a sus fantasmas.

—Tu guerra contra Erebus dura ya eones. ¿Por qué no has conseguido matarlo?

—Lo he matado cuatro veces, pero siempre resucita —dijo él, y enarcó una ceja—. ¿Cómo lo matarías tú, o gran General de las Arpías?

Buena pregunta. ¿Cómo mataría a su propio padre?

—Seguramente, empezaría por invitarlo a una cena deliciosa —dijo ella, señalando las fuentes llenas de piña.

Roc dio un pequeño resoplido antes de tomar otro bocado.

Permanecieron en silencio un rato, pero no fue un silencio incómodo. Ella lo observó. Se sentía embelesada por sus movimientos. Y, bajo su mirada, él irradiaba un calor increíble. Cuanto más calor sentía ella, más se excitaba. Ojalá pudiera hacer algo de presión sobre la placa de metal...

Él sonrió.

—¿Algún problema, arpía?

Entonces, conocía el poder que tenía sobre ella. ¡Qué irritante!

—Si me lo pides con amabilidad, te lo quitaré durante una noche —le dijo Roc, y a ella se le aceleró el pulso.

¿Pedirle un favor a un enemigo, aunque fuera el favor que ella estaba buscando? ¡No! Nunca.

De repente, lo entendió todo. Si él quería que le pidiese que le quitara el cinturón de castidad era porque esperaba conseguir algo de ella.

—¿Y si quiero quedarme con él puesto? —le preguntó—. Le he tomado cariño.

Él se puso tenso y apretó los puños. Si había ido allí con un plan, acababa de cambiarlo. Y ella supo que estaba en un lío.

—Bueno, entonces —dijo él, con la voz ronca—, supongo que tendré que conseguir que lo odies.

En un pestañeo, él estaba de pie. Tiró de ella hacia sí y la sentó en su regazo. Ella podía haberse resistido, pero no lo hizo, sino que se sentó a horcajadas sobre sus piernas. Si quería ayudarla con su propia derrota, ¿para qué iba a protestar ella?

—Hasta el momento, no siento ni un ligero disgusto.

Apoyó las manos en sus hombros para mantener el equilibrio. Él la miró con los párpados entrecerrados y, con una intención maliciosa, la colocó de manera que la placa de metal se apretara contra su erección. El dolor que sintió fue más del que esperaba.

—Así está mejor —dijo él, en tono de indulgencia.

«Concéntrate en tu juego, Taliyah», se dijo.

—Dime, Roc —le susurró, inclinándose hacia él—. ¿Tienes la esperanza de que te pida que me quites el cinturón de castidad para poder regodearte... o estás desesperado por acariciarme?

—¿No se pueden tener dos motivaciones? —preguntó él. La agarró por el trasero y comenzó a mecerla contra su cuerpo—. Voy a hacer que te corras con tanta fuerza que mi ejército oirá tus gritos. Lo único que tienes que hacer es pedirme que te quite el cinturón.

«No gimas». Aquello era una lucha de voluntades. Ella se había propuesto demostrar que tenía las habilidades necesarias para seducirlo y él, oh, se había propuesto que tenía las habilidades necesarias para seducirla a ella. Tramposo... Ella posó la nariz sobre la de él para seguir con el juego.

—¿Roc?

Él flexionó los dedos sobre su cuerpo.

—¿Sí, Taliyah?

—¿Te importaría, por favor, dejarme con el cinturón para siempre?

A él le ardieron los ojos apasionadamente y frotó su erección contra ella.

—Te mueres por quitármelo. Reconócelo.

—Solo por haberme dicho eso —respondió él, con un semblante casi brutal a la luz de las velas—, voy a hacer que me supliques.

—Bueno, lo vas a intentar. Ya lo han intentado otros, y todos han fracasado.

—Yo no pierdo ninguna batalla —dijo él, sin dejar de mirarla.

Con un roce suave y sorprendente, él le acarició los costados con ambas manos y se detuvo junto a sus pechos. Perezosamente, trazó círculos sobre sus pezones. Ambos se tensaron, y el *piercing* le causó un dolor delicioso.

—Voy a hacer que digas mi nombre a gritos.

Ella tuvo que reprimir un gemido. A la luz del fuego, Roc era como una pintura que hubiera cobrado vida. Un rey legendario que gobernaba con puño de hierro. Y su olor... su olor se hizo más intenso, más profundo, más rico. Era como un sueño, una tentación hecha carne que la hizo jadear.

Él siguió acariciándola, cada vez más rápidamente, y ella se meció contra él.

—Sigue intentándolo. Seguro que gritaré, más tarde o más temprano.

Él le mordisqueó el labio inferior.

—Quieres que vea tus pechos. Enséñamelos.

Sí.

—Lo haré solo porque crees que, si no lo hago, morirás.

Entonces, con las manos temblorosas, ella se desabrochó la parte superior del vestido. La tela cayó hasta su cintura y dejó su pecho desnudo bajo la mirada ardiente de Roc.

Y él dio un silbido.

—Exquisita.

¿La había mirado alguna vez algún hombre de aquel modo, como si nunca hubiera visto tanta belleza?

—Quieres posar tu boca sobre mí —dijo ella, con la voz enronquecida—. Hazlo.

—Sí..., porque tú necesitas que lo haga.

Con aturdimiento, él la levantó y colocó el *piercing* a la altura de sus labios. Pero no lo lamió. Se quedó mirándolo fijamente y todo su ser prometió cosas salvajes y perversas.

Ella se quedó en suspenso. ¿Lo haría? ¿No lo haría?

—Roc —dijo. Su tono fue de autoridad y, al mismo tiempo, de queja.

—Sí —respondió él, y pasó la lengua por el *piercing*.

Al sentir la avalancha de emociones, ella jadeó. Y, cuando él tomó la cresta hinchada con la boca, ella gimió. Estaba demasiado excitada como para que le importara.

—Más fuerte —le dijo.

Él hizo un sonido delicioso y la tendió sobre los cojines, aplastándole las alas, y le sujetó los brazos por encima de la cabeza. Se colocó sobre ella. A ella se le entrecortó la respiración, y volvió a gemir. Nunca había olido nada tan delicioso. Si olía tan bien..., ¿cómo sería su sabor?

—Gruñes y gritas, arpía —le dijo él, con una carcajada ronca—, pero si te tocan correctamente, maúllas como un gatito.

Aquella declaración, y su forma de reírse, delataban su asombro. Ella abrió lentamente las piernas para atrapar la parte inferior de su cuerpo. Al notar el contacto, los dos gimieron.

Quería besarlo... Necesitaba alimentarse de su sabor... Ambos deseos lucharon.

—Acaríciame, Roc.

—Sí —dijo él, y recorrió su cuello, sus clavículas y su abdomen con la mano, dejando un rastro de calor.

—Más —dijo ella.

—Si supieras las cosas que tengo pensado hacerte...

Él le acarició la piel de entre los pechos con ternura. ¿Era así como trataba a todas sus amantes? Se sorprendió al notar una punzada de celos.

Él siguió amasándole el pecho y ella se deleitó. Frotó las rodillas en sus piernas y dijo, con la voz entrecortada:

—Cuéntame todo lo que quieres hacerme... y quizá te lo permita.

—Voy a empezar con...

Roc frunció el ceño e inclinó la cabeza mirando la zona que acababa de acariciar. Abrió mucho los ojos y se puso en pie de un salto.

—¿Roc?

—Tú... Yo... No salgas de esta habitación, Taliyah, ¿Entendido? Vas a quedarte aquí, o te arrepentirás.

—¿Qué ha pasado? —preguntó ella, con enfado, y se incorporó.

—Volveré dentro de una hora o dos. Posiblemente, mañana. Será mejor que sigas aquí.

Mirándose las manos, él salió del dormitorio dando pisotones y cerró de un portazo.

¿Quedarse allí? ¡Ni pensarlo! Ella se levantó y entró furiosa en su dormitorio. Se quitó el vestido y se puso una camiseta sin mangas y unos pantalones cortos. No iba a esperar a que él se quedara dormido para visitar el Reino de los Olvidados. Había pasado algo entre ellos y necesitaba saber qué. Después, se alimentaría.

No había nada, ni siquiera un Astra increíblemente sensual, que pudiera detenerla.

Capítulo 15

En un mar de emociones, Roc fue hacia... cualquier lugar. Necesitaba quemar el exceso de energía, y rápidamente.

Taliyah era... Ella... No quería creerlo cuando estaba en la habitación con ella y no quería creerlo tampoco en aquel momento. Sin embargo, no podía negar la evidencia que le teñía las manos.

Se estremeció al ver sus palmas bajo la luz. Tenía la piel cubierta de un polvo brillante. Era polvo de estrellas.

Chaos había intentado advertírselo. Taliyah era su gravita. Aquella mujer que lo desafiaba en todo momento le pertenecía en cuerpo y alma. No era de extrañar que lo hubiera atraído tan rápidamente y con tanta fuerza.

¿Qué debería hacer? ¿Cómo debía tratarla? ¿Debía ignorarla o disfrutar de ella mientras pudiera? ¿Intentar desarrollar inmunidad a sus encantos? No sabía si podría resistirse a sus encantos ahora que ya los había probado...

Recordó el consejo que le había dado a Solar cuando era comandante y había tenido que enfrentarse a la misma situación. «Deja morir de hambre tu cuerpo y alimenta tu deber. El deseo desaparecerá».

Soltó una carcajada. Dudaba que un deseo tan intenso pudiera desaparecer.

Mientras bajaba furioso por una escalera de caracol, se frotó el pecho por encima del corazón. Las cosas horribles que había hecho para adquirir aquel alevala lo obsesionaban. Los actos que había llevado a cabo contra Solar y su gravita sirena.

Taliyah debía de ser una especie de venganza.

No entendía cómo la había encontrado. ¿Por qué, precisamente, en aquel momento?

¿Y por qué ella? ¿Qué era lo que había traspasado sus defensas y había llenado las palmas de sus manos de polvo de estrellas? Fuera cual fuera el motivo, algo había cambiado para él.

En cuanto la había tendido sobre los cojines y había empezado a acariciarla, había sentido un calor que no conocía. Para enfriarse, había necesitado sentir más y más del frío de Taliyah. Tocarla más. Pero, allí donde iban sus dedos, quedaba un rastro brillante. La había marcado de manera evidente. Y, sin embargo, tenía que matarla. Si salvaba a Taliyah como Solar había salvado a su sirena, solo conseguiría retrasar lo inevitable. En cuanto cayera sobre él la maldición, ya no podría protegerla contra los fantasmas. Perdería la oportunidad de ascender y, durante quinientos años, sus hombres y él se verían obligados a hibernar. ¿Qué ocurriría cuando despertaran? ¿Tendría que casarse y matar a otra mujer? ¿Y la esposa que había sobrevivido?

No había una pareja más desdichada que ellos.

¿Debería confesárselo a sus hombres? Tal vez no fuera necesario... El polvo de estrella se desvanecía con el tiempo. Su delicioso olor se atenuaba. Lo único que tenía que hacer era mantenerse alejado de Taliyah para conseguirlo. Pero esa idea... no le gustó.

Se acercó a una pared y le dio un puñetazo. La sangre goteó sobre el polvo de estrellas y lo ocultó. Entonces apareció un destello de sentido común. ¿Para qué iba a preocuparse por todo aquello? Ante todo, él era un guerrero, un líder, y una esposa gravita solo era una esposa. Una gravita era el sacrificio más grande de todos, tal vez, incluso, el punto de inflexión que necesitaba para su ascenso.

Por primera vez, necesitaba desprenderse de algo muy precioso para él. De la felicidad futura con la mujer destinada a gobernar a su lado. De la familia que tanto anhelaba. Dio otro puñetazo a la pared, y otro, y otro. Entonces, vio a su hermano. Ian estaba trabajando para arreglar un lío de cables que sobresalían de la pared. ¿Estaba deshaciendo una de las trampas de Taliyah?

No iba a contarles nada sobre el polvo de estrellas a sus hombres. Al menos, hasta que hubiera ideado un plan. Ya tenían bastante en aquel momento.

Su hermano lo vio y se irguió.

—¿Han llegado los fantasmas?

¿Acaso parecía que él estaba preparado para la batalla?

—No, todavía no. Me gustaría... hablar con las prisioneras. Sigue con tus deberes —le dijo a Ian, y se teletransportó a las mazmorras.

Al instante, el frío sustituyó al calor. La única luz que había en aquella parte del castillo era la que proporcionaban unas antorchas clavadas en la pared. Las paredes estaban llenas de manchas de tortura y maltrato, como las de cualquier prisión de hacía siglos.

La celda de las arpías estaba al final de un corredor. Allí había algunas mujeres desnudas, lavando la ropa en una bañera de agua y comiendo fruta, pan y queso. Hablaban sobre si Mara podía llegar a ser

General. ¿Era Taliyah la que había generado aquel debate?

Roux estaba paseándose de un lado a otro por delante de la celda, murmurando:

—¿Qué es lo que no recuerdo? ¿Qué es lo que no recuerdo?

—Tranquilo, guerrero —le dijo él, en un tono suave y amable.

Roux se giró hacia él y lo miró.

—Algunas partes de la invasión se me han borrado de la mente. ¿Qué hice? ¿Qué hice?

—Luchaste a mi lado —dijo él.

Al principio. Pocos minutos después de que las arpías se hubieran rendido, Roux se quedó inmóvil, mudo.

—¿Qué son estos pensamientos? —preguntó el guerrero, tirándose del pelo—. No son míos.

Si fuera cualquier otro, él le habría sugerido que tenía síntomas de una posesión fantasmal. Sin embargo, durante aquella última batalla no había aparecido ningún fantasma y, además, los fantasmas no tenían el poder necesario para atravesar los escudos de los Astra y, menos, sin que el señor de la guerra en cuestión de diese cuenta.

Las arpías detuvieron sus tareas y se acercaron a los barrotes. Empezaron a gritar.

—¿Eres nuestro nuevo carcelero? Vaya... A mí me gustaba el anterior. Le cuesta formar una frase completa. Siempre digo que esa es la mejor cualidad en un hombre.

—Veamos... Nos ha tocado relacionarnos con el Espantapájaros y el despiadado Hombre de Hojalata. ¿Eres tú el León Cobarde?

—¿Alguna vez te has preguntado cómo es que te arranquen toda la piel del cuerpo y te den la vuelta desde dentro?

Él se cruzó de brazos.

—He venido a recabar información sobre Taliyah Skyhawk.

Podía negociar con las prisioneras. Seguramente, querían más comodidades.

—¡Oh, el momento perfecto! —gritó una de las arpías—. Justamente les estaba diciendo a las chicas lo mucho que me encantaría ayudarte a que conozcas mejor a nuestra salvadora.

—¿Te está costando intimidar a tu nueva mujer? —le preguntó otra, entre risotadas—. Espero que te ahogue con tus propios testículos.

Se echaron a reír con desprecio, como si él fuera idiota por haber ido allí. Y lo era.

—¿No tengo nada que podáis desear?

—Te voy a contar gratis una cosa sobre Taliyah —le dijo una pelirroja, sonriendo con malicia—. Ella es la que detuvo el gran apocalipsis zombi del siglo XIX.

—No hubo ningún apocalipsis zombi.

—Exacto.

—¿Sabías que Taliyah...?

Él perdió el hilo de aquellas palabras al oír la voz de Silver retumbando en su mente.

—Hemos atrapado al primer fantasma.

—Quédate aquí —le ordenó a Roux, y se teletransportó junto a Silver al instante.

Halo estaba a su lado. Ian apareció junto a Roc. Estaban en un edificio de tamaño medio, un bar que él había conocido durante sus visitas preliminares. Antes, aquel lugar estaba lleno de arpías. Ahora no había nadie. Las mesas y las sillas estaban apartadas y, al borde de la pista de baile, había un fantasma caminando con dificultad en un círculo hecho de trinita. Una prisión.

Ella se balanceaba y canturreaba monótonamente:

—Entra, encárnate, camina y díselo a Roc. Entra, encárnate, camina y díselo a Roc.

Órdenes de su amo. Cualquier cosa que Erebus les ordenara a sus criaturas, ellas lo repetían una y otra vez mientras obedecían.

Aquella fantasma tenía la piel muy blanca, cerúlea, y los ojos de un blanco lechoso y de mirada perdida. Llevaba un vestido que no le sentaba bien. Por supuesto, ropa de viuda.

Erebus siempre enviaba a sus fantasmas con ropa de viuda. Un recordatorio del peor día de la vida de Roc.

Unas arrugas negras salían ramificándose de las cuencas de sus ojos, señal clara de que estaba hambrienta. Seguramente, hacía años que no se alimentaba. Hasta que no cumpliera la misión que le había encomendado su amo, no podía comer.

Con una sola comida, la mayoría de los fantasmas estaban alimentados durante meses. Sin embargo, Erebus prefería mantener hambrientas a sus marionetas durante décadas. Cuando, por fin, tenían la oportunidad de comer, se atiborraban.

—No llegó a acercarse al muro —dijo Halo—. Erebus debe de haberla teletransportado al interior del castillo.

Roc agarró la empuñadura de su daga de tres hojas. Al igual que ellos, los Astra, Erebus no necesitaba llave para entrar a un reino. Él mismo era la llave.

Sin embargo, dejaba rastro de su presencia: una capa de escarcha por donde pisara, cristales de hielo en el aire, el hedor de la muerte.

—No puede entrar en el reino sin alertarnos.

Lo más posible era, ciertamente, que Erebus hubiera enviado allí a la fantasma sin necesidad de tocarla.

—Entra, encárnate, camina, díselo a Roc.

Parecía que Erebus quería transmitir un mensaje. Él miró a Silver.

—Yo me ocupo del fantasma. Me gustaría que tú... hagas un juego de cadenas ligeras y lo entregues en mi habitación dentro de una hora. Para la cama.

El guerrero pestañeó con sorpresa.

—Ah, entiendo.

—Las esposas no deben causar dolor.

Sabía que, con Taliyah, debía estar preparado para cualquier cosa. La emoción no significaba nada.

Silver asintió rígidamente y se teletransportó desde detrás de la barra del bar.

Entonces él se acercó al fantasma, y ella se agarró a los barrotes rápidamente, con su mirada perdida fija en él. Irradiaba un frío gélido, una escarcha que se extendió sobre sus alevala. Era un fenómeno que provocaban todos los fantasmas.

—Dime tu mensaje —le ordenó.

Las palabras se derramaron.

—Sabes lo que es para ti ella, pero no sabes quién o por qué lo es. No sabes qué. Ella es una Skyhawk, una arpía, una serpiente... y una fantasma. Te has casado con una de los míos, comandante, pero no puedes matarla hasta que llegue el momento. ¿Sabes lo que hará ella antes de ese momento? Lo que yo le diga. ¡Ja, ja, ja! Ja, ja, ja, ja...

Aquella risa falsa y burlona... Roc le clavó la daga de tres hojas en el pecho. De la herida salió una sangre negra mientras la fantasma se desplomaba. A los pocos segundos, la criatura se desvaneció. Su disgusto por ella, sin embargo, permaneció.

—Ha mentido —dijo.

No era posible que Taliyah fuese una fantasma.

—Como si no lo supiéramos ya —replicó Ian—. Nunca nos hemos helado en su presencia.

—Además, Erebus siempre miente —añadió Halo.

—Lo único que hace es sembrar la duda —añadió Ian.

—Sí.

Por supuesto. Y eso significaba que el dios sabía que Taliyah era su gravita antes de que él lo averiguara.

«Sabes lo que es para ti ella...».

Erebus mezclaba la verdad con la mentira para causar pánico. T no era un fantasma. Ciertamente, era de sangre fría, pero él le transmitía su calor, y eso era imposible con los fantasmas. Tenía los iris claros. Nada de líneas negras saliéndole de los ojos y extendiéndose por su piel a causa del hambre. Era inteligente. Ningún fantasma tenía la capacidad de fingir semejante inteligencia.

A menos que Erebus hubiera encontrado la forma de crear a otros como él.

Capítulo 16

—Madre —dijo Taliyah, mientras recorría apresuradamente la fortaleza.

En el Reino de los Olvidados no había cambios. Seguía siendo un lugar fastuoso e inmaculado que el paso del tiempo no llenaba de escombro ni suciedad. Y estaba vacío. ¿Dónde estaban sus seres queridos? Quería saber qué tal estaba Tabitha y hablar con Neeka y, después, alimentarse de los inmortales que tenían en las mazmorras. La última vez que había estado allí, todavía les quedaba vida. Serían el aperitivo perfecto y, después, el ejército de Roc se convertiría en su bufet libre.

Tal vez Neeka supiera qué era el efecto que Roc causaba en su piel. Ella brillaba en algunos lugares. Allí donde brillaba, ardía. Donde ardía, sentía dolor. Donde sentía dolor, deseaba.

Deseaba con todas sus fuerzas.

Por Neeka, apretó todos los interruptores, hizo parpadear todas las luces.

Aceleró el paso y entró en la biblioteca. Al instante, sintió un frío muy intenso en la nuca, como si le hubiera caído una capa de escarcha en la marca que le había grabado Neeka hacía tantos siglos.

—Hola, hija.

Aquella voz áspera provenía del escritorio. Miró hacia allí y vio girar una gran butaca de cuero. Sentado en ella apareció un hombre pálido, de ojos negros y nariz ganchuda. Tenía el pelo rubio, rizado, y una barba espesa llena de trenzas que cubría una mandíbula prominente. En su regazo descansaba una espada con el borde dentado. Parecía que su extraordinaria empuñadura giraba, como si él tuviera en sus manos un pequeño pedazo de universo.

Erebus. Allí estaba.

Ella, con el corazón acelerado, sacó dos de sus dagas. En un instante, su cabeza se llenó de preguntas y de ira.

—Sabes que existo —le dijo, tratando de conservar un tono monótono. Llevaba muchos siglos preguntándose por aquel hombre, a quien todos despreciaban—. ¿Dónde están mi madre y mi amiga?

—No les he hecho nada, te lo aseguro. Cuando llegué, no estaban aquí. Tampoco tengo intención de hacerte daño a ti.

¿Verdad o mentira? Por Neeka, sospechaba que estaba diciendo la verdad. No porque tuviera una faceta honesta. ¿O sí? La poderosa pitonisa lo había visto todo, sin duda. Seguro que, además, le había dejado un mensaje de algún tipo a su mejor amiga. ¿Dónde? ¡Allí! En el espejo que estaba colgado detrás del escritorio. En el reflejo, vio que había una nota con las letras pintadas en sangre. *¡Estamos bien!*

De acuerdo. Entonces, podía continuar sin cortarle la cabeza a su padre.

Él arrugó la nariz.

—Apestas a Planeta Astra —dijo.

—Ahórrate los comentarios —le dijo ella—. ¿Qué quieres de mí? ¿Por qué has venido?

Él sonrió ligeramente.

—Seguro que estás volviendo loco al comandante. Ese santurrón de Roc rara vez recibe un desafío. Debo decir que me alegro de que el destino te haya elegido como su gravita.

A ella se le pusieron las orejas de punta. «No, no preguntes. No lo hagas».

—¿Qué es una gravita? —inquirió, sin poder evitarlo.

—Una compañera.

Ella tragó saliva.

—¿Compañera? ¿Es eso otro nombre para novia? ¿O significa consorte?

—Significa consorte —respondió él, con deleite.

No. Eso no era posible. Erebus mentía. Ella sabía que no era la consorte de Roc. Y Roc no podía considerarla su compañera.

—Eres escéptica —dijo Erebus—. Hija, yo sabía que le pertenecías desde antes de tu nacimiento. ¿Por qué crees que te he puesto en su camino?

—Te equivocas. En su camino me puse yo.

Él se encogió de hombros.

—Llevas su polvo de estrellas. Es una sustancia que los Astra solo producen para sus gravitas. Es como una advertencia para los demás.

¿Polvo de estrellas? ¿Eso era la sustancia brillante que tenía en la piel? ¡Arg! ¿Y si de verdad era la gravita de Roc? Él la había marcado sin permiso y eso la enfurecía. ¿Lo sabía él de antemano? Entonces, ¿por qué se había casado con ella para tener que matarla?

Un momento...

—¿Qué quieres decir con eso de que yo le pertenecía a Roc desde antes de mi nacimiento?

Su padre acarició la empuñadura de su espada.

—Yo... veo.

¿Era un oráculo?

—¿Crees que Roc morirá en tu lugar? —le preguntó Erebus.

—Sí, creo que morirá en mi lugar, porque no le daré otra opción. No voy a rendirme.

De repente, Erebus se levantó, erguido, y ella notó un frío abrasador en la marca de la nuca. Sin embargo, no se tambaleó, permaneció firme en su sitio.

—No sabes cuánto me alegra oír eso —dijo Erebus, con una sonrisa espeluznante—. Destruirás a Roc por mí.

Un sentimiento de posesión se apoderó de ella.

—No, destruiré a Roc por mí misma. Su muerte es mía, yo la administraré.

—Oh, hija mía, no quiero que muera, quiero que sea desgraciado, y tú eres la herramienta que he elegido. ¿Por qué crees que me acosté con tu madre?

—Yo no soy la herramienta de nadie. Y tú sigue, menciona a mi madre y amenaza a Roc otra vez. Ya verás lo que pasa.

Erebus ladeó la cabeza y sonrió.

—La verdadera diversión va a empezar. Que disfrutes de tu velada, hija. Sé que yo voy a hacerlo.

Cuando ella se abalanzó para atacarlo, él desapareció. Ella giró y dio un jadeo, y se le calmó el dolor de la marca de la nuca.

Después de unos instantes, permitió que su cuerpo se relajara. ¿Qué era lo que acababa de suceder?

Roc no podía enterarse de que ella se había marchado. En aquel momento, ella estaba en el Reino de los Olvidados y, por lo tanto, él ni siquiera recordaba su nombre. Sin embargo, ¿y si sabía que se había ido? ¿Qué le haría cuando regresara?

Sintió una punzada de temor. Cuanto antes volviera a Harpina para evaluar la situación, mejor.

Fue corriendo a las mazmorras para alimentarse, pero todos los prisioneros se habían ido. Encontró una nota de Neeka pegada en la puerta de la celda.

«Cruel para ser buena. ¡Lo siento pero no lo siento!».

—Vaya, esa pequeña...

Aunque seguía confiando en su amiga por encima de todo, no conseguía encontrarle sentido a aquello. ¿Por qué la dejaba en un estado de debilidad si tenía que estar cerca del Astra?

De mal humor, se teletransportó de nuevo a la fortaleza y comenzó a pensar en un plan de batalla. Encontrar a Roc. Tal vez él estuviera durmiendo y ella pudiese continuar con su noche de caza y alimentación. Tenía que averiguar en aquel preciso instante si estaba despierto...

Un momento. La habitación estaba a oscuras. Cuando se había marchado, la araña brillaba alegremente.

Se le llenó la nariz del olor a Roc y notó un calor intenso en la espalda. Se quedó inmóvil. Él estaba cerca y acababa de percatarse de su aparición. Se dio la vuelta, con el corazón acelerado, y... allí estaba él.

Sentado en una silla cerca de la chimenea, envuelto en las sombras.

—¿Te importaría explicarte, esposa mía? —preguntó, y encendió una lámpara. La luz reveló su expresión dura y de furia.

Ella se puso a la defensiva.

—¿Necesito explicar algo? Estamos en guerra y yo estoy utilizando todas las armas que tengo a mi alcance.

Aquella sinceridad lo dejó desconcertado. Cuando abrió la boca para responder, ella añadió:

—Si te quejas de esto, estás admitiendo que tienes miedo de que gane.

Roc la miró fría, intensamente.

—¿Sabías que me había marchado de la fortaleza, o te has dado cuenta cuando he aparecido? ¿Cómo te has acordado de mí?

La fuerza del Reino de los Olvidados debería habérsela borrado de la mente en cuanto había puesto un pie allí.

—¿Cómo podría olvidar a mi perdición?

Roc se irguió. Llevaba una camisa de manga larga, unos pantalones negros y unas botas con la puntera de metal.

—Cuando dices eso de «mi perdición», ¿te refieres a tu compañera predestinada? ¿O el viudo negro se niega a reconocer a la mujer sin la que no puede vivir? —preguntó ella. Se subió el bajo de la blusa y le mostró un parche de piel brillante—. Por supuesto, puede que yo también lo negara si la situación fuera a la inversa. Soy tuya..., pero tú no eres mío.

En los iris de Roc se encendieron unas cuantas chispas, pero desaparecieron a los pocos segundos.

—Puedo vivir sin ti —le dijo, con una furia apenas contenida—. Y también puedo adivinar cómo saliste del palacio. Con la llave que llevas colgada del cuello y que te voy a quitar, sea como sea.

Roc miró a la mujer más excitante y desafiante que hubiera conocido. La deseaba con todo su ser, incluso aunque ella estuviera burlándose de él y, al mismo tiempo, diciéndole la verdad.

«Soy tuya, pero tú no eres mío».

—Toma la llave —dijo Taliyah, en tono de despreocupación—. No me importa.

Él la observó atentamente. Cuando había llegado, estaba más pálida de lo normal y tenía las ojeras muy marcadas. Y tuvo miedo. Después, su calor le confirió un color rosado a su piel y su aspecto se volvió normal. Eso significaba que no era un fantasma. No podía serlo. A él nunca le excitaría un fantasma.

—Voy a tomar algo más que la llave. Me vas a dar respuestas —dijo. Se acercó a ella, la agarró por los brazos y la aplastó contra la pared, pero la sujetó con delicadeza—. ¿Dónde has ido? ¡Dímelo!

Ella no respondió, y él estuvo a punto de perder los estribos. Levantó la rodilla y le presionó la placa de metal contra el cuerpo, levantándole los pies del suelo y obligándola a permanecer apoyada en él.

Taliyah clavó las garras en la pared y sonrió, lejos de acobardarse.

—¿Vas a intentar sacarme información a base de placer? Pues adelante. Yo voy a disfrutar y tú vas a terminar frustrado, y enterándote solo de lo que yo quiera que te enteres.

La furia... o la pasión, algo provocó que apareciera el polvo de estrellas. Notó un calor abrasador en las palmas de las manos. Taliyah inspiró profundamente.

Más pruebas de que no era un fantasma. Los demonios no tenían necesidad de respirar..., pero Erebus, sí. ¿Había creado el dios a más seres como él?

—¿No te importan tus amigas, las que están en el reino duplicado? —le preguntó.

—¿Es que vas a destruirlo? —le espetó ella.

Él la había amenazado con hacerlo y nunca daba un paso atrás cuando había tomado una decisión. Sin embargo, al ver su expresión desafiante y sus preciosos rasgos contraídos de dolor... no pudo confirmarlo.

—Las arpías están a salvo —respondió, entre dientes—. Por ahora.

Aquella respuesta sorprendió a Taliyah, claramente. Ella frunció el ceño, sacó las uñas de la pared y se apoyó con las manos en sus hombros. Se derritió contra él.

—¿De verdad? ¿Por qué? No creí que fueras de los que dan varias oportunidades.

—Con el incentivo adecuado, puedo ser misericordioso. Dime dónde has ido, Taliyah.

—Yo... No.

Ella hizo un gesto negativo con la cabeza y a él se le encogió el corazón. ¿Habían aparecido por un momento unas líneas negras en sus ojos?

—¿Dónde has ido, arpía?

—Ummm...

Ella alzó los brazos por encima de la cabeza y adelantó su pecho hacia él.

—¿No hemos jugado ya a este juego? Recuérdamelo, querido. ¿No fui yo quien ganó?

Eso era lo que ocurría cuando era misericordioso con un enemigo, aunque solo fuera una vez. Sin embargo, no importaba. Iba a obtener la respuesta más tarde o más temprano y, mientras la conseguía, iba a disfrutar de ella.

—Oh, oh... Parece que alguien acaba de tomar una decisión —dijo ella, con un ronroneo.

Una mujer observadora. Petulante. Desafiante. Exhilarante.

—Hablarás, arpía. Eso te lo juro —le dijo.

La arrojó sobre la cama y se movió entre aquel reino y el reino duplicado del duplicado, donde había guardado las nuevas cadenas. Mientras recogía lo que necesitaba, se movía a una velocidad que solo otro Astra podía seguir.

Cuando terminó, la tenía bien atada, con las muñecas encadenadas por encima de la cabeza y los tobillos asegurados a kilómetros de distancia.

Una fuerte mezcla de furia y lujuria lo mantenía nervioso.

—¿Algo que decir ahora, arpía?

Taliyah lo sorprendió. Se puso cómoda. Era todo seguridad en sí misma, engreimiento y fantasía perversa.

—Pediste que fabricaran estas cadenas para mí, la esposa a la que no puedes resistirte, porque querías terminar de esta forma. ¿Vas a aprovechar la primera excusa que tienes para usarlas? Si esta es tu versión de la tortura, apúntame para las sesiones de mañana, tarde y noche durante el resto del mes. Estoy segura de que te diré algo para entonces.

La deseaba.

—Te voy a tocar, arpía. Te voy a acariciar por todas partes.

A ella se le entrecerraron los párpados, como si le pesaran demasiado y no pudiera sostenerlos.

—¿Eso es una advertencia o una promesa?

Verla así, tan seductora y encadenada, con el polvo de estrellas brillante en la piel, provocó una guerra en él.

¿Debía continuar o detenerse antes de caer en un abismo sin fin, del que quizá no pudiera salir?

¿Cómo iba a poder detenerse?

—La batalla terminará cuando me digas lo que quiero saber.

La acarició en la parte interna de los muslos, acercando los dedos, cada vez más, al cinturón. Atormentándola.

—Vas a disfrutar de esto... al principio.

Rozó con los dedos el centro de la placa de metal.

Taliyah estuvo a punto de gritar de placer.

—Hazlo otra vez —le pidió, con la voz enronquecida—. He estado a punto de contarte todos mis secretos, de verdad.

Él entrecerró los ojos. Era magnífico. Tenía un aspecto primitivo, feroz, febril. Era un guerrero dispuesto a morir por su victoria. Aquel aroma especial emanaba de él y, cuando lo inhaló, ella sintió que el calor aumentaba.

Cuando él rozó la placa por segunda vez, ella giró

las caderas sin poder pensar, buscando más. Le dolía el sexo, y la intensidad de aquel dolor la pilló desprevenida. Se obligó a sí misma a mantenerse quieta.

—Ya no eres tan petulante, ¿eh? —le preguntó él, y pasó una garra por su ropa, cortándola en dos sin rozar su piel—. La mente se apaga y el cuerpo... necesita.

—Nada que no pueda gestionar.

Él le pasó el dedo alrededor del pezón.

—¿Estás segura?

¡Aquel calor!

—Totalmente segura —susurró ella.

Entonces él sonrió como un depredador, con un aire siniestro.

—Debo admitir que me gusta verte desnuda y atada —dijo, y comenzó a examinarla a placer. Cuanto más la miraba, más se le dilataban las pupilas.

—Me gusta verte deleitándote conmigo desnuda y atada.

Una broma que ella musitó con la voz demasiado enronquecida, en un tono demasiado sincero.

Él se echó a reír.

—Oírte suplicar misericordia va a ser la música más dulce posible para mis oídos —dijo.

Le pasó la lengua por el *piercing* y succionó con tanta fuerza que la dejó sin aliento. Un calor nuevo la inundó. Se arqueó hacia él, pero las cadenas se engancharon y la inmovilizaron, y ella gimió.

—¿Quieres que guarde mis secretos, guerrero? Si deseas tener las respuestas, tendrás que esforzarte más.

Él dio un gruñido contra su *piercing* y le produjo unas vibraciones tan deliciosas que estuvo a punto de volverse loca. Aquel *piercing* había sido una verdadera suerte.

Cuando él dirigió su atención al otro pezón, ella se dio cuenta de que tenía un problema. Roc no lo lamió ni lo chupó. Dejó que sus labios se demoraran justo encima del pecho. Los segundos pasaron hasta que se convirtieron en una eternidad y ella empezó a retorcerse de deseo.

Jadeó. Se mordió la lengua. Se movió y se retorció.

«¡Hazlo, Roc! ¡Hazlo!».

—¿Lo ves, arpía? —le preguntó él, y su cálido aliento le provocó un cosquilleo salvaje en la piel—. Niégame lo que quiero y una parte de ti siempre te dolerá.

—Tal vez, pero a ti, también. Tu vara de medir está a punto de estallar.

—Querrás decir mi tronco de medir.

Oh, no. No era posible que Roc acabara de hacer una broma como aquella. Y, sin embargo, añadió más combustible a su fuego.

El sentido del humor era algo sexi para ella.

Roc se puso de rodillas y se sacó la camisa por la cabeza. De repente, todos sus alevala quedaron a la vista, así como su torso musculoso. Con la misma languidez, se desabrochó el pantalón y liberó su erección. En cuanto ella lo vio, movió involuntariamente las caderas.

«Mío».

—Esto es lo que va a pasar —dijo él, con calma, como si estuvieran tomando el té, y se sacó una pequeña llave de plata del cuello—. Voy a hacer lo que quiera contigo sin tomar tu virginidad. Me voy a correr todas las veces que desee, y tú no vas a dejar de correrte hasta que me digas dónde has ido.

—¿Lo prometes? —preguntó ella.

Sabía que él pensaba que la llave conducía al otro reino y que solo tenía que usarla para conseguir la respuesta. Pero no lo hizo, porque quería hacer aquello otro. ¿Qué haría cuando descubriera la segunda llave?

El tatuaje del reloj de arena.

—Tss, tss. Estás empeorando las cosas para ti, arpía.

Con un hábil movimiento de la muñeca, separó el metal del metal. Otro giro, y el cinturón cayó al suelo.

—¿Estás seguro? —preguntó ella, y notó el aire frío en el centro del cuerpo—. Hasta ahora lo único que has hecho ha sido hablar.

—Pues parece que a ti te ha gustado lo que he dicho.

Su tono se hizo más duro, y no apartó la mirada de ella mientras se pasaba una mano por la boca temblorosa.

—Ya estás empapada.

Se inclinó hacia delante, posó una mano junto a su sien y le pasó el brazo por debajo de una rodilla para separarle las piernas aún más. Parecía que estaba hirviendo a fuego lento. Después, giró las caderas y frotó la erección contra su centro, y a ella se le borraron todos los pensamientos. Eran solo un hombre y una mujer y no había nada más entre ellos.

Se le escapó un grito ahogado. La presión le proporcionaba una sensación increíble. Él era increíble. Su longitud rígida la abrasó, y ella dio un jadeo.

—Intenta durar, arpía. Tengo la intención de empaparme con tu miel antes de aceptar tu rendición.

Su confianza era infundada y merecía una respuesta punzante.

Sí, infundada. Salvo que él giró las caderas en el sentido de las agujas del reloj y eso estuvo a punto de acabar con su control. Empezó a tener dudas. Tal vez, salir victoriosa de aquella ronda iba a ser más difícil de lo que había pensado, pero iba a ganar. Haría lo necesario.

Capítulo 17

Roc se bebió con la mirada a la reina del invierno que estaba bajo él. Era una encarnación pálida de todos los sueños que no sabía que tenía, allí desnuda salvo por las joyas, bañada por la luz del fuego y perfumada con bayas de escarcha y polvo de estrellas. Una mujer con abundancia de curvas que él podía acariciar. Una seductora que ejercía más poder sobre él que ninguna otra de sus esposas. Una asesina que se negaba a doblegarse porque aún no entendía el alcance de su determinación.

Pero, antes de que terminara aquella noche, iba a entenderlo.

Le había dejado un nuevo rastro de polvo de estrellas en la garganta, y aquella visión le resultó más satisfactoria que cualquiera de sus victorias más arduas. Taliyah le pertenecería durante los siguientes veintinueve días.

Se puso de rodillas otra vez, con un mínimo contacto. A ella se le escapó un pequeño gemido que fue como gasolina para sus llamas interiores. Ardía por aquella mujer. Sin embargo, no había mentido. Solo iba a parar cuando ella le hubiera dado las respuestas que quería. Y sus súplicas...

Mientras él se acariciaba, ella siguió sus movimientos con la mirada.

—¿Ves algo que te guste, arpía?

¿Iba a reconocerlo?

Su respiración se volvió más superficial.

—Te lo diría, pero en este momento no me siento muy conversadora —respondió ella, con la voz temblorosa.

—No importa. Se me ha ocurrido un uso mejor para tu boca.

Entonces la besó profundamente, y sus lenguas se empujaron la una a la otra. Dos cerillas, una chispa. Un fuego salvaje se extendió entre ellos. Siguió besándola sin reprimir ni un ápice de su pasión y ella le devolvió los besos con el mismo ardor. Su sabor lo enloqueció. Bayas de escarcha maduras, más embriagadoras que el mejor de los vinos. Sus pezones le rasparon el pecho y él sintió nuevas chispas.

Cuando no pudo soportarlo más, se apartó de su boca y volvió a ponerse de rodillas. Reunió almohadas, una tras otra, y las colocó bajo su espalda para levantar las caderas de Taliyah. Pasó un dedo por su hendidura rosada, húmeda y brillante. Era una tentación de carne y hueso. Ella se hinchó de necesidad por él y a él se le hizo la boca agua. Con el pulgar, la atormentó acariciándole el pequeño bulto de nervios.

A Taliyah se le escapó un gemido susurrante.

—¿Hay algo que quieras decirme antes de que empiece, Taya? —le preguntó él.

Después, se colocó sobre el colchón, apoyó la barbilla sobre su hueso pélvico y la miró a los ojos.

—¿Has dicho antes de empezar?

¿Acababa de tragar saliva?

—Sí —respondió él.

Hundió un dedo en su calor húmedo y le arrancó

un gemido. Se le aceleró el corazón al deslizarlo hasta el segundo nudillo.

—Tan dura por fuera. Tan suave por dentro.

Tan resbaladiza y atractiva.

Cuando él hundió aún más el dedo, ella se balanceó. Era divino. Él añadió un segundo dedo y los sumergió todo lo profundamente que pudo sin robarle la virginidad. No iría tan lejos. Siguió atormentándola con el dedo pulgar y ella, rápidamente, le empapó la mano.

—Sí, sí, Taya —murmuró él, mientras hacía más presión y se movía en círculos—. Esto te encanta.

A ella se le escapó un sonido ahogado.

—Sí, me encanta... Estoy a punto de revelar mis secretos. ¡Lo prometo! Hagas lo que hagas, no pares con esta tortura.

Víbora.

—Ummm... Es delicioso, Roc —musitó Taliyah. Y, mientras él la acariciaba más profundamente con los dedos, exclamó—: ¡Sí, sí! No te atrevas a parar. Lo has prometido.

Plantó los talones y levantó la parte inferior del cuerpo de las almohadas, intentando forzarlo a que se hundiera más en su cuerpo.

—¿Qué harías por conseguir que yo metiera otro dedo más? —le preguntó—. ¿Necesitas estar llena?

Ella gimió, y él hundió un tercer dedo y le apretó el clítoris con la yema del dedo pulgar. Entonces a ella se le escaparon unas palabras incoherentes mientras se arqueaba y echaba la cabeza hacia atrás, y sus paredes interiores se contrajeron mientras el orgasmo la atravesaba. Se le balancearon los pechos y se le fruncieron los pezones de color coral, y los ruegos se le escaparon por la boca. El *piercing* de ónice contrastaba de una forma casi perversa con su piel pálida.

Por fin, mientras él la acariciaba lentamente, ella se desplomó sobre el colchón y le ofreció una sonrisa maliciosa.

—Odio decírtelo, cariño, pero no voy a hablar. Vas a tener que intentarlo de nuevo.

¿A cuántos hombres habría asesinado con aquella sonrisa?

—Si necesitas ayuda para seguir el ritmo —añadió—, imagíname cubierta de más polvo de estrellas y con una satisfacción más intensa.

¡Maldita! Él ya no podía hacer otra cosa que imaginársela.

—Adelante, sigue tomándome el pelo. Verás lo que consigues.

—¿Te refieres a otro orgasmo? —preguntó ella, y se echó a temblar cuando él se acomodó sobre su cuerpo para darle otro beso.

Descansando entre sus piernas, su miembro descansaba en línea recta contra su sexo. Aquello era la dicha. Él se balanceó hasta que hizo que llegara al orgasmo por segunda vez, sin dejar de besarla. Siguió balanceándose, embistiéndola, impulsando su placer más y más alto, supervisando su propio tormento.

—¡Sí! —gritó ella—. Dame más, Roc.

Él le mordisqueó el lóbulo de la oreja, el cuello, el hombro. Le amasó los pechos y se los lamió, y descendió con la lengua hasta su ombligo. Allá donde posaba las manos, dejaba un rastro de polvo de estrellas. Taliyah era suya.

Ella comenzó a respirar con dificultad y su aroma a bayas heladas se intensificó, se fundió con el olor a polvo de estrellas, se convirtió en el olor de los dos.

—Mírate —dijo él, con reverencia, observándola mientras ella se retorcía—. En medio de una agonía por tu hombre.

«Tu hombre».

Aquellas palabras reverberaron en su mente, recordándole las burlas anteriores de Taliyah. Ella era su gravita, pero él no era su consorte.

La balanza no podría equilibrarse hasta que ella no lo viera como su hombre.

¿Y entonces? ¿De qué serviría eso, si él la mataba como estaba previsto?

Tal vez... ¿Tal vez hubiera otro modo?

Capítulo 18

Taliyah miró al guerrero que había llevado su cuerpo al punto álgido... ¡dos veces! ¿Tres? Había perdido la cuenta.

Parecía que él estaba nervioso, enfadado y frustrado a causa de la lujuria. Ella se había emocionado provocándolo, pero aquella intensidad la emocionaba aún más.

Roc había terminado de jugar. Dio un gruñido y le pasó la lengua por el centro del sexo. Masajeó su clítoris con la lengua. Aquello era...

«¿Qué me está haciendo?», se preguntó.

Se onduló bajo su asalto embriagador, enloquecida por él. A pesar de los otros clímax, le dolía el cuerpo más allá de lo razonable, y él estaba aumentando su necesidad, encendiendo todas las células de su cuerpo como si ella fuera un cable de alta tensión.

¡No era justo! Roc le había inmovilizado las alas y eso hacía que se sintiera tan débil como un ser mortal y, de nuevo, horriblemente vulnerable. Él había aumentado su apetito sexual y había jugado con sus emociones. La había llamado Taya dos veces, y aquella era una expresión de cariño, una expresión que a ella le había encantado.

¿Cómo se suponía que debía sentirse por eso? ¿Cómo iba a reaccionar? En parte, quería apartarlo de un empujón, pero otra parte quería tirar de él y estrecharlo contra sí... Pero, si otras Generales podían decir que no, ella, también.

—Desata las cadenas, Roc. Déjame tocarte.

Sentir su fuerza en las palmas de las manos, atormentar su cuerpo como él había atormentado el de ella... ¡Ah! Su despiadada lengua persistió y arrasó con el control que ella había ganado con tanto esfuerzo. ¡Era demasiado bueno! Él la golpeó, la frotó y lamió con firmeza. Era perfecto. ¡Demasiado! Pero ella quería más...

Si pudiera conseguir que él también tuviera un orgasmo, el juego se igualaría y recuperarían la calma y... y...

Entre pensamientos incoherentes, Taliyah llegó de nuevo al clímax, rápidamente y con dureza. El mundo dio una sacudida, pero Roc no se detuvo. Era un hombre de palabra y siguió adelante, y ella se elevó y se estrelló una y otra vez. Sin embargo, no suplicó y no le dijo lo que él quería saber, fuera lo que fuera. En algún momento, se le habían olvidado sus exigencias.

—Roc... Roc... —canturreó, porque no podía decir otra cosa.

Existía en un estado de aturdimiento debido al placer, a la necesidad desesperada. Ningún otro hombre había conseguido que se concentrara así en su propio cuerpo. Lamiéndola y acariciándola con los dedos al mismo tiempo, la llevó a otro éxtasis tan poderoso que ella estuvo a punto de derribar el palacio a gritos.

—Dime cuánto me deseas —le exigió él, cuando ella se quedó callada.

—Solo deseo... más orgasmos —balbuceó ella. Pero no iba a suplicar nada.

—Dime algo.

Se enderezó bruscamente, sin dejar de mirarla, entre jadeos, con una expresión de dureza. Tenía las venas hinchadas y los tatuajes del pecho, inmóviles. Aquello le pareció algo importante, algo en lo que debería pensar. Más tarde. En aquel momento, él requería información e iba a dársela.

—Primicia, Roc. Yo también voy a tocarte —le dijo, tirando de las cadenas. Era una cuestión de necesidad—. Suéltame para que pueda hacerlo. Libérame ahora.

—Sí. No puedo negártelo. Voy a soltarte y me darás lo que quiero —respondió él, gruñendo.

Era un guerrero que estaba atrapado por un dolor insoportable, porque, por muchas veces que hubiera llegado a su punto máximo, se negaba a sí mismo el orgasmo.

—Voy a darte lo que necesitas.

Lo que necesitaban los dos.

Roc tiró frenéticamente de las ataduras de metal de sus muñecas. Ella lo abrazó con tanta fuerza como se lo permitieron sus miembros temblorosos. Y, de otro tirón, él le liberó los tobillos.

Taliyah colocó una pierna sobre su regazo y se elevó por encima de él. Se sentó a horcajadas sobre sus muslos. Un simple latido separaba su sexo de la enorme erección del guerrero, pero ambos se quedaron paralizados, sin atreverse tan siquiera a respirar.

—Hazlo —le ordenó él, con la voz ronca—. Haz que me corra.

—Sí —respondió ella.

Le acarició el pecho con las uñas y le masajeó los músculos endurecidos para aprender cómo le gustaba que lo trataran. La respuesta fue un deleite para ella. Giró las caderas y vio que a él se le tensaban los tendones del cuello.

—¡Sí, Taya! Así.

Verlo de aquel modo... La pasión era incontenible y, como ella, Roc no tenía inhibiciones. Disfrutaba descaradamente de ella y de lo que estaban haciendo.

Al siguiente movimiento de arqueo, él la agarró con fuerza por la nuca.

—Para.

Ella obedeció. Se miraron a los ojos.

—Necesitas más —dijo, con la voz ronca. El instinto le exigía que se moviera una vez más, pero él no se lo permitió—. Y yo te lo voy a dar muy bien.

Él tenía el rostro cubierto de gotas de sudor.

—Crees que, como no has dicho nada y estás libre de las cadenas, me estás ganando, ¿no es así, pequeña arpía? —le preguntó él, con una risa enronquecida que a ella le puso la piel de gallina—. Pues será mejor que no te lo creas. Incluso cuando nos separemos, esta noche, estaré contigo. Me tendrás en tus pensamientos y anhelarás mi presencia, porque mi polvo de estrellas te abrasará. Cuando he dicho que nunca iba a dejar de tocarte, lo he dicho en serio.

—Puede ser —murmuró ella—, pero tú también me sentirás a mí.

La marca de Roc era externa. Ella, sin embargo, era su gravita, y lo había marcado internamente.

Entonces él la besó y ella gimió y se estrechó contra él con más fuerza mientras sus alas revoloteaban y le daban más poder, de modo que cada punto de contacto provocaba la máxima presión. A los pocos segundos, ella estalló con otro clímax estremecedor, se deshizo y ardió, se elevó y se estrelló de nuevo completamente envuelta en el aroma del polvo de estrellas y en la luz que brillaba en los poros de su piel. De repente, se sintió tan hambrienta que pensó que iba a morir si no podía dar un sorbo de su alma.

Él hizo ruidos ininteligibles mientras la agarraba

con fuerza por el trasero para obligarla a permanecer inmóvil. Le tiró del pelo para exponer su garganta y a ella se le aceleró el pulso. ¡Cuánto corría su corazón!

Con la cabeza atrapada, inclinó la mirada hacia él y sus ojos se encontraron de nuevo.

—Carne y sangre —digo él, guturalmente, en un tono casi irreconocible.

Ella se estremeció y movió las caderas. Cuando él arqueó las suyas para recibir sus movimientos, ella jadeó. Él dio un gruñido y se desató.

Poseído por la necesidad, la embistió con fuerza, y ella explotó. Un éxtasis incontenible invadió hasta el último de los rincones de su cuerpo.

Él embistió con más y más fuerza.

—Estoy tan cerca...

Mientras gritaba su nombre, ella le arañó la cabeza con las garras. Él la soltó y la miró con una intensidad insondable.

—Dame mi premio, guerrero. Ten tu orgasmo por mí.

Él obedeció. Con un gruñido que salió de lo más profundo de su alma, derramó su semen en el estómago de Taliyah, abrasándole la piel.

Pasó una eternidad, en silencio, mientras Roc trataba de tranquilizarse.

¿Qué acababa de ocurrir? Todavía no podía pensar en ello. En cuanto se le calmó el corazón, acomodó a Taliyah en el colchón y se puso de pie. No la miró, porque no estaba seguro de si quería ver su expresión. ¿Petulante o vulnerable?

—Tenemos que lavarnos —dijo, y se fue al baño.

Aunque anhelaba mirarla, se resistió. Se lavó la cara con agua helada y se miró al espejo. Tenía una expresión enloquecida. Aunque no oyó pasos que indicaran que Taliyah se había marchado, sintió su pérdida porque se le enfrió la sangre en las venas. El instinto de posesión le exigía que fuera a buscarla inmediatamente. El instinto de supervivencia le indicaba que se quedara. Tenían que hablar. Era obvio que su matrimonio requería nuevas reglas. Sin embargo, él debía calmarse antes de mantener aquella conversación, y trató de conseguirlo dándose una ducha.

Cuánto la deseaba. Y qué descubrimiento tan impactante había hecho... Al marcarla a ella con su polvo de estrellas, se había marcado también a sí mismo. El polvo de estrellas había debilitado su resistencia.

Sabía que estaba jugando a un juego peligroso, pero iba a seguir haciéndolo durante veintiocho días. No importaba lo mucho que quisiera perdonarla, lo mucho que lo necesitara. ¿Un buen comandante mataba a su esposa? Estuvo a punto de darle un puñetazo al espejo.

Se vistió de negro y recorrió las habitaciones hasta que la encontró. Ella también se había duchado. Tenía el pelo mojado y estaba desnuda. La llave estaba colgando entre sus pechos, provocándolo. La llave de la suerte.

—¿Dónde fuiste antes? —le preguntó, en un tono de exigencia.

Ella se encogió de hombros.

—Al Reino de los Olvidados. Allí escondí a Neeka, pero ya no está.

¿Cómo? ¿Le había dado aquella información voluntariamente? Nunca entendería a aquella mujer.

Ella se detuvo ante el armario.

—A mi marido, que es egoísta, no se le ocurrió prepararme un guardarropa. He tenido que tomar cosas de otra persona de otra habitación.

A él le irritó aquel comentario. ¿Egoísta? La había complacido bien. ¡Varias veces!

«Y también la has dejado sola para que se enfrentara después a sus propias emociones».

Tuvo un gran sentimiento de culpabilidad. ¿Y si ella había experimentado tanta vulnerabilidad como él?

—¿Por qué me has dicho la verdad ahora? —le preguntó.

—Porque no tengo tiempo para otra pataleta. Tu asesinato no va a planearse solo.

Sin pensarlo, él la tomó y la arrojó a la cama. Antes de que terminara de rebotar, se tendió a su lado, la rodeó con un brazo y la estrechó contra sí.

—¿Qué estás haciendo? —balbuceó Taliyah—. No voy a jugar más contigo. ¡Somos enemigos otra vez!

Él no sabía qué estaba haciendo.

—Podemos ser enemigos mañana.

—Muy bien —dijo ella. En vez de rechazarlo, se acurrucó contra él, buscando su calor—. Estoy dispuesta a jugar otra ronda contigo.

Ella había experimentado la vulnerabilidad y él no sabía qué pensar. Lo único que podía hacer era maravillarse. La inmutable Taliyah Skyhawk se había inmutado.

—Estamos abrazándonos, no dándonos placer.

Antes de eso, tenían que resolver algunas cuestiones.

—No estoy muy segura de eso. Ummm... Hueles para comerte —dijo ella, con la voz enronquecida. De repente, se puso tensa—. Oh, tengo que irme inmediatamente.

¿Marcharse y dejarlo? No. Ahora que la tenía contra sí de nuevo y notaba cómo iba calentándose su piel fría, no pensaba dejar que se alejara de él.

—Dime por qué deseas huir y pensaré si te suelto.

—¿Huir? —gritó ella, y le dio un puñetazo en el pecho—. ¡Retira eso ahora mismo! Yo no huyo. Jamás.

—Pues, entonces, cálmate y ponte cómoda. Vamos

a tener una conversación sobre lo que ha ocurrido entre nosotros.

—¿Cómo? No, nada de eso. No estropees esto.

Poco a poco, ella se relajó contra él. No parecía que lo que la hubiera asustado o herido siguiera siendo un problema.

—No ha ocurrido nada, salvo una tregua momentánea. Mañana volvemos a lo nuestro como de costumbre. Eso significa que tú iras por ahí dando patadas como el rey del drama que eres, emitiendo decretos que yo voy a ignorar, y yo averiguaré cómo matarte.

Roc suspiró de alivio e irritación a la vez.

—Me alegro de que entiendas cómo deben ser las cosas entre nosotros.

—¿Que lo entiendo? —preguntó ella, resoplando—. Señor de la guerra, lo estoy exigiendo.

Nunca, en todos los mundos que había visitado, había conocido a nadie como Taliyah. Acababa de proporcionarle cuatro o cinco orgasmos y ella no estaba dispuesta a ceder.

—¿Cómo es que todavía no eres General?

Ella le acarició el pecho con sus pequeñas garras y él supo que aquella pregunta la había complacido.

—Parece que mis propios sacrificios son una porquería. Ni siquiera sirvió que me amputara el brazo y la pierna una vez. ¿Me dieron una estrella? Nooo.

—¿Por qué ofreciste un brazo y una pierna?

—Tenía un cuchillo, así que... ¿por qué no?

Era de mala educación hablar de las esposas anteriores con la esposa actual, pero, de todos modos, le dijo.

—Chaos me insinuó que yo también había cometido errores con mis sacrificios.

—¿Qué ocurre cuando haces el sacrificio adecuado?

—Yo ascendería por segunda vez.

Necesitaba ascender para poder tener una familia. ¿Podría tener una familia sin su gravita? Allí, en aquel momento, con Taliyah entre sus brazos, pensó que... no estaba seguro.

—Voy a matar a Erebus de una vez por todas.

Ella se preparó como si se esperara un golpe. ¿Por qué?

—Eh, los alevala se están moviendo otra vez —murmuró ella, mientras apoyaba la mejilla en el hueco de su hombro.

—¿Se habían parado?

—Mientras estábamos ocupados negociando nuestra... tregua de una noche.

—Eso sucede cuando estoy perdido en la anhilla —dijo él.

—¿Eso era anhilla? No te lo tomes a mal, pero no me esperaba que tu estado más temible fuera la excitación.

—Reconocerás la anhilla cuando la veas. Destruyo a todos los enemigos que hay a mi alrededor sin pensarlo, sin piedad, sin arrepentimiento.

—Bueno, vamos a dejar de hablar de cosas sexis si no vamos a volver a jugar —dijo ella, y le dio un golpecito en el corazón—. Te están creciendo manchas aquí. ¿Qué son?

Él se puso tenso al instante. Para distraerla de la pregunta, la levantó sobre su cuerpo de forma que sus sexos quedaran apoyados uno sobre el otro y el rostro de Taliyah quedara contra su garganta.

—Cuéntame más cosas sobre ti —le pidió.

Ella se puso rígida y forcejeó.

—Debería irme, Roc.

—No... Dime qué ocurre.

—Es que... hueles demasiado bien —respondió Taliyah, y gimió.

Le acarició el cuello con la nariz y, cuando él la

agarró por el trasero, ella se zafó de sus brazos y se incorporó.

Entonces él vio las líneas negras que se ramificaban desde sus ojos.

Capítulo 19

—Me voy y no hay más —dijo Taliyah, y caminó rápidamente por la habitación recogiendo armas—. No trates de impedírmelo.

Sabía que había estado jugando con fuego. Tenía un hambre que la desgarraba, porque llevaba dos días sin comer.

Y, durante las últimas dos horas, había conocido y amenazado a su padre, había experimentado un placer increíble a manos de un marido que tenía planeado asesinarla.

Frunció el ceño. Estaba enfadada consigo misma, con Roc y con Erebus.

Sus emociones habían pasado por un momento muy duro. Lo que habían hecho Roc y ella... La satisfacción que había experimentado en sus brazos luchaba contra la incertidumbre. Se sentía como si ya hubiera reunido en una caja todas las piezas que necesitaba para terminar el rompecabezas de su vida y sentirse completa.

¿Qué iba a hacer con aquel hombre? ¿Qué iba a hacer con su hambre? Ya no podía seguir ignorando los calambres que le provocaba en el estómago.

El mayor tiempo que había pasado sin comer

habían sido cinco días. En aquel momento, estaba atrapada en un reino desolado, sin vida. El cuarto día se sentía como si estuviera muriéndose. El quinto día, quería morirse. No había motivos para sentir pánico aún. Aquel solo era el segundo día y ya tenía un banquete preparado. Todo iba a salir bien.

Salió corriendo hacia la puerta con una daga en cada mano, pero se chocó con Roc, que llegaba en aquel momento. Él la sujetó y la desarmó rápidamente.

—Si quieres volver a atacarme, tendrás que esperar —le dijo ella—. En este momento, la tienda de caramelos está cerrada.

—Lo que quiero es la llave del Reino de los Olvidados —replicó él.

Tomó con los dedos el pequeño colgante de daga que ella llevaba al cuello y tiró del cordón. Mientras pasaba el pulgar por el metal, frunció el ceño.

—Esto lleva a Harpina —dijo.

¿Podía saberlo solo con el tacto?

—¿Por qué no tocaste la llave mientras nos besábamos?

Ella lo sabía: porque quería llevarla a la cama y había aprovechado la primera excusa.

—Dame la otra llave, Taliyah.

—No puedo.

Él la examinó antes de darle la vuelta con fuerza, y le desnudó la espalda.

—El tatuaje del reloj de arena.

¿Cómo lo sabía?

—Si me lo quitas, atente a las consecuencias...

—¿Qué me harías? —preguntó él, mientras pasaba delicadamente un dedo por el dibujo. Ella se estremeció. ¡No lo sabía!

—¿Podemos terminar con esto? —preguntó ella, en tono feroz de exigencia que habría aterrorizado a cualquier otra persona.

Sin embargo, él no se amedrentó. Hizo que se girara hacia él y, al verle la cara, retrocedió.

—Tienes unas líneas negras que se ramifican desde tus ojos, Taliyah. ¿Por qué?

La pregunta fue como un latigazo. Roc sospechaba que ella era un fantasma. Guardando la calma, con la esperanza de que él no supiera mucho acerca de las serpientes, respondió:

—En parte, soy una serpiente cambiaformas, Roc. ¿Por qué, si no?

—Los cambiaformas serpiente no muestran rayas negras alrededor de los ojos. Inténtalo de nuevo.

Vaya, así que sí tenía información sobre su especie. Sin embargo, quizá no supiera lo de Erebus...

—Claro, claro. Pero ¿cuántos híbridos de cambiaformas serpiente y arpía conoces?

Aquella combinación era una rareza, puesto que, por su naturaleza desconfiada, era muy difícil relacionarse con las serpientes.

Él se pasó la lengua por los dientes.

—Tú eres la primera —reconoció, de mala gana.

Entonces ella recuperó la seguridad. ¡Había ganado!

—Bueno, ahora que lo hemos aclarado, sé bueno y apártate de mi camino. Por si no te habías dado cuenta, estoy desnuda y buscaba ropa limpia.

A él se le abrieron las fosas nasales.

—No pensarás recorrer el palacio en ese estado.

Pues sí. Lo tenía muy claro. Adoptó una actitud de coquetería y pestañeó.

—¿Por qué no cumples tu deber de esposo y me la proporcionas tú? Por si te lo preguntabas, tengo la talla perfecta.

—Sí, ya me he dado cuenta —respondió él, sin soltarla, observando su rostro con suma atención—. Hoy hemos capturado un fantasma.

Ella volvió a perder la seguridad. Claramente, no le había convencido de nada.

—Gracias por el aviso. Estaré alerta. Ningún fantasma grande y malo me va a atacar.

—Me dijiste que nunca habías luchado contra un fantasma. ¿Cómo sabes que puedes vencerlos?

—Porque yo puedo vencer a cualquiera. Algún día te derrotaré a ti. ¿Qué es, exactamente, lo que quieres decir, Roc?

—Erebus me envió un mensaje.

Ella trató de no dejarse dominar por el pánico. Enarcó una ceja con desafío y se puso una mano en la cadera.

—¿Y?

—Y él dice que tú eres un fantasma.

A ella se le escapó todo el aire de los pulmones. ¿Su propio padre la había delatado? Era... era... No había insulto lo suficientemente grande. Sintió el impulso de matar. Aunque, por lo menos, ya sabía algo nuevo: que Erebus prefería conseguir que Roc se sintiera mal a proteger a su propia carne y sangre.

—¿Y crees a tu mayor enemigo? —preguntó ella. Después, chasqueó la lengua.

—Tú eres mi enemiga. La que me desafía por el puesto de comandante.

—¡Porque tú me elegiste, no al revés!

—Tú exigiste que yo te eligiera —respondió él y, sin piedad, volvió al interrogatorio—. ¿Por qué te negaste a tomar la comida durante la cena?

Ella puso los ojos en blanco.

—Algunas serpientes prefieren devorar a sus compañeros completos.

Él entrecerró los ojos.

—Ayer, cuando me seguiste en el salón del trono..., ¿usaste una ilusión para ocultarte, o te desencarnaste?

—¿De verdad piensas que voy a contarle mis secretos de trabajo al hombre que tiene pensado asesinarme? Por favor...

Él se mantuvo impasible.

—¿Eres un fantasma, Taliyah? Responde sí o no, ninguna otra cosa.

Ni por asomo.

—Si digo que no, no me vas a creer. Si digo que sí, me vas a atacar. ¿Por qué no nos metemos a la cama y nos abrazamos para terminar esta discusión?

—Sí o no.

Ella trató de mantener la calma. ¿Debería negarlo rotundamente?

No. Engañar a un enemigo era divertido. Mentir descaradamente para salvar el pellejo no era más que una cobardía. ¿Debería confesar la verdad? ¿Qué le haría él? Sus opciones eran limitadas. Encerrarla o matarla.

—No tienes la opción del silencio. Sí o no. Ahora —dijo él.

—Vete a la mierda. Voy a buscar ropa. Ya me han mirado con lujuria lo suficiente por un día. Si quieres impedírmelo, tendrás que luchar contra mí.

—Muy bien —dijo él.

Le soltó la nuca y desapareció. Ella no bajó la guardia ni un segundo y se lanzó a recoger la daga que él había descartado. A los pocos instantes, él volvió a aparecer con una camisa y se la arrojó.

—Vístete —le dijo. Si vio el arma, no hizo ningún comentario.

Ella cazó la prenda en el aire y se la metió por la cabeza.

—Ahora no tienes excusas —le dijo Roc—. Contéstame.

—Lo que verdaderamente soy es tu gravita —le dijo ella.

—Eres una irritación de treinta y un días.

Vaya.

Bueno, daba lo mismo. Su opinión no importaba. Salvo por el pequeño detalle de que le había hecho daño. Unos minutos antes la estaba abrazando y ella le había correspondido, incluso con agrado. Sin embargo, ella no podía evitar lo que era en realidad y no iba a disculparse por ello. ¿Por qué iba a hacerlo? Su madre se lo había ordenado debido a los horrores que había provocado Erebus en el pasado, y los que podría causar en el futuro. Porque le preocupaba que las arpías fueran incapaces de diferenciar al padre de la hija. El resto de su especie no era tan simple. Al menos, eso esperaba. Solo los Astra la culparían—. ¿Eres un fantasma? —inquirió Roc.

—¿Y qué importa? —le espetó ella.

Él se inclinó.

—Los fantasmas solo merecen una cosa: la muerte.

Su fachada de calma se quebró. Sintió un dolor asombroso.

—Parece que ocurre lo mismo que con tu flamante esposa.

Él apretó los labios y bajó la barbilla.

Aunque Roc permaneció quieto, ella notó movimiento a su alrededor. ¿Iban a aparecer sus guerreros? Debía evitar que la capturaran... ¡No! No eran sus hombres quienes la habían rodeado. Roc había hecho aparecer cuatro postes, dos en el frente y dos detrás. Eran de trinita y medían un metro ochenta de alto, e irradiaban energía pura, creando una jaula sin barrotes.

La hostilidad vibró en sus alas. A ella no le gustaba nada estar atrapada. Salió corriendo hacia delante con idea de atravesar el campo de fuerza, pero rebotó hacia atrás. No estaba dispuesta a aceptar la derrota, así que se levantó y lo intentó de nuevo, una y otra vez. Roc se frotó la cara con una mano como si no pudiera creer lo que estaba viendo.

—Lo eres. Eres un fantasma que se hace pasar por serpiente. Te ha enviado Erebus para que me hundas.

—Tú solo te hundes —replicó ella, sin dejar de luchar.

—No es posible que tú seas mi gravita. Me has engañado de alguna manera... —dijo él. La observó de arriba abajo y abrió mucho los ojos—. El anillo.

Entonces ella sintió pánico y se encogió. El anillo, no. Cualquier cosa menos el anillo. Tal vez aquel fuese un buen momento para detonar su bomba. ¿Se calmaría él si se enteraba de cuál era su parentesco con Chaos?

¿Se enfurecería por la influencia que pudiera tener Erebus en ella?

Decidió guardar silencio. Todavía quedaba demasiado tiempo de juego. Por ahora, mantendría el mismo rumbo.

—Si quieres el anillo, tendrás que arrancármelo de la mano fría y muerta.

Entonces él la tomó de la muñeca y a ella se le encogió el estómago. Sus ojos se encontraron.

—Roc... No te atrevas —le dijo.

Él le arrancó el metal del dedo de un solo tirón, tornillos incluidos. La escarcha se extendió por toda su piel.

Ella se inclinó hacia delante, y un grito de agonía escapó de su boca. Roc se apartó tambaleándose y la sangre comenzó a brotar del dedo de Taliyah, derramándose por la piel blanca que él había acariciado. Ella dejó caer la daga y se tapó los oídos.

Aquella imagen estuvo a punto de abrasarle el cerebro a Roc, que casi tuvo que mirar hacia otro lado. Sin embargo, se obligó a seguir mirándola, a endurecerse. Aquello no era más que un truco por cortesía de Erebus.

Sin embargo, ella siguió gritando.

—¡Haz que paren, haz que paren!

—¡Basta! —gritó él, con odio. La odiaba a ella, pero se odiaba más a sí mismo—. No voy a creerme tus engaños.

Aquello era una mentira, como todo lo demás. Ella había ocultado muy bien su origen, pero era un fantasma. Una chupadora de almas. Sin duda, la mejor y más grande creación de Erebus. ¿Qué otro fantasma podría conseguir que él se planteara cambiar el rumbo de las cosas?

Una parte de sí mismo quería aferrarse a la incredulidad aunque tuviera que negar las pruebas. ¿Cómo podía seguir siendo tan encantadora para él, incluso ahora? ¿Por qué no tenía los ojos de un blanco lechoso? ¿Cómo era posible que subiera de temperatura tan fácilmente cuando él la tocaba?

¿Y por qué Erebus le había avisado sobre su origen? Si no se lo hubiera advertido, él habría continuado en la ignorancia y Taliyah habría podido seguir espiando, o haciendo algo peor. Cuando se había marchado del palacio, ella no había ido a visitar a su amiga, sino que había regresado con su creador.

Sintió tanta rabia que todas sus otras emociones desaparecieron.

—¡Haz que se detengan! —gritó ella.

Se le doblaron las rodillas y cayó al suelo.

Solo estaba cumpliendo órdenes de su amo, pensó él. Su corazón se endureció aún más. ¿Qué iba a hacer con aquella traidora?

Capítulo 20

Los gritos... Cuántos gritos. Como si todos los fantasmas de todos los reinos estuvieran en la misma habitación. Era un fenómeno que Taliyah nunca había logrado entender. Por lo que había leído, los fantasmas permanecían en silencio cuando se reunían, a no ser que Erebus les ordenara lo contrario. Ni siquiera gritaban cuando estaban hambrientos.

Necesitaba pensar, pero... ¡Aquel ruido! ¿Cómo iba a poder pensar en algo?

Los gritos aumentaron de volumen a medida que pasaron los minutos, provocándole un dolor insoportable. Ya no recordaba si todavía tenía la daga en las manos, pero trató de apuñalar lo que hubiera a su alrededor, por si acaso. Por favor...

Unos dedos fuertes le rodearon las muñecas. Notó algo frío y húmedo en la palma de una de las manos y trató de zafarse, consciente de que Roc le estaba limpiando la sangre de la herida.

¿La estaba ayudando? No, seguro que no. Él ya sabía lo que era y su odio no conocía límites. Irradiaba repugnancia hacia ella... Y no podía negar el dolor que le causaba aquel rechazo. Se le cayó una lágrima helada por la mejilla.

Roc le movió los brazos y las piernas en diferentes direcciones. Le pareció oír, por encima de los gritos, que él le decía:

—Vas llevar esto porque no estoy seguro de lo que estás fingiendo y de lo que no. No voy a correr el riesgo de que alguien se aproveche de ti en estas condiciones... o de que tú te aproveches de mí.

Ella pensó que había vuelto a ponerle el cinturón de castidad y le había puesto unos pantalones. Se resistió entre los gritos. Se le escapó un hilo frío y húmedo de la nariz y las orejas, y dio un gemido. ¿Y si aquellos gritos no cesaban nunca?

—Haz que pare —dijo, gimiendo de nuevo.

De repente, el aire se volvió frío y húmedo. ¿La había llevado a una mazmorra? ¿Pensaba dejar que se pudriera allí hasta el día del sacrificio?

Si los gritos continuaban, podría suicidarse antes de ese día.

Cayó lentamente... Quedó acostada. Roc le puso algo en el dedo. ¡El anillo! El bendito silencio se hizo en su mente, hasta que solo oyó un ligero pitido.

Se desplomó contra el suelo y, entre jadeos, se secó los ojos con una mano temblorosa. Oyó el resonar de unas cadenas y se quedó confusa. ¿Qué era aquello tan pesado que tenía en las muñecas y en el pecho? Poco a poco, recuperó la capacidad de pensar y se dio cuenta de que Roc le había encadenado las muñecas y le había inmovilizado las alas. El miedo y la furia se apoderaron de ella.

Se incorporó de golpe y observó su entorno. La había instalado en una celda junto a la que ocupaban el resto de las arpías, que la miraban a través de los barrotes con preocupación y desconcierto. Él estaba a su lado y tenía una expresión vacía. Había otros Astra en la celda, y ellos la miraban con horror.

Taliyah permaneció en el suelo y alzó la barbilla.

—No tenéis nada de lo que preocuparos —les dijo Roc a sus hombres, con una voz llena de rabia—. El polvo de estrellas no significa nada. No es real. Es un truco, como todo lo demás.

Aquella nueva muestra de rechazo la hirió de una forma que no se esperaba. Había sido una hija no deseada por dos padres y, ahora, la rechazaba también el hombre predispuesto a desearla. ¿Algún hombre encontraría alguna vez valor en ella?

Todos los guerreros, salvo el hermoso hombre de ojos negros y piel marrón claro, asintieron. ¿Era porque el hecho de desear a un fantasma estaba más allá de lo que podían comprender?

Ella sonrió forzadamente.

—¿Estás seguro de que el polvo de estrellas no es real? ¿Estás seguro de que un fantasma diminuto coaccionó a un Astra bestial para que hiciera algo con alguien a quien desprecia? Porque ayer mismo afirmaste que eso era imposible.

Él le escaneó los rasgos de la cara con una mirada de rayo láser.

—Con esas cadenas no podrás desencarnarte ni usar la llave del Reino de los Olvidados.

¿Era cierto? Intentó teletransportarse..., volverse neblina... No lo consiguió.

«No te dejes dominar por el pánico».

Claramente, sus opciones habían disminuido, pero aún le quedaban algunas. Tal vez.

¿Podría convencer a Roc de que algunos fantasmas eran buenos? La luz de las antorchas proyectaba sombras parpadeantes sobre sus rasgos brutales. A ella se le reavivó el hambre al imaginarse cómo sería succionar su cuello.

Roc se estremeció con una expresión feroz.

No, no iba a poder convencerlo de que algunos

fantasmas eran buenos. No creía que nadie tuviera el poder de lograrlo.

—Erebus la envió para que me espiara, tal y como me dijo fanfarroneando. No nos hemos congelado en su presencia debido a que lleva un anillo místico —les dijo a sus hombres—. Vamos a barrer el palacio y la ciudad, todo el interior de las murallas. No sé lo que ha hecho para atacarnos. Sospecho que está ayudando a los fantasmas a atravesar nuestras fronteras sin nuestro conocimiento.

Si las miradas fueran puñales, ella estaría sangrando por múltiples cortes en aquel momento.

Las arpías comenzaron a murmurar.

—¿Una chupaalmas?

—¿Un fantasma?

Bueno, a ella nunca le había gustado tener que ocultar sus orígenes. Ahora, el secreto había salido a la luz.

—Chicos, puedo confirmar las palabras de Roc en esta ocasión. Me temo que los ataqué. Sí, lo sé, lo sé. ¿Cómo he osado atacar a los que han conquistado mi reino y tienen planeado matarme? He aprendido la lección.

¿Se estremeció Roc ligeramente?

—Eres una chupaalmas, Taliyah. ¿Cómo es posible que seas capaz de conversar con algo de inteligencia?

¿Con algo de inteligencia? Idiota.

—Tal vez tenga un don —respondió ella, encogiéndose de hombros—. O sea alguien especial. Tal vez, de una nueva raza de fantasmas. Puede que sea la hija de Erebus. Puede que él haya perfeccionado el arte de fabricarnos. Elige tú la opción.

Mezclar la verdad con algunas tonterías no le pareció tan peligroso como evitar la verdad por completo.

Roc se quedó pensativo.

—No tienes un don, ni eres un ser especial, ni eres de una nueva raza de fantasmas. Una cáscara sin alma siempre es una cáscara sin alma. Tampoco eres su hija. Erebus es la esencia de la muerte. No tiene semillas que den vidas.

Qué asco. Roc no tenía ni idea de que estaba hablando de su padre... Pero no era de extrañar que Erebus hubiera poseído a su hermano para poder dejar embarazadas a Tabitha y a Tamera. No podía hacerlo por sí mismo.

Roc continuó.

—Los fantasmas se hacen de una forma determinada que no se puede alterar.

—¿Seguro? Los seres mortales tienen a sus hijos a la antigua usanza o, también, con la ayuda de la ciencia.

—Aunque sea con ayuda de la ciencia, se utilizan los mismos ingredientes —dijo él. Se acarició la barba y miró a Murmullos—. Ve al Salón de los Secretos. Quiero un informe de cualquier rumor que se refiera a fantasmas como Taliyah.

El Salón de los Secretos. Nunca había oído hablar de él.

—Muy bien —dijo Murmullos. A ella le pareció lúcido, hasta que añadió—: ¿Por qué no lo recuerdo? La batalla se desencadenó. La niña y ella estaban frente a mí. Luego, la batalla terminó. ¿Qué es lo que no recuerdo?

Un momento. ¿Estaba hablando de Blythe y de Isla? Las víctimas de Blythe experimentaban aquellas lagunas de memoria todo el tiempo... cuando ella las poseía. Tal vez Blythe hubiera poseído al Astra para proteger a Isla y poder escapar sin que las vieran. Pero... ¿cómo había poseído al guerrero?

Y, si Blythe había entrado..., ¿cuándo había salido?

Durante su primera visita a las mazmorras, Murmullos le había preguntado por qué se sentía feliz de verla. ¿Acaso sentía las emociones de Blythe? ¿Seguía su hermana dentro de él?

Taliyah sintió esperanza y miró fijamente al guerrero. Sin embargo, Roc se puso entre ellos.

—¿Qué fue lo que te ordenó Erebus? —inquirió.

«Concéntrate en el problema actual, guapa», se dijo. Hasta que saliera de aquel lío no podía ayudar a Blythe.

Sus vecinas aumentaron los susurros y las especulaciones. Ella los ignoró y se concentró en Roc, que se estaba frotando el parche desnudo de piel que tenía sobre el corazón. A su alrededor, el alevala se movía con más agitación de lo normal.

—Taliyah —le espetó él.

—Perdón, ¿estabas esperando una respuesta mía? Vamos, esposo mío, acércate y te lo diré.

Él se acercó, le rodeó el cuello con la mano y la obligó a inclinar la cabeza hacia arriba para que lo mirara de frente.

—Si te lo permitiera, me succionarías el alma. Me dejarías seco.

—En efecto —dijo ella. ¿Para qué iba a negarlo?—. Ese era el plan A, pero fue un fracaso absoluto.

—¿Intentaste succionarme?

—Pues sí, a lo grande. Fue anoche, sin ir más lejos.

—Sentí tu intento. Mis sueños cambiaron por un momento. ¿Esas eran tus órdenes? ¿Succionarme y mantenerme débil? Tu amo debería saber que eso no es posible —dijo él, aunque, sin darse cuenta, le estaba acariciando la garganta con el dedo pulgar. Aquella ternura era un contraste con la ferocidad de su expresión.

—O, tal vez, yo esté actuando por mi cuenta. Soy tan diferente a los demás... Yo no trabajo para Erebus, Roc. Voy por mi cuenta. ¿Cómo puedo demostrártelo?

—No puedes —respondió él, y le apretó suavemente el cuello—. Te vas a quedar aquí hasta que decida lo que voy a hacer contigo.

Ni hablar.

—Si puedo organizar una huida, lo haré, te lo prometo.

Él frunció el ceño.

—Estás derrotada, fantasma. Acéptalo.

—Yo no estaré derrotada hasta que muera, guerrero. E incluso en ese momento seguiré luchando.

Él desapareció en medio de una nube de furia.

Sus hombres se quedaron un momento, mirándola con preocupación. Finalmente, lo siguieron.

Ella se desplomó contra una pared. ¿Había detectado un zumbido de calor antes de que él desapareciera? ¿Qué significaba eso?

Vaya. Estaba demasiado hambrienta como para procesar sus propias emociones, así que, mucho menos, las de Roc.

Las arpías comenzaron a acribillarla a preguntas, pero uno de los guerreros volvió a aparecer, completamente vestido de negro. No miró a nadie y se colocó en su puesto, entre las dos celdas.

Ella se incorporó y le dijo:

—Eres el de mantenimiento, ¿no? Te he visto un par de veces cuando hice mis rondas.

Para su sorpresa, él respondió:

—Sí.

Ella esperaba que la ignorara.

—Ocupo el noveno puesto —dijo él.

—Entonces, ¿el último lugar? Vaya, eso debe de doler.

—Me lo merezco. Hubo un tiempo en que dirigí el ejército y era el primero. Mi hermano era el tercero al mando.

—¿Tú eres hermano de Roc?

Vaya... Claro que sí. Tenían los mismos rasgos. ¿Amaba aquel hombre a su hermano tanto como Roc lo quería a él, o albergaba celos secretos?

—Te daré un consejo profesional. Tienes que trabajar más tu fanfarronería.

—No estaba fanfarroneando. Estaba confesando.

Así pues, no estaba celoso. Claramente, los hermanos se honraban y se respetaban mutuamente. Eso era algo admirable.

—¿Cómo te llamas? —le preguntó. No recordaba si Roc se lo había dicho.

—Soy Celestian. Ian.

—Ian. ¿Por qué se odian Erebus y Roc? ¿Cómo empezó su guerra?

—Erebus odia a todos los Astra —dijo él—, pero quien esté pasando por las tareas de la bendición soporta lo peor de su odio. Y el hecho de que Roc sea el comandante le asegura un odio inmenso —dijo Ian, y se encogió de hombros—. Erebus nos odia porque su padre nos ama.

¿Tanto esfuerzo solo por los celos? Tal vez fuera así en un principio...

Claramente, su motivación cambió cuando los Astra mataron a su hermano. Ahora, él buscaba la venganza. Ojo por ojo. Y, vaya, ¡qué brillo tan precioso poseía Ian! Se le hizo la boca agua y...

¡No! Se dio la vuelta y dio por acabada la conversación. No era para tanto. Tenía controlada la situación.

—Tengo una pregunta —dijo Ian, en tono de curiosidad.

—Seguro que sí, pero yo estoy ocupada pensando.

Pensando en alguien sabroso para comer... Alguien que no estuviera muy lejos de allí, tal vez, en la celda de al lado... Mara podía ser un bocado delicioso.

Estuvo a punto de dar un gruñido. Ella nunca se había alimentado de otra de su especie y, seguramente, no iba a hacerlo jamás.

Ian hizo su pregunta de todos modos.

—¿Cómo le sacaste el polvo de estrellas a Roc?

Ella no pudo resistirse a contestar.

—¿Cómo crees tú?

—Sinceramente, ya no sé qué pensar. Si supieras lo precioso que es el polvo de estrellas... Somos muy pocos los que lo conseguimos, y algunos lo anhelamos con toda el alma...

Le dio la impresión de que Ian era de los que lo anhelaban.

—No creo que estés preparado para la respuesta, guerrero.

—Dímelo —le pidió él.

Se acercó a su celda y se agarró a los barrotes casi con desesperación.

Ella dio un suspiro, se encogió de hombros y le dijo la verdad:

—Respiré.

Capítulo 21

Roc bloqueó todas las voces de su cabeza y se concentró en la frecuencia del reino, que había captado del tatuaje del reloj de arena de Taliyah.

No necesitaba llave para entrar a aquel reino, tan solo un vínculo.

Cuando apareció en el Reino de los Olvidados, esperaba encontrarse con una emboscada. Sin embargo, se vio al borde del mundo, al final de un camino sinuoso que se extendía sobre un lago agitado y que llevaba a un acantilado muy escarpado. En el costado había una enorme fortaleza tallada. Y, sobre su cabeza, un cielo negro que no ofrecía ni un resquicio de luz, salvo por la niebla helada que se enroscaba en vertiginosos remolinos.

Roc reconoció aquel cielo. Era parte de un reino verdadero, no de los duplicados que él creaba para la guerra. Los reinos originales tardaban siglos en crearse y siempre llevaban el ADN de su creador. Los secretos escondidos en lo más profundo de su corazón.

Él apretó los puños. No sabía quién era el dios que había creado aquel mundo, pero lo había destrozado con un clima insostenible y aquellos remolinos de niebla.

Una rabia fría acabó con lo que le quedaba de esperanza. Tenía claro que Taliyah estaba conectada a un dios oscuro. Hacía menos de una hora creía que estaba preparado para cualquier cosa. No sospechaba que un fantasma poseyera la habilidad de esconderse a plena vista, de volverlo loco de lujuria, de hacer que creyera que había posibilidades, de engañarlo una y otra vez. ¿Cómo habría conseguido Erebus crear a alguien como ella?

¿Y si no era de su creación? Tal vez fuera su hermana... Chaos conocía su existencia. Incluso había mencionado su nombre.

Pero... no. Si ella perteneciera a su linaje, Chaos habría detenido la boda. Su honorable mentor no enviaría a una hija a la muerte. Chaos no era como sus padres. Tenía que haber otra explicación para la naturaleza de Taliyah y alguien debía de tener las respuestas.

El Salón de los Secretos recogía los susurros y confesiones. Solo era necesario filtrar todas las voces, que eran innumerables, para conocer los misterios más horribles. Roux, incluso en su difícil estado, sorteaba aquella avalancha mejor que la mayoría de la gente.

Tenía que concentrarse. ¿A quién encontraría dentro de aquella fortaleza? ¿A su mayor enemigo, preparado para regodearse? Ojalá fuera así. Estaba deseando enfrentarse a él.

Se teletransportó hasta la entrada y evaluó la situación. Oyó el ruido lejano de un reloj y el crepitar de un fuego. No se oían pasos ni voces que indicaran que Erebus seguía allí.

Se teletransportó de habitación en habitación recabando toda la información que podía. Claramente, Erebus había estado allí, puesto que su olor permanecía. Como el de Taliyah. El amo y su marioneta se habían reunido allí con otras dos personas, arpías, seguramente. ¿Habían hablado de cómo había reaccionado él hacia Taliyah? ¿Del polvo de estrellas que le había dejado en la piel? ¿Se habían reído de su preocupación por la mujer?

¡Cómo maldecía el día en que había visto a Taliyah en el mercado!

Identificar su dormitorio no le resultó difícil, porque el aroma a bayas heladas lo saturaba todo. El hedor de la traición.

«¿Traición? ¿Solo porque luchaba por sobrevivir?».

«¡Sí!».

Por una cuestión de deber, examinó aquella habitación con más atención que las anteriores. ¿Qué mejor forma de conseguir información sobre el enemigo? El orden del espacio encajaba con su personalidad, pero no con su origen. Los fantasmas no se preocuparían nunca por hacer una cama ni por pulir las armas antes de colgarlas en su sitio. Tampoco les interesaban los toques de fantasía. Una placa en la pared en la que se leía *La mejor hermana del mundo*. Una pintura de dos monigotes con un marco dorado. El nombre del pintor estaba garabateado.

Se adentró en el vestidor para saber qué prendas prefería Taliyah cuando no estaba atormentando a maridos tontos. Equipo de combate y más equipo de combate. Nada para seducir ni para relajarse.

Qué triste.

Y qué tonto era él por preocuparse.

Los fantasmas no tenían sentimientos. Aunque... Tal vez Taliyah sí los tuviera. Dudaba que hubiera fingido su amor por la familia, su lealtad hacia las arpías.

Como ella misma había dicho, era diferente a los demás. Más rápida, más fuerte y más inteligente. Encantadora sin tener que esforzarse.

¿Cómo era posible que Erebus dirigiera a alguien como ella? ¿Y si Taliyah no obedecía órdenes de nadie, como también le había asegurado?

Notó el sabor de la bilis. ¿Y si se la ganaba al dios? ¡No! No podía permitirse semejante tentación. Ella había fingido que lo deseaba, nada más. ¿Sería de verdad su gravita?

Apretó los puños de rabia. Si Erebus quería desestabilizarlo, misión cumplida. Hacía mucho tiempo que no se sentía tan alterado.

De repente, oyó la voz monótona de Halo en su mente.

«Unos cuarenta fantasmas han entrado en el palacio. Parece que se dirigen al salón del trono. No sé cómo ha sucedido. No los he visto acercarse al palacio ni a la muralla. No hay rastro de Erebus...».

Rápidamente, se teletransportó a su dormitorio de Harpina, tratando de quitarse a Taliyah de la cabeza. No tuvo que preguntarse cómo había detectado Halo la invasión del palacio estando casi a un kilómetro de distancia. Tenía unos binoculares místicos que habían adquirido de la cuarta esposa de Roc, que atravesaban cualquier obstáculo.

¿Taliyah había llevado allí a aquellos demonios? Tenía que haber sido ella, pero ¿cómo lo había hecho?

Él trató de mitigar la ira y la frustración.

«Mantened vuestras posiciones», transmitió. «Yo mismo me encargo del problema».

Tomó dos dagas y se teletransportó al salón del trono. Allí encontró cuarenta y tres fantasmas, mujeres vestidas con ropajes de viuda, muertas de hambre. Caminaban en círculo, murmurando:

—Entrad en el salón del trono, encarnaos, caminad en círculo, decídselo a Roc. Entrad en el salón del trono, encarnaos, caminad en círculo, decídselo a Roc.

Otro mensaje de Erebus, algo que él no quería escuchar. El dios solo quería causarle más sufrimiento.

Roc apuñaló a dos de las criaturas, que se evaporaron al instante. Otros dos fantasmas se abalanzaron sobre él, pero se detuvieron en seco y le dieron su mensaje.

—Conozco todos los movimientos que vas a hacer.

Roc no vaciló. Volvió a lanzar puñaladas y una niebla espesa se extendió por el aire. Los fantasmas siguieron hablando hasta el final.

—Conozco todos los movimientos que vas a hacer. Después de todo, tengo la Espada del Destino, y tú tienes...

El último fantasma murió antes de terminar la frase.

La Espada del Destino. Sabía que la pérdida lo perseguiría siempre.

Notó un roce de agresión en la piel y se giró. Atrapó a un fantasma por el cuello. ¿De dónde había salido?

Sus ojos lechosos estaban fijos en unas cuencas completamente negras, y tenía los labios en forma de O para succionar el aire. Le arañó el brazo con desesperación por alcanzarlo.

¿Por qué Erebus no enviaba más como ella, según su *modus operandi*?

Los Astra tenían fuerza suficiente como para impedir que unos diez, veinte o cincuenta fantasmas se alimentaran de ellos, pero no podían bloquear a una horda entera a la vez.

Él sangró y el fantasma succionó más rápidamente con su boca de ventosa. Repugnante. ¿Era aquel el destino que le esperaba a Taliyah si no tomaba alimento?

«¿Has visto a este fantasma entrar en el Salón del Trono?», le preguntó a Halo.

«No. Estaba haciendo un registro exhaustivo del resto del palacio, buscando a otros».

¿Cómo había conseguido aquel demonio esconderse de los dos?

Apuñaló al fantasma en la sien y esperó sin bajar la guardia. Pasaron los minutos, pero no apareció ninguna otra criatura.

«Parece que era la última», dijo Halo, transmitiéndoselo a todo el mundo. «Voy a vigilar atentamente...».

Intervino Silver:

«Creo que el grupo entró por la ventana de la torre norte».

Las ventanas eran territorio de Ian.

Su hermano respondió con la voz enronquecida.

«Estaba demasiado ocupado arreglando las trampas de Taliyah y no pude terminar de reforzar los marcos de las ventanas».

¿Aquel había sido el propósito de Taliyah todo el tiempo?

«Quedaos en las mazmorras. Voy a convocar a Vasili».

El Sol de Medianoche nunca había aprendido a interactuar con los demás adecuadamente, ni siquiera con sus hermanos Astra. Normalmente, él lo dejaba en uno de los reinos duplicados, donde siempre dormían los habitantes de los reinos conquistados.

«Él se asegurará de que todas las salidas estén cubiertas antes del amanecer...».

Roc se concentró en el reino duplicado.

«Vasili, ven a terminar las fortificaciones del palacio».

Se oyó su respuesta, que no fue más que un gruñido.

Roc le confesó al grupo:

«Erebus mencionó la Espada del Destino».

Los demás no le hicieron acusaciones, tal y como merecía. Si hubiera protegido mejor a su novia amazona, Erebus no habría podido acostarse con ella y hacerse con la posesión de la espada. Los hombres de Roc se pusieron a pensar en la guerra, preguntándose cómo podían vencer a alguien que iba a saber cuáles serían todos sus movimientos.

¿Acaso Erebus había desvelado los orígenes de Taliyah porque de verdad era su gravita? Tal vez la culpa del estado de Taliyah la tuviera él mismo...

Tuvo que reprimir el impulso de volver a su lado. No podía hacerlo hasta que hubiera forjado una resistencia inquebrantable a su atracción. Fuera o no fuera culpa suya, el destino de Taliyah estaba decidido.

Se puso a dar órdenes a sus hombres:

«Halo, reúne a los soldados. Silver, lee sus mentes en masa. Puede que haya algún traidor entre ellos».

Si alguien hubiera ayudado a Taliyah y a Erebus, él tenía... preguntas.

Capítulo 22

Taliyah odiaba a Roc, pero también lo echaba de menos. Con su calidez y su intensidad, había mantenido su insatisfacción a raya durante dos días. Ahora, sin embargo, aquella sensación era tan implacable como siempre.

Y todo lo empeoraba el hambre. Tenía que comer, y pronto. Se miró la muñeca, preguntándose cómo sabría su propio espíritu. ¿Increíblemente delicioso? Sí, estaba claro.

Oyó una risa demencial. ¿La suya?

—¡Taliyah! ¡Pssst!

Aquel susurro penetró entre la neblina de su mente y ella miró hacia la celda de las arpías. Desde que había llegado Ian, las chicas habían evitado dirigirle la palabra. Tan solo hablaban entre ellas, en murmullos, contando lecciones de historia sobre Erebus y sus fantasmas.

Umm... ¿Alguien acababa de tocar la campana de la cena? Se pasó el labio inferior por los dientes y las arpías palidecieron.

—¿De verdad eres un fantasma? —preguntó Mara.

Ella se había negado a ser sincera con Roc, pero no iba a hacer lo mismo con su propia gente.

—Sí.

¿Estaba Ian prestando toda la atención posible? Que escuchara e informara a su jefe.

—Entonces, ¿eres una marioneta del mayor enemigo de las arpías? —inquirió Mara—. ¿Del dios que masacró a tu propia gente?

—Una marioneta, no —dijo ella. Era su hija. Estuvo a punto de revelar aquel vínculo solo por ver cómo reaccionaba todo el mundo, pero se contuvo.

—Solo eres una marioneta —dijo Mara, asintiendo—. ¿Y tienes la intención de convertirte en nuestra líder? —preguntó, con desprecio—. Prefiero morir antes que servirte.

—No te preocupes, puedo organizar tu ejecución en cuestión de segundos.

—Dejadlo para más tarde —gritó otra arpía. Era una joven de cabello claro que solo tenía tres estrellas—. Necesitamos un plan.

Todas la miraron. Después miraron a Mara y, después, a Taliyah. ¿Acaso esperaban que tuviera una idea genial cuando tenía que arreglárselas para mantener la cabeza apoyada contra la pared?

—Roc volverá en algún momento. Tiene que mantenerme con vida otros veintiocho días.

A pesar de la falta de ventanas, su reloj interno le decía que habían pasado la medianoche hacía horas.

—¿De verdad crees que puedes matar a estos tipos? —le preguntó la arpía de las tres estrellas, con seriedad.

¿Lo creía? Ella había ganado ocho estrellas con esfuerzo, con dos padres ausentes, con una madre indomable y cuatro hermanas salvajes.

—Sí —respondió.

—Está bien. Te dejaré que me des un mordisco —dijo la muchacha, y estiró uno de sus brazos delgados entre los barrotes—. Vamos a conseguir que estés fuerte y preparada para todo.

Ian dio un paso hacia delante, pero no hizo ningún otro movimiento hacia ellas. Taliyah se tambaleó ante aquel sacrificio asombroso. Entonces la chica se inclinó hacia delante y gritó de dolor. Le fallaron las rodillas. Las demás se arremolinaron a su alrededor y la vitorearon mientras ella recibía su cuarta estrella. Taliyah se sintió orgullosa. Las victorias de otras arpías siempre la emocionaban, siempre la inspiraban para que llegara más alto y le recordaban por qué luchaba con tanto ahínco para liderar a su pueblo. Una fuerza como aquella merecía ser protegida y alimentada... Pero...

¿Por qué no podía ser suficiente con aquello? ¿Por qué la insatisfacción seguía siendo parte de su personalidad? ¿Qué le había dado el comandante que otros no le habían proporcionado? ¿Por qué le importaba que él tuviera pesadillas?

¿Por qué quería consolarlo?

Cuando cesaron los vítores, la arpía volvió a meter el brazo entre los barrotes.

—Vamos, adelante.

—Guarda tu alma —le dijo Taliyah, con una sonrisa—. Tengo fe en que Roc me va a proveer. Ya lo verás.

No querría hacerlo, pero lo haría. Necesitaba que ella estuviera bien.

Podía meterse su repugnancia por donde le cupiera.

De nuevo, tuvo resentimiento hacia él. Quizá no echara tanto de menos a su esposo.

Roc estaba sentado al borde de la cama. Hacía horas, Silver había descubierto que once de sus soldados tenían vínculos con Erebus. El propio dios había creado aquellos vínculos unos días antes de que los Astra entraran en Harpina.

En cuanto él había encerrado a los hombres en la mazmorra del reino duplicado, a la espera de su castigo, había vuelto al palacio.

En cuanto dieron las seis, se levantó, se dio una ducha y se quitó el alevala del pecho, como de costumbre. ¡Cuánto debía de estar riéndose Solar en su tumba en aquellos momentos! ¿Cuántas veces le había aconsejado él a su anterior líder que olvidara a su sirena y eligiera a otra mujer? Ahora, era él quien tenía que luchar contra sus deseos y se veía incapaz de seguir sus propios consejos.

Por lo menos, había decidido lo que iba a hacer con Taliyah. Fácil decisión, puesto que no tenía otro remedio. La mantendría a su lado a todas horas. Sabía que iba a ser muy difícil dominar la situación con una arpía impredecible a la que deseaba con todas sus fuerzas y que lo atormentaba sexualmente. Y, por primera vez, estaba actuando sin un plan de batalla completamente detallado. Tendría que avanzar paso a paso.

Se teletransportó a las mazmorras, frente a la celda de Taliyah. Al verla, se le encogió el estómago. Ella estaba en un rincón, con las piernas dobladas y encogidas por detrás. Tenía las líneas negras de alrededor de los ojos engrosadas y habían sombreado los espacios intermedios. Algunas se le escapaban hacia las mejillas, como lágrimas. Se le habían puesto negros los iris y parecía que giraban como si fueran un remolino vertiginoso que podía atraparlo.

Una belleza irresistible y mortal, incluso en aquellos momentos.

Ella lo miró fijamente y sonrió con malicia.

—Hola, maridito.

A él se le escapó un suspiro, y se puso rígido de fastidio.

—Hola, chupaalmas.

—Oh, qué dulce. Otro apodo adorable.

Se puso de pie, como una reina gótica, y caminó hacia los barrotes con sensualidad. Había vuelto al modo depredador y, al ver a su presa, había reunido la suficiente energía como para iniciar otra batalla.

Las bayas de escarcha perfumaban el aire y Roc notó pequeños ardores en los pulmones. La luz dorada de las antorchas iluminaba el polvo de estrellas que había en la piel de Taliyah y eso alimentaba su instinto de posesión.

Las demás arpías se acercaron para ver mejor el juego. Abundaron los comentarios.

—Oh, oh... Parece que está molesto.

—No, eso es porque le estás mirando la cara. Mira el paquete de sus pantalones.

—Me da en la nariz que Taliyah va a llevarse una buena dosis en el futuro.

—Si tengo que quedarme aquí —dijo ella—, quiero redecorar la celda. Tal vez con un par de desnudos de buen gusto.

Él la miró con enfado. Un fantasma no tenía derecho a burlarse del comandante de los Astra.

—No vas a quedarte aquí.

Ella hizo un puchero.

—Deja que lo adivine. Estarás pegado a mí todo el rato.

—Exacto —dijo él, asintiendo.

—¿Y por qué estás tan triste? Tú vas a poder pasar tiempo con la mujer de tus sueños. Yo soy la que tiene que llorar. Tengo que pasar el tiempo contigo.

«No le hagas caso. Continúa».

—Por supuesto, habrá nuevas reglas —dijo él.

—Por supuesto. Las cumpliré del mismo modo que las antiguas.

Lentamente, ella sacó un brazo por los barrotes y pasó una de las garras por la piel sin tatuar que tenía sobre el corazón.

—¿Me darás tres porciones al día? —preguntó.

Aunque él no entendía las palabras, descifró fácilmente el significado. Había pensado en mantenerla hambrienta y débil, pero... ¿debía hacerlo? Taliyah se había deteriorado en cuestión de horas. ¿Cuánto tiempo quedaba hasta que se le pusieran los ojos lechosos y su boca se convirtiera en una ventosa?

Se teletransportó rápidamente a las mazmorras del reino duplicado y agarró al primer soldado traidor que vio por el cuello. Era un *berserker* cuya mandíbula aún no se había curado de los puñetazos que había recibido. Llevó al hombre a la celda de Taliyah. Ella estaba junto a los barrotes, de espaldas a él.

—Aquí tienes el desayuno —le dijo, mientras el *berserker* luchaba por liberarse—. Cortesía de Erebus.

Ella se giró con gracia y miró su comida.

—Preguntaría qué crímenes ha cometido, pero recuerdo haberlo visto en el salón del trono. Es uno de tus soldados, y eso es suficientemente criminal.

Roc empujó al hombre, que cayó de rodillas al suelo. Taliyah lo agarró rápidamente, lo empujó contra la pared y comenzó a succionarle el cuello, como un vampiro. El *berserker* gritó y se agitó. Finalmente, se desplomó y quedó colgando de las manos de Taliyah. Toda su carne perdió el color, y ella, por el contrario, se sonrojó.

Roc no podía soportar ver a un chupaalmas en acción... normalmente. Sin embargo, en aquella ocasión solo sintió celos al ver a su mujer poner los labios sobre otro hombre. Aquellos celos lo dejaron asombrado. ¡Lo enfurecieron! Ella era un fantasma y, sin embargo, él tenía que luchar contra el impulso de asesinar al otro hombre.

Respiró profundamente, lentamente. Cuando él dio un paso adelante, Taliyah soltó su comida.

No quedaba nada, salvo un cascarón vacío. El cuerpo cayó al suelo e hizo un ruido sordo. Estaba completamente drenado y muerto para toda la eternidad.

Las arpías se retiraron y ella se giró a mirarlo.

Él notó una sacudida por todo el cuerpo. Cuando las sombras desaparecieron de sus ojos y su boca y el ónice de sus iris, ella sonrió de manera radiante. Era la encarnación de cada una de sus especies. La seductora, la guerrera y la reina de hielo.

—Hacía mucho tiempo que no drenaba a nadie y... ¡Oh, la sensación de poder! Normalmente solo tomo lo suficiente para mantenerme fuerte —dijo. Se limpió los labios con el dorso de la mano y le guiñó un ojo—. No tengo que preguntarte si te ha gustado. Tu instrumento de medición dice mucho.

Sabía que ella iba a regodearse.

—Ven aquí —le ordenó.

Ella no obedeció.

—¿Es esta la parte en la que nos besamos y hacemos las paces? Porque...

De repente, ella arrugó la frente y dejó de sonreír. Se agarró el estómago con las dos manos y lo miró.

—¿Me has envenenado, comandante?

—No a propósito.

¿Era otro truco?

Taliyah no respondió, sino que vomitó un chorro de luz brillante. Cuanto más vomitaba, más volvían las sombras a las cuencas de sus ojos. Al final, sus iris se volvieron de ónice otra vez.

Así pues, no era ningún truco. La preocupación se apoderó de él.

Si Erebus sabía cuáles serían sus actos, sabría que iba a proporcionarle una fuente de alimento a su esposa fantasma. ¿Había contaminado el dios a los soldados?

Rápidamente, le quitó los grilletes a Taliyah para reubicarla. Tenía enrojecida y magullada la piel de las muñecas. Era una visión perturbadora.

—¿Te ha pasado esto alguna vez?

—No, nunca.

Con una opresión en el pecho, él la tomó de la nuca y la teletransportó a su dormitorio. La llevó rápidamente al baño.

—Voy a buscarte a otra persona para que comas.

Ella no respondió. Aunque parecía que solo se mantenía en pie por pura fuerza de voluntad, miró a su alrededor como si estuviera planeando la huida. O buscando un arma para utilizar contra él. Tendría que permanecer alerta.

—Puedes bañarte —le dijo, y abrió los grifos de la ducha. Rápidamente, el vapor llenó la cabina.

Le quitó el broche y ella suspiró de alivio. Hizo girar los hombros y agitó las alas.

Con una opresión en el pecho, él dijo:

—No me voy a duchar contigo, pero tampoco te voy a dejar desatendida. Cuando dije que te tendría siempre a la vista, lo dije en serio.

No se podía confiar en un fantasma.

Ella se encogió de hombros y se sacó la camisa por la cabeza.

—Quieres ser un mirón pervertido mientras me ducho. No hace falta que des explicaciones —dijo ella, sonriendo.

Con una sonrisa de coquetería, le arrojó la camisa.

Él se mordió la lengua. Cazó la prenda en el aire sin dejar de mirarle la cara. «No mires hacia abajo». Eso podría ser su perdición.

—Te voy a dar un respiro temporal del cinturón —dijo, y más ansioso de lo que le gustaría reconocer, tomó la llave de su cuello y le quitó el cinturón de castidad—. Ni se te pase por la cabeza intentar seducirme.

—Oh, cuánto siento decírtelo, pero ese barco ya ha zarpado. Además, ¿para qué iba a intentarlo? Ya he demostrado que puedo.

Él frunció los labios.

—Eso fue antes de que yo supiera quién eres en realidad.

En sus ojos se reflejó algo parecido al dolor, pero, rápidamente, apareció su habitual irreverencia, y ella volvió a sonreír.

—Seguramente, deberías pasarle la información a tu pene.

¿Dolor? ¿Un fantasma? Imposible.

—Los cuerpos se pueden domesticar. Solo se tarda un poco más que con la mente.

—Claro, claro —dijo ella. Después, entró en la cabina y lo miró por encima de su hombro—. Te prometo que haré todo lo que pueda por no tentarte. Tú haz todo lo que puedas para resistir.

Mientras ella entraba en el agua, las gotas caían en cascada por su figura incomparable. Se apoyó en la pared y se lavó el pelo y el cuerpo. Su debilidad le desagradaba. Él tenía deberes y, en aquel estado, ella no podría seguir su ritmo. Sabía que las arpías utilizaban la sangre como medicina y, antes de poder arrepentirse, se mordió un dedo. La sangre brotó mientras él estiraba el brazo hacia la cabina.

—Bebe —le ordenó.

Ella miró el dedo y, después, lo miró a la cara con el ceño fruncido.

—¿Por qué?

—Porque, aunque no me guste lo que eres, no te voy a dejar sufrir.

Ella se acercó y lo fulminó con la mirada. Después, se llevó su dedo a los labios y... lo lamió suavemente.

Al ver su lengua, él soltó una sarta de maldiciones en silencio.

Ella cerró los ojos mientras lo saboreaba. Sus mejillas empezaron a recuperar el color. Cuando colocó los labios sobre la herida que se estaba cerrando y chupó, la satisfacción se unió al sentimiento de posesión y él estuvo a punto de dar un rugido de gozo. Estaba provisionando a su mujer de alimento. Nutriéndola.

La herida se cerró, pero ella lo cortó delicadamente con un colmillo. Cuando ella chupó un poco más y tragó, él se echó a temblar. Quería que aquello sucediera.

Cuando Taliyah terminó, alzó la cabeza. Él estuvo a punto de protestar. Apenas había tomado unas gotas.

—No te voy a dar las gracias —le dijo ella.

Se dio la vuelta para terminar de bañarse. La debilidad dio paso a la sensualidad, y cada movimiento que hacía tenía la intención de causar lujuria. La espuma deslizándose por sus curvas, sus manos siguiéndolas...

A él se le escapó un jadeo. No podía apartar la mirada. Ella se inclinó para enjabonarse las pantorrillas y él se tragó un rugido. Aquellas piernas. Aquellas curvas. La línea elegante de su espina dorsal. Las alas espectaculares que revoloteaban como si estuvieran haciendo una invitación...

Le miró la nuca y descubrió una marca de formas complicadas.

¿Una marca? Había notado algo de tejido abultado al acariciarla, pero suponía que era la cicatriz de alguna herida de la infancia anterior a que su inmortalidad madurara. Con curiosidad, entró en la cabina.

La empujó contra los azulejos de la pared y le apartó el pelo del cuello.

—¿Por qué tienes la marca de una deidad en la nuca?

Ella no luchó contra él. Todavía.

—¿Una deidad? ¿Qué deidad?

—No lo sé. No es un símbolo que reconozca, pero es la marca de un dios o una diosa.

—¿Y qué tiene de especial?

—Las marcas les dan a las otras personas acceso a ti, y eso puede salvarte la vida o ser peligroso.

Él tenía la marca de Chaos, así como su marca personal y otra marca por cada uno de sus guerreros. Esas marcas aseguraban las comunicaciones telepáticas y permitían las invocaciones. Ian usaba su marca para localizarlos y teletransportarlos a todos.

—¿Cómo es posible que tengas una marca y no conozcas su propósito? ¿Quién te la hizo?

—Buen intento, pero no me vas a asustar para que hable. Aunque... ¿sabes qué? En esta ocasión estoy contenta de poder decirlo. Me la hizo Neeka y, aunque sea la persona más molesta de la Historia y tenga motivos cuestionables, siempre piensa en lo mejor para mí. Ella nunca haría nada que me pusiera en peligro. Al contrario que mi querido esposo, que hace todo lo posible por que yo esté en peligro.

—Te aconsejo que te asegures totalmente de que puedes confiar en ella. La marca puede usarse contra ti. La tal Neeka te ha vinculado a una deidad desconocida que tal vez quiera usarte como arma en su propio beneficio.

—Entiendo tu preocupación. Has visto cuál es mi gusto a la hora de elegir esposo y dudas de mi inteligencia. Pero el tipo que tiene pensado matarme no debería cuestionar las intenciones de mi mejor amiga. Ella ha sangrado por mí, tú me has hecho sangrar.

Así que..., sí, estoy completamente segura de que puedo confiar en ella. Ahora, por favor, sal de la cabina. Estoy disfrutando de un merecido día de spa. Me lo he ganado.

Salir de la cabina sería lo más lúcido por su parte, pero ya la había tocado y eso era imposible. El instinto le ordenaba que le transmitiera su calor.

Se acercó, impulsado por fuerzas primitivas. La tomó de la cintura, la masajeó suavemente, y se sintió entusiasmado al oír que ella gruñía. Nadie podía emitir sonidos más sensuales que Taliyah Skyhawk.

Pero, como de costumbre, reaccionó rápidamente con todas sus defensas.

—Corrígeme si me equivoco, pero esto es algo más que vigilar, ¿no?

—No me importa.

—¿Ya se te ha olvidado que soy un fantasma repugnante? Qué vergonzoso para ti.

Aquel recordatorio fue como un golpe para él. Dio dos pasos atrás y apartó las manos de su cuerpo.

Taliyah tenía razón. Con cuánta facilidad se había rendido.

Sin embargo, no podía salir de la cabina. Entre el agua del grifo y el vapor, ella se había convertido en un sueño... en una pesadilla. A pesar de lo que había dicho, era la encarnación del deseo. Se pasó las garras diminutas por el torso y bajó hasta acariciarse el vello púbico.

—Me doy cuenta de que no te marchas, esposo.

¿Era posible que ella... estuviera experimentando el mismo tira y afloja en sus emociones? ¿Su cuerpo sentía la misma hambre voraz que estaba sintiendo él? Le latía el corazón con tanta fuerza que parecía un muchacho con su primera doncella...

Tenía que tomar una decisión. Si solo se tratara de un fantasma, de alguien a quien iba a sacrificar al cabo de un mes para conseguir la bendición, no tenía por qué tomarla. Pero... ¿y si se trataba de su gravita, de su verdadera esposa? ¿Debería entonces ceder a sus deseos y tomarla? Por mucho que detestara lo que era ella, sabía que se sentiría como si estuviera en el paraíso.

«Te vas a arrepentir de esto», pensó.

—Bueno —preguntó ella, en tono de ira—. ¿Te vas a quedar ahí plantado?

Él la miró con la misma furia. Ella comenzó a jadear y, entonces, él supo que no tenía la fuerza necesaria para resistirse.

Con movimientos bruscos, se quitó las botas de combate y los pantalones de cuero negros.

—Esto no significa nada, esposa.

Ella se tomó los pechos y entrecerró los párpados.

—Significa menos que nada.

Caminaron el uno hacia el otro y chocaron. Él inclinó la cabeza para besarla y ella se puso de puntillas. Sus lenguas se entrelazaron y se enredaron, y una locura febril se apoderó de ellos.

Capítulo 23

Taliyah no quería pensar. No quería decidir en aquel momento lo que debía hacer con Roc. Él la había apresado, insultado y amenazado, pero también la había alimentado y atendido cuando estaba enferma. La había observado con una evidente lujuria y, en aquel momento, la estaba besando con una voracidad asombrosa.

Se dijo que no tenía por qué tomar una decisión vital en aquel preciso instante. También tenía la opción de disfrutar del momento.

Las garras se le curvaron encima de su torso mientras le devolvía el beso con toda la lujuria que sentía. Lujuria que no debería sentir por aquel hombre, pero que no podía evitar. No era capaz de saciarla. El calor de Roc se le filtraba por la piel y ahuyentaba el frío de la mazmorra. El vapor y el agua caliente envolvían sus cuerpos.

Él la estrechó contra sí y aplastó sus pechos contra su torso, y ella lo rodeó con los brazos. A cada inhalación, sus pezones raspaban la piel de Roc. Ella le arañó la espalda y sintió cada una de sus caricias, que le dejaban marcada una sensación, un calor abrasador, temblores, cosquilleos y aleteos. El dolor... ¡Oh, el dolor!

Mientras se retorcía contra él, su pensamiento se cerró y su cuerpo tomó el timón. La promesa de la felicidad era demasiado atrayente.

Roc la empujó contra la pared. El frío de los azulejos le arrancó un jadeo, pero el calor de aquel hombre le provocó un gemido. Él deslizó las manos por sus pechos e hizo círculos alrededor de su pezones.

—Quiero hacerte cosas —gruñó, en su boca.

Cuando ella se echó a temblar de excitación, él se quedó inmóvil. Su expresión se llenó de rabia y Taliyah se desconcertó.

—¿Roc?

Él miró al techo y rugió:

—¡Ahora no!

¿Qué ocurría? ¿Le había hecho daño?

—¿Roc? —repitió ella, y apartó las garras de su carne. Hizo un gesto de pesar al ver que le había hecho sangrar—. Lo siento.

Él bajó la cabeza y apoyó la frente en la suya.

—Discúlpame. No estaba hablando contigo. Una horda de fantasmas se ha colado en la cocina. Han venido a alimentarse.

Cuanto más hablaba, más rígido se ponía. Tenía una expresión de furia.

—No es culpa mía —dijo ella.

—Yo no te he echado la culpa, Taliyah.

Por favor.

—Sí me has echado la culpa, Roc.

Él la fulminó con la mirada. Después, hizo que se materializaran cuatro postres de trinita, uno en cada esquina de la cabina de la ducha. La dejó allí atrapada.

—Qué maravilloso para mí —dijo ella, moviendo las pestañas—. Otra prisión.

—Aquí estarás a salvo mientras mis hombres despachan a los fantasmas —respondió él. Miró al infinito, y ella se dio cuenta de que acababa de recibir otra comunicación telepática.

Lo que acababa de saber no mejoró su humor. Cuando volvió a mirarla, le dijo con brusquedad:

—¿Te alegras de saber que estamos lidiando con tus trampas y emboscadas?

Vaya, vaya. Ahora sí había admitido claramente que le echaba la culpa.

—Pues sí —respondió ella, con sinceridad—. Pero yo no he traído a ningún fantasma aquí.

Él abrió la boca para responder, pero Taliyah continuó:

—No. No me contradigas. No trabajo para Erebus ni estoy bajo su control. Él me dijo que quería que te destruyera en su nombre. Yo le dije que iba a destruirte, sí, pero en el mío. Ese tipo es un idiota. Yo soy dueña de mis actos. Quiero que sepas que soy la responsable de tu disgusto. Mis trampas y emboscadas son un buen ejemplo.

Él frunció el ceño, pero no hizo ningún comentario.

—Quiero creerte —dijo, por fin, en un tono de... derrota—. Ese es el quid de la cuestión.

—¿De verdad sientes lástima por ti mismo? —le preguntó ella, con incredulidad—. Mira, ¿sabes una cosa? Que te den.

Él la miró como si fuera un gran misterio. En ese momento, su mirada se perdió y recibió otro mensaje. Fuera lo que fuera, su actitud agresiva se desinfló.

—Ya han acabado con la horda.

—Prueba de que yo no organicé esa emboscada. No ha muerto nadie.

Él se pasó una mano por el pelo húmedo.

—No puedo confiar en ti.

—Vaya sorpresa —dijo ella, y dio un suspiro—. Mira, lo que ha pasado no se puede deshacer. Ayer tuvimos una tregua. Vamos a alcanzar otra tregua hoy. Veinticuatro horas. Así tendremos tiempo para hacernos preguntas.

—No entiendo cómo es posible que seas un fantasma y, al mismo tiempo, seas tú.

Ella pensó en decirle que tenía un vínculo con Chaos, pero se fijó en los postes de la cabina de la ducha y cerró la boca. Roc no confiaba en ella y ella no confiaba en él. ¡Y con razón! Para que uno sobreviviese, el otro tenía que morir.

Tal vez. ¿Acaso no podía haber otro modo? Bueno, ya se lo preguntaría más tarde. Aquel día tenía que conocer a su enemigo..., que, de repente, parecía tan perdido que resultaba incluso adorable.

«¿Qué estás haciendo? Ya basta». ¿Tan perdido que resultaba adorable? Un enemigo, en cualquier estado, era siempre un enemigo.

—¿Qué ocurrió con tu idea del Salón de los Secretos? —le preguntó.

Él se pasó una mano por el pelo.

—Todavía no he recibido el informe de Roux.

—¿Y qué clase de información piensas que vas a recibir?

—¡Algo! —exclamó él, y dio un puñetazo en la palma de su mano—. Es todo lo que necesito.

—Deja que repita que, aunque sea un fantasma, yo no estoy bajo el control de Erebus. Si me das la oportunidad, creo que podría demostrártelo.

—Te escucho —respondió él.

—Erebus no quiere que nadie te haga feliz a ti, nunca, ni un segundo.

Él asintió.

—Sí, es cierto.

—Pues haz memoria. Seguro que recuerdas un momento de nuestra historia en el que los rosales estaban en flor y te corriste como un géiser en mi vientre.

—Pero eso es diferente. Tú eres diferente. Él sabe lo que significas para mí.

Taliyah se quedó inmóvil.

—¿Qué significo para ti?

No. Aquella era una pregunta innecesaria. Siguió adelante.

—¿Por qué piensas que te contó que soy un fantasma? Lo hizo para que dejaras de tratarte conmigo.

Él se quedó pensativo. Después, asintió.

—Es cierto.

El éxito se avecinaba.

—Vaya, de verdad —comentó ella, y sonrió con picardía para llevarlo hasta la conclusión que deseaba—. ¿Qué clase de señor de la guerra sigue el plan que ha trazado su enemigo para su vida?

Tal vez se hubiera adelantado. Él la miró con los ojos entrecerrados.

—Sé que me estás manipulando.

—¿Y qué? La verdad es la verdad.

Él entrecerró aún más los ojos... Sin dejar de mirarla, se abrió la cintura de los pantalones y se los quitó, liberando su impresionante erección. Se sentó en el banco de la ducha, rígido como una piedra, y siguió mirándola con un gesto ceñudo.

Ella movió las alas y sintió un revoloteo en el resto del cuerpo. Salvo en el estómago, donde sintió las punzadas del hambre.

—Si piensas que voy a volver a besarte —le dijo, mientras se giraba hacia el chorro de agua caliente—, es que eres muy tonto. Yo estoy aquí solo para conversar.

Él dio un resoplido.

—¿Cuántos años tenías cuando Erebus te convirtió en fantasma?

Ella respondió con cautela.

—Era muy pequeña cuando me di cuenta de que era un fantasma.

—¿Qué significa que te diste cuenta? ¿No lo supiste en el momento en que él te convirtió en uno de los suyos?

Entendía su asombro. Aunque nunca había visto una conversión en vivo, había leído muchas narraciones al respecto. Erebus ingería la mitad del alma de la otra persona y, con los colmillos, le inyectaba una sustancia mortal en las venas. Lo que quedaba de su alma se pudría dentro del cuerpo, dejando una cáscara vacía que él controlaba.

En vez de responder a Roc, le hizo otra pregunta.

—¿Por qué odias tanto a Erebus? ¿Qué os ha hecho a todos vosotros?

—Muchas cosas —dijo él.

—¿Por ejemplo?

—Por ejemplo, convirtió a varios Astra en fantasmas, y eso nos obligó a matar a algunos de los nuestros.

Ay.

—Eso es muy duro. Lo siento.

Él inclinó la cabeza y asintió.

—Sí. Fue muy duro.

—Sabes que yo no tuve nada que ver con eso, ¿verdad?

—Sí. Sé que, en eso, eres inocente. Yo...

Su voz se fue apagando y él tragó saliva mientras observaba cómo se deslizaba la espuma entre sus pechos. Se le contrajeron las pupilas y su expresión se volvió cada vez más intensa. Irradiaba un calor tan intenso, tenía un aspecto tan sexi, que ella se echó a temblar.

—Quiero hacerte cosas que... —murmuró él, con la voz enronquecida.

—Sí —respondió ella, sin poder contenerse.

Roc no necesitó más permiso. La tomó por la cintura y la acercó al asiento, colocándola entre sus rodillas. Ella se movió rápidamente. Colocó una rodilla por encima de su regazo y, después, la otra, y deslizó su sexo húmedo sobre el de él. Roc no protestó, sino que la agarró con más fuerza y miró absorto el *piercing* que ella tenía en el pezón.

Entonces, envalentonada, ella le pellizcó la barbilla para obligarlo a que mirara hacia arriba. Él le permitió que controlara su cuerpo.

—Quiero que me acaricies el pecho.

Él obedeció. Comenzó a amasarle y ahuecarle los pechos. Y jugueteó con el *piercing*.

—Esto es delicioso —dijo, alabándolo—. Estás consiguiendo que me duela. ¡No pares!

—No, no voy a parar —respondió él—. No podría.

—Yo también voy a conseguir que tú te sientas bien —dijo ella.

Estuvo a punto de besarlo, pero, en el último segundo, cambió de dirección y apoyó una mejilla sobre la suya. ¿Y si no conseguía frenar su hambre? Aunque Roc poseía la capacidad de bloquearla e impedir que se alimentara de él, tal vez lo intentara sin poder contenerse, y él se pondría furioso. Su odio por los fantasmas venía de siglos atrás, y a ella solo la conocía desde hacía pocos días... Quizá, con el tiempo...

Se estremeció y atrapó el lóbulo de la oreja con los dientes.

—Haz un buen uso de tus bíceps, cariño, y gírame —le dijo—. Tu gravita tiene un deseo.

—¿Ah, sí?

—Gírame —repitió ella—. Para que puedas meter bien profundamente los dedos en mi cuerpo.

Él le mordisqueó el labio inferior con picardía, con ferocidad.

—Dame la vuelta y dejaré que me acaricies donde quieras... —añadió Taliyah, en voz baja.

Él dio un gruñido y la giró. Ella notó el calor ardiente de su pecho en la espina dorsal, y el corazón se le aceleró. Él la agarró con delicadeza por la garganta y abrió las rodillas para que a ella se le separaran las piernas.

—Voy a tocarte donde quiera —le dijo, al oído, e hizo que posara la cabeza en el hueco de su hombro.

A ella se le puso la carne de gallina.

—Tócame, entonces.

Con la mano libre, él le acarició el pecho, amasándolo con más presión que antes.

A ella se le escapó un gemido y, sin poder controlarse, movió las caderas, frotando el trasero contra la longitud de Roc, que estaba al rojo vivo, dura como el acero.

—¿Te gusta tocarme, Roc?

Él ni siquiera trató de negarlo.

—Sí —gruñó—. Sabes que sí.

Ella no se detuvo. Siguió balanceándose.

—Quieres algo más de mí. Quieres que consiga que te corras.

—Sí —susurró él, y bajó una mano desde su garganta a su pecho. Le pellizcó suavemente los pezones.

Ella tuvo que contenerse para no gritar de placer.

—Mete los dedos en mi cuerpo —le dijo— o dejaré de moverme.

Aunque, en realidad, no sabía si podría cumplir su amenaza. Sí. Debía parar y lo hizo. Ella siempre hacía lo que fuera necesario para llevar a cabo un trabajo.

Él siseó y tomó uno de sus lóbulos entre los dientes.

—¿Sigues intentando manipularme, arpía? Quieres el control y quieres volverme loco para conseguirlo. Pero puedo ganarte. O mueves tu cuerpo contra el mío, como antes, o no te daré mis dedos —dijo, y le pasó la mano por el vientre, hacia abajo—. Si lo haces, los hundiré más profundamente que antes.

—Mete los dedos en mi cuerpo —repitió ella, casi ahogándose de necesidad— y haré que te corras intensamente.

—Muévete contra mí y me cercioraré de que tú te corras primero.

Él le acarició los rizos del sexo y le dio unos golpecitos en el clítoris, y a ella se le escapó un jadeo.

«¡Más! No, no. Debo resistir. Nunca se debe aceptar la imagen de la derrota».

—Mete los dedos dentro de mí. Umm... Los necesito. Me expandirás el cuerpo y yo gemiré a todo volumen. Se me pasará el dolor. Haz que se me pase el dolor, cariño..., o lo haré yo sola. ¿Quieres verme? ¿Umm?

—¡Tu placer es el mío! —exclamó él.

Entonces metió dos dedos en su cuerpo y a ella se le borraron todos los pensamientos. Roc le acarició el núcleo del placer mientras metía y sacaba los dedos de sus paredes internas, que se contraían para intentar retenerlo. Ella se movió a su ritmo, persiguiendo el orgasmo.

—Ya estoy muy cerca.

Cuando él se detuvo y sacó los dedos, a ella estuvo a punto de darle un ataque de furia. Quería dominarla quitándole lo que había empezado a ofrecerle. Sin embargo, no fue así. Su juego de poder no llegó.

Él se pasó la lengua por ambos dedos y cerró los ojos.

—Qué dulzura tienes... —murmuró, y emitió un sonido de necesidad inabarcable. Posó la barbilla sobre su hombro y le dijo—: Quiero más, pero directamente del grifo.

—Sí...

Rápidamente se pusieron de pie, ella frente a él. Los dos estaban jadeando.

—Si quieres más —le dijo—, ponte de rodillas y tómalo.

—Deseas que me arrodille ante ti —le dijo él, entre dientes.

—No. Espero que te arrodilles ante mí. No conseguirás lo que quieres de ningún otro modo.

Entonces, con lentitud, Roc se puso de rodillas y se colocó entre sus muslos separados. Ella lo miró con la boca abierta, con asombro, con tanta excitación que pensó que su cuerpo iba a alterarse para siempre.

—Hazlo —le ordenó.

Capítulo 24

Roc pasó la lengua por la miel de su esposa, extasiado. ¡Qué sabor tenía aquella mujer! No había nada que pudiera comparársele. Taliyah era una maravilla sin igual, y temía anhelarla durante años, décadas..., siglos futuros. Tendría que pensar en aquel miedo y analizarlo más tarde. Por el momento, solo deseaba disfrutar.

Mientras se deleitaba con la excitación de Taliyah, recorrió sus piernas con las manos y le masajeó los músculos firmes. Cada suave maullido y gemido que ella emitía hacían que le hirviera más el cuerpo. Ella se retorcía contra su boca, pero él no quería que ella llegara tan pronto al éxtasis, porque deseaba saborearla.

Ella había prometido que lo volvería loco con deseos que no podría controlar, y lo había conseguido. Él tenía la intención de atiborrarse con ella durante el resto de aquel mes, permitiría que el placer importase más que el deber. No le robaría la virginidad, pero la tomaría de todas las maneras posibles.

Ella le clavó las garras en la cabeza, dándole una orden silenciosa para que la llevara más rápidamente a la cumbre del placer. ¿Y cómo no iba a complacerla?

Tenía las palmas de las manos llenas de polvo de estrellas y estaba empezando a sospechar que era real. ¿Y si su gravita era un fantasma?

—¡Sí, así! —gimió ella—. ¡Así!

Él siguió lamiéndole el clítoris hinchado y ella se meció contra su cara. Entonces él le separó aún más las piernas y metió los dedos entre sus pliegues femeninos. Se deleitó con su dulzura. Tenía los pechos arqueados hacia delante y los pezones eran como pequeños capullos apretados. La pasión teñía su carne húmeda de un matiz rosado. Era la imagen de la carnalidad, una imagen que quedaría para siempre grabada en su memoria.

—Es delicioso, cariño. Tan delicioso —jadeó ella—. Estoy muy cerca, por favor, no pares.

No, nunca. Él abrió los dedos y la expandió, y Taliyah emitió un grito de gozo cuando llegó al clímax. Las paredes de su cuerpo se contrajeron y se expandieron y la tensión abandonó su cuerpo. Comenzó a latir de satisfacción.

Él quería más... Siguió lamiéndola mientras comenzaba a acariciarse el miembro. La pasión hervía en su sangre y el placer era su combustible. Sus células zumbaban de pura vitalidad. La presión aumentó. Su semilla estaba lista.

Entonces Taliyah lo tomó del pelo e hizo que se levantara. ¿Qué pensaba hacer?

Cuando ella agarró su miembro por la base, él no pudo contenerse.

—Por favor...

¿Lo haría?

Se miraron a los ojos y... ella lo acarició. A él se le escapó un grito enronquecido. La rodeó con los brazos y la tomó por el cabello.

—Bien fuerte, Taya.

Ella lo acarició una y otra vez con un agarre inque-

brantable, ejerciendo con facilidad su poder feme-
nino mientras lo bombeaba. Disfrutando mientras
lo llevaba al límite. Cuando lo bombeó con más fuerza, él introdujo un dedo en su boca y se deshizo
cuando ella lo succionó. Se le borraron todos los
pensamientos y comenzó a jadear con fuerza. Estaba...
estaba...

—Sí, Taya... ¡Así!

Subiendo y bajando y succionando. Bombeando
y chupando. Mordiendo. Roc existía en un mundo de
puras sensaciones y su sangre hervía como si fuera
de fuego. Balanceaba las caderas al ritmo de los movimientos de Taliyah, siguió haciéndolo hasta que la
presión fue demasiado fuerte para soportarla... Hasta
que ganó el placer. Llegó al clímax y su simiente salió
expelida contra el vientre de Taliyah, que apoyó la
cara en su hombro.

—Um... —murmuró ella—. ¿Te he dicho alguna
vez lo bien que hueles?

Él apoyó la frente en la pared fría que había detrás
de Taliyah... hasta que ella posó las palmas de las manos en sus mejillas y le recorrió el cuello con los labios
de color rojo y... ¿se echó a reír? Le sonrió como si
estuviera drogada y las sombras desaparecieron de
sus ojos.

—No te enfades, Roc, pero debo de haber... No
quería... Lo siento mucho, creo que estoy borracha.
¿Roc? No te he succionado el alma, ¿no? Creo que no
lo he hecho, a pesar del hambre que tenía, pero debo
de haberlo hecho. ¿Tú no te acuerdas?

Roc, completamente aturdido y saciado por el impresionante clímax que había sentido, intentó encontrarle sentido a lo que estaba ocurriendo. Estaba
bloqueado, hasta que oyó... otra risita. Una risita de
Taliyah Skyhawk.

—¡Ay! ¡Vaya! La habitación da vueltas. Esto de dar

vueltas es divertido. También es divertido chuparte, aunque solo sea el dedo —dijo ella, y se concentró en su miembro con los ojos brillantes—. Quiero alimentarme de otra parte de ti. ¡Déjame! Deberíamos hacer la prueba para saber si es verdad que me he alimentado de ti. Tiene sentido, ¿no te parece? —le preguntó, y alargó la mano hacia su miembro, pero él la agarró por las muñecas.

—¿Taliyah? —le preguntó. Estaba tan sorprendido que casi permaneció inmóvil. Y estaba cautivado por ella.

¿Quién era aquella criatura adorable? Debía de haberse alimentado de él, pero su poder era demasiado fuerte para ella... No estaba seguro.

Ella hizo un puchero y a él le entraron ganas de reírse.

—Dame un momento para procesar todo esto —le pidió.

Entonces Taliyah se tambaleó y cayó al suelo de la ducha, riéndose, y el agua caliente le llovió por las piernas. Estaba lánguida, saciada, rosada, y se estiró.

—Me siento maravillosamente, absolutamente bien.

Él tragó saliva.

—¿Reaccionas así cada vez que te alimentas?

—No —dijo ella, y se mordió el labio. Estaba desconcertada, pero, rápidamente, se animó—. ¡Roc, Roc! ¿Sabes una cosa? —le preguntó, mientras se ponía de rodillas—. Creo que estás bueno. Buenísimo. Además, me das calor. Haces que odie el frío.

¿Cómo se suponía que tenía que responder a aquello? Cada vez estaba más encantado con ella, y necesitaba que aquello cesara.

¿Era un truco de Taliyah?

No. Todo lo que había aprendido sobre aquella mujer le decía que no estaba intentando que él tomara su virginidad. No era una persona que admitiera fácilmente la información ni bajara las defensas, nunca, y menos, con él. Aunque debía de hacerlo con su amiga Neeka, puesto que confiaba en la chica lo suficiente como para permitir que la marcara.

Apretó los puños. Estaba claro que Taliyah no confiaba en él, ni debería hacerlo. Sin embargo..., eso no le gustaba.

De nuevo, lo tenía completamente confundido.

—Ponte de pie, T.

Ella obedeció, aferrándose a su cuerpo para subir.

—¿Y sabes otra cosa? —le preguntó, con las garras clavadas en su pecho—. Ya no tengo hambre. Mírame. ¡Mira!

—Te estoy mirando —dijo él. Era posible que jamás volviera a apartar la mirada.

—Estoy llena. ¡Más llena de lo que haya estado nunca!

¿Llena? ¿Cómo podía haber bebido lo suficiente como para saciarse tanto, si él permanecía exactamente igual? ¿Había fallado su sistema de bloqueo un instante y ella se había alimentado con el más ligero sorbo?

—¿No te sientes mal de ninguna manera?

—No. ¡Roc! —repitió ella, aferrándose a él, y él respondió sin poder evitarlo mientras cerraba los grifos del agua.

—¿Sí, Taya?

—Tu cuerpo es sublime. Es mi favorito de todos. Tienes unos músculos muy... musculosos.

—Me alegro de que te lo parezcan —dijo él, sonriendo, mientras la secaba con una toalla. Le fastidió que sus palabras le divirtieran y añadió—: No sabes cómo no excitarme, ¿verdad? Taya, te voy a advertir una cosa: Vamos a repetir esta experiencia mañana. Necesitamos averiguar cómo te alimentas.

Tuvo que ignorar los nuevos latidos de su miembro.
«Parece que no me voy a cansar nunca de ella».

—Ahora tienes una sonrisa tan grande que me da
la vida —respondió ella, y volvió a reírse. Él la tomó
en brazos y la sacó de la cabina, pasando entre los
postes. La dejó en pie y, en ese momento, los obs-
táculos que había entre ellos tomaron relevancia de
nuevo.

—Tenemos que vestirnos —le dijo.

A pesar de todo aquello..., fuera lo que fuera..., él
tenía que erigir un altar. Las cosas no habían cambiado. La tensión volvió a apoderarse de él. Comenzó a
sudar... ¿Cómo podía decirse a sí mismo que las cosas
no habían cambiado? Todo había cambiado.

Entonces ella le dijo, con suavidad:

—Sabía que hay un niño pequeño encerrado en ti.
Tiene pesadillas. Pero... ¿sabes una cosa? Mi madre
me entrenó para hacer la guerra casi antes de que yo
supiera andar. Yo nunca pude jugar de niña, como las
otras arpías. Antes de esto, pensaba que no me inte-
resaba jugar, pero creo que ahora, sí, ¡así que prepá-
rate!

A toda velocidad, con las alas vibrando, salió corriendo del baño a la habitación y subió de un salto a
la cama, mientras tomaba un almohadón.

Él se acercó a la cama, pero no se subió a la cama.

—¿Qué piensas hacer con el...?

Ella le dio un golpetazo con el almohadón en la
cara y se echó a reír.

Él permaneció inmóvil, tratando de comprender
lo que ocurría. Ella nunca había jugado de niña, y a él
no le gustó la idea de que hubiera tenido que entrenarse sin descanso. Por lo menos él había podido jugar con sus hermanos antes de que sus padres les
destrozaran la vida.

Taliyah volvió a golpearlo y él no lo pensó más. La

tendió de golpe boca arriba en el colchón y se lanzó sobre ella. Le hizo cosquillas y se deleitó al oír su risa y sentir sus movimientos. Siendo tan astuta como era, se liberó de su peso y salió corriendo del dormitorio, gritando:

—¡Ven a buscarme si puedes, Astra!

Aunque se había movido con la velocidad del viento, él la encontró sin problemas porque vio sus pies asomando por debajo de una cortina. Sonriendo, apartó el cortinaje con la idea de aplastarla contra la pared y besarla hasta dejarla sin aire en los pulmones. Sin embargo, ella ya no estaba allí. Él notó una ráfaga de aire frío y oyó una risita a su espalda. Se dio cuenta de que Taliyah lo había atravesado en su forma fantasmal. Al recordar que sus habilidades eran tan peligrosas, y que él odiaba su naturaleza de fantasma, se puso serio y se giró. Era hora de terminar con aquel juego.

Frente a él, a pocos centímetros de distancia, sus ojos azules helados eran suaves y luminosos.

—Tú pierdes y yo gano —le dijo, canturreando—. Será mejor que te acostumbres, Rocky, cariño. Yo siempre gano.

Él notó una opresión en el pecho, más fuerte que nunca. ¿Qué le estaba haciendo?

—¿De verdad crees que puedes derrotarme con tanta facilidad, Taya?

—Umm, umm —respondió ella, y saltó sobre él, envolviéndolo entre sus brazos y sus piernas, aferrándose de nuevo a él—. Puedo hacer cualquier cosa. Puedo tenerte todas las veces que quiera. Ya verás. Incluso podría hacerte el amor con dureza.

Él tuvo un presentimiento que le causó un escalofrío por toda la espalda. Su miembro palpitó de nuevo.

—¿Qué hay de tu candidatura a General?

Si ella se entregaba por completo, él la embestiría con tanta fuerza y tanta seguridad que...

¡Ya era suficiente!

—No importa. Vamos, tienes que acostarte y descansar.

—No tengo sueño —respondió Taliyah, pero bostezó.

Mientras observaba su preciosa cara, la opresión de su pecho aumentó hasta que notó un crujido. Algo muy cálido emanó dentro de él. Algo parecido a la ternura. Ternura hacia un fantasma. Hacia su esposa.

«Endurece tu corazón. Disfruta de ella mientras puedas. O encuentra otra forma de...».

Tragó saliva.

—De todos modos, descansa.

—No, nunca —respondió ella, estirando el brazo, con el puño hacia arriba.

—Entonces, ¿por qué no charlamos?

Si deseaba revelar secretos, ¿por qué no complacerla?

La llevó hacia la cama y gimió al notar que su cuerpo se amoldaba al de él. La sensación de bienestar absoluto le atormentó.

«Comandante».

La voz de Halo atravesó sus pensamientos. Él apretó las muelas.

«¿Sí?».

«Una patrulla ha encontrado otros tres fantasmas. Mujeres, como las demás. Han venido con otro mensaje para ti».

Ya estaba harto de los jueguecitos de Erebus.

«Mátalos. Erebus solo desea causar más tristeza».

Halo no respondió. Nunca lo hacía, aunque no estuviera de acuerdo con sus órdenes. Él siempre hacía su trabajo. Eso era una prueba de su brillantez.

«Me encargaré personalmente».

—¿Dónde has ido? —le preguntó Taliyah, acariciándole la barba.

—No importa —dijo él, y la recolocó sobre el colchón, cubriendo su cuerpo por completo. Ella se enroscó en él y suspiró.

—Echo de menos tus dedos.

Él estuvo a punto de atragantarse.

—¿Ah, sí?

¡No! No debía tomar ese camino. Tenía una buena oportunidad de interrogarla mientras durara su euforia.

—Olvídate de eso. Háblame de tu padre, la serpiente cambiaformas.

—No, no quiero —dijo ella, mientras dibujaba un círculo alrededor de su pezón.

¿Por qué no quería?

—Solo dame algún detalle. ¿Cómo se llama?

—No.

Incluso ebria, ella lo rechazaba. En la cabina de la ducha, ella había ordenado y él había obedecido.

—Te toca responder a ti —dijo ella. Cruzó los brazos por encima de su pecho, apoyó la barbilla en las manos y lo miró fijamente.

—¿Me echaste de menos ayer por la noche? Sé sincero.

Bueno, pues si tenía que ser sincero...

—No pude pensar en otra cosa.

«¿Roc?».

Él frunció el ceño.

«¿Sí, Vasili?».

«Hecho».

Así pues, el guerrero había terminado de revisar y arreglar la puerta y los marcos de las ventanas.

«Puedes volver al reino duplicado».

Taliyah lo acarició suavemente en el pecho y captó de nuevo su atención.

—¿Asuntos de guerra?

—Sí.

Y debería concentrarse en ello. Lo más seguro era que Erebus atacara con su método habitual, que consistía en preparar hordas inmensas de fantasmas para la invasión, simplemente para mantenerlos ocupados a él y al resto de los Astra y poder así acercarse a su esposa. Aunque aquella no era una situación normal. Erebus ya tenía una relación con Taliyah.

Su humor empeoró considerablemente.

Pero, si ella notó aquel cambio, no se dio por aludida.

—¿Tienes tiempo para regalarle otro orgasmo a tu esposa, como es tu deber de marido?

—No deberíamos —dijo él, evasivamente. Si ella no estaba dispuesta a responder a sus preguntas, bien podía darle placer.

—Tienes razón —dijo ella, asintiendo, y él tuvo que contener un gemido. ¿Por qué no habría aceptado directamente?

«¿Comandante?».

La voz de Silver reverberó en su mente. Sin duda, el guerrero había terminado las nuevas esposas que él quería que usara Taliyah. Aunque tal vez ella pusiera objeciones, la tregua había terminado.

¿Tal vez? Iba a estallar de furia. Él tuvo un enorme sentimiento de culpabilidad y se avergonzó.

«Hablaremos más tarde».

Se enorgullecía de estar siempre disponible para sus hombres, pero aquel día buscaba tan solo una hora de paz.

Taliyah se acomodó de nuevo contra él y lo miró con picardía.

—Dijiste que querías que volviera a alimentarme de ti para que pudiéramos saber cómo lo hice. ¿Quieres que me alimente ahora mismo?

¿En aquel momento? Tal vez debieran hacerlo. Necesitaban saber qué había sucedido.

—Sí, hazlo —respondió él. Y, de mala gana, echó hacia atrás la cabeza.

¿Lo odiaría, como había detestado el resto de aquellos sucesos siempre que habían ocurrido? ¿O una parte de él disfrutaría?

—No —dijo ella entonces, posando la cabeza en el hueco de su hombro. La travesura se había terminado y su tono de voz era hueco—. He cambiado de opinión. No tengo hambre.

No estaba decepcionado. No, no lo estaba.

Capítulo 25

Taliyah estaba sentada sobre el meteorito que había bautizado como «la piedra del asesinato». Balanceaba las piernas como si no tuviera ninguna preocupación mientras observaba a Roc, que estaba colocando el cincel sobre la piedra. Sin embargo, sí tenía preocupaciones. Él llevaba más de cuatro horas trabajando febrilmente. Había terminado el primer escalón y estaba haciendo el segundo. Muy pronto habría tallado una plataforma y el altar. Para su muerte.

Con cuánta facilidad había retomado su plan para matarla. Y, cuanto más trabajaba, más enloquecido parecía. Estaba silencioso y no llevaba camisa, y tenía los músculos tensos y el cuerpo sudoroso.

Por lo menos, las vistas eran decentes.

—¿Tienes hambre? —le preguntó él. Se lo había estado preguntando cada hora.

—No —respondió ella, deleitándose con su negativa. Le gustaría alimentarse de él, sí. No tenía ni idea de cómo había podido embriagarse de ese modo. ¿De veras le había robado una parte de su alma sin darse cuenta? Estaba hambrienta, pero... nunca había tenido una reacción tan poco digna ante ningún alma. Le encantaría comparar lo que había sucedido en la ducha con un acto de alimentación sin el componente de la lujuria. Sin embargo, al ver que él tenía aquella expresión de miedo al inclinar la cabeza hacia atrás... No, no iba a alimentarse de él en un futuro próximo. Más bien, nunca.

En realidad, su negativa a hacerlo en aquel momento se debía a algo más que al temor de Roc. Antes de teletransportarla al jardín, aquel hombre espantoso había tomado la atadura para sus alas.

—No me voy a poner eso —le escupió ella.

Él le respondió, con una expresión grave:

—Arpía, sí, vas a llevarlo. No voy a correr ningún riesgo contigo.

Él había ganado la pelea subsiguiente y le había puesto el broche en las alas, además de unos brazaletes en las muñecas. Aquellas esposas eran muy bonitas, parecían joyas, pero le impedían convertirse en niebla. No tenía gracia.

Taliyah llevaba cada pieza de metal como si fueran las pruebas de su traición. Ya no le importaba lo que había sucedido pocas horas antes. O, más bien, sí... porque seguía deseándolo.

—Me aburro —le dijo, con irritación—. No estoy acostumbrada a no hacer nada.

—Háblame de tu padre. Eso es hacer algo —respondió él—. Cuéntame cosas de tu niñez.

—¿Que le cuente a mi captor cosas de la niñez que pasé en la tierra que él ha conquistado? Prefiero escuchar historias de tu niñez.

—¿Antes o después de que me vendieran a Chaos? ¿Su abuelito había comprado a Roc?

—Eso debe elegirlo el narrador.

Él se encogió de hombros.

—Después de que me vendieran, viajé de un mundo a otro con los demás Astra, aprendiendo cuáles eran las debilidades de los demás y aumentando mi fortaleza. A través del dolor y de la tragedia, Chaos nos enseñó a valorar el control y aprovechar la ira. A crear y a destruir. A superar cualquier situación.

¿Ah, sí?

—¿Y cómo puedes tener el control de todo y, sin embargo, estar sometido a una maldición? Si puedes superar cualquier situación, ¿por qué no puedes salvar a tu gravita y a tus hombres?

Roc se golpeó un dedo con el cincel y soltó una maldición. La sangre brotó de la herida.

Él no dijo nada más, y eso la enfadó. Comenzó a sudar y, al notar que una gota se le resbalaba por la frente, dio un puñetazo de frustración en la piedra. Aunque se encontrara mejor con el frío, o, por lo menos, antes de Roc, llevaba prendas sofocantes que él le había impuesto: una camisa de manga larga y unos pantalones de cuero, ambos forrados con algún tipo de piel. Y la temperatura era muy cálida.

—Es para ayudarte a mantener el calor —le había dicho él, con determinación—. El suelo está helado...

—Sí, ya lo sé —le espetó ella—. Esta es mi tierra natal, ¿lo recuerdas? El intruso eres tú.

La falta de sueño también le estaba pasando factura. Desde que había llegado a Harpina, había dormido un total de cero minutos.

—Te dije que no me molestaras mientras trabajo, arpía —respondió él, y siguió golpeando la piedra con el cincel—. Pero aquí estás, molestando. Si no vas a contarme nada sobre tu niñez, no hagas nada.

—¡Yo no he hecho nada! Ni siquiera he dicho nada. Vamos, cuéntame tú más cosas sobre la bendición y me portaré bien —le dijo ella.

Esperaba otra negativa, pero él comenzó a hablar.

—Después de que los Astra ascendieran por primera vez, uno tras otro, tuvimos una oportunidad para elegir: o nos quedábamos como estábamos, sin obtener nunca un nuevo poder, o entrábamos por una puerta que nos llevaría a un gran sufrimiento y a mayores logros.

—¿Era literalmente una puerta?

—Sí. Apareció ante nosotros. No sabemos quién la hizo, ni cómo, ni por qué, pero no fue Chaos. Cuando pasamos por ella, entramos en un mundo de oscuridad. Luchamos para liberarnos, matando a un monstruo cada uno por el camino. Esa muerte fue lo que determinó nuestro rango oficial, nuestros cascos y la tarea de nuestra bendición. Los rangos han cambiado muchas veces, dependiendo de nuestro desempeño durante las batallas y nuestras tareas. Cada quinientos años debemos repetir nuestra tarea concreta, en orden de rango, sea cual sea. Si lo hacemos bien, uno detrás de otro, obtenemos la bendición. Ganamos todas las batallas en las que luchamos. Si uno de nosotros falla, caerá una maldición sobre todos nosotros y perderemos todas las batallas.

Eso era demasiada presión para cada uno de aquellos señores de la guerra.

—¿Y qué pinta Erebus en todo esto?

—Llevábamos ya siglos en guerra con él. Él ascendió antes que nosotros y cruzó esa puerta antes que nosotros. No podíamos permitir que obtuviera nuevos poderes mientras nosotros nos quedábamos estancados. En cuanto nos fueron asignados nuestros rangos, nos vimos unidos a él a través de la bendición y de la maldición. Él lucha para terminar su tarea: detenernos.

Aah. No era de extrañar que Roc siguiera convencido de que tenía la capacidad de resistir la máxima tentación. No era de extrañar que hubiera mantenido aquel detalle en secreto. ¿Por qué se lo contaba en aquel momento? La respuesta se abrió paso en su cabeza y a ella se le escapó un jadeo.

—Entonces, estás reiterando la primera advertencia que me hiciste, ¿verdad? Aunque tengas relaciones sexuales conmigo, algo que no has hecho con ninguna de tus otras esposas, me matarás porque soy un fantasma. Eso es casi una dulzura por tu parte. Pero ¿sabes qué sería más dulce aún? Que salvaras a todo el mundo.

Él se estremeció.

—¿Es que piensas que no lo hemos intentado desde el principio?

¿Qué haría ella si estuviera en su situación y tuviera que luchar para proteger a sus hermanas y a todas las arpías? Era fácil responder a aquella pregunta porque, en realidad, esa era su lucha. Haría todo lo que fuera necesario.

—¿Y nunca has pensado en ofrecerte tú mismo como sacrificio y perdonar a tu esposa?

—No puedo. Nuestro primer comandante lo intentó y su espada se desmoronó antes de hacer contacto con él.

—Así que puedo acabar contigo usando una espada. Me alegro de saberlo.

Él se puso a trabajar de nuevo sin levantar la vista.

—¿Qué más habéis intentado? —preguntó ella.

—Regatear. Hacer magia. Promesas. No hay nada que no hayamos intentado. Ojalá hubiera una manera.

—¿Y qué va a hacer el comandante de los Astra cuando ascienda otra vez?

Él pestañeó.

—Disfrutar de la paz. Formar... una familia de verdad.

A ella se le crisparon las garras de celos.

—¿Quieres paz, pero te sientes atraído por mujeres sedientas de sangre? Explícamelo.

—¿Es que un hombre no puede tener deseos complicados y contradictorios?

Sí, podía, pero ella pensaba que las motivaciones de Roc eran más profundas.

—Puede que admires la fuerza en lugar de la sed de sangre. Una mujer fuerte no muere fácilmente. Nunca tendrás que preocuparte por perderla.

Él se puso tenso, pero no dijo nada más. ¿Acaso era porque no deseaba enfrentarse a un futuro sin su gravita, aunque fuera un fantasma?

De repente, se oyó el estallido de un trueno que sacudió el jardín. Ella frunció el ceño y escudriñó el área protegiéndose los ojos del sol con una mano. Se acercaba una tormenta por el norte. Llegaban unas nubes oscuras que estaban cubriendo el cielo soleado.

¿Iba a trabajar Roc a pesar de la lluvia? Empezó a soplar con fuerza un viento frío y la temperatura bajó.

—¿Alguna vez has perdido una bendición y has ganado una maldición? —le preguntó.

—Dos veces, con los líderes que me precedieron. Nos vimos obligados a hibernar, como las arpías en este momento.

—¿Y cómo funciona eso de la hibernación forzada? —inquirió ella, y sonó otro trueno. Una ráfaga de viento gélida los envolvió a toda velocidad.

—Los Astra pueden diseñar y crear mundos enteros. Un mundo original se crea a través de los siglos. Un duplicado, en meses. Podemos controlar qué sustancias químicas y qué gases se liberan en la atmósfera, dónde, cuánto tiempo...

Más información valiosa.

Sus pensamientos volvieron a centrarse en las variadas formas de reaccionar que tenía Roc hacia ella, y decidió cambiar de tema.

—Si no me vas a perder de vista, ¿por qué necesito el cinturón de castidad? —le preguntó, mientras el viento formaba remolinos de hojas caídas—. ¿Acaso necesitas ayuda para resistirte a este magnífico fantasma?

A él se le cayó el cincel. Se agachó a recogerlo y las nubes tormentosas siguieron acercándose. Las cargas eléctricas atravesaban el cielo con gran estruendo.

Si él podía controlar la química de la atmósfera, tal vez también pudiera controlar el tiempo. ¿Era Roc quien estaba provocando aquella tormenta?

«Alguien necesita ayuda».

Decidió desnudarse y se quitó la camisa y los pantalones. Él fingió que volvía al trabajo, pero ella, vestida solo con el broche de las alas y el cinturón de castidad, le arrojó los pantalones a la cara. Él los cazó en el aire.

—¿Es imprescindible que hagas esto? —le preguntó, con un suspiro.

—Sí, Roc. Me estoy preparando para el concurso de Miss Piel Mojada.

—Mentira. Ya estás helada. Tienes los pezones duros como diamantes.

—Gracias por darte cuenta.

Cuando le cayó la primera gota de lluvia en el estómago, ella dio un jadeo. Él soltó un gruñido. Después de todo, cabía la posibilidad de que aquel día no fuera tan terrible.

Taliyah se pasó toda la noche acurrucada contra Roc, relajada, cálida y completamente triste. No quería dormirse a pesar del cansancio que sentía. Él, por el contrario, se había quedado dormido enseguida, después de acostarla a la fuerza, con un brazo sobre su estómago para mantenerla estrechada contra su cuerpo.

¿Qué iba a hacer con él?

Cuando amaneció y el sol ahuyentó la tormenta de la noche anterior, ella tachó otro día de su matrimonio. Necesitaba elaborar un plan de acción, pero estaba aturdida. No sabía qué hacer con respecto a Roc.

Se quitó el brazo de encima, se levantó y lo observó fijamente. ¡Su pecho! Se había llenado el vacío que había sobre su corazón.

Ella se inclinó para inspeccionar...

Pero él se despertó, se dio una palmada en la imagen que había brotado en su piel y se levantó de un salto. Tomó una daga de la funda que había dejado caer al suelo al acostarse y entró al baño.

—Eres muy dramático —le dijo ella.

—Quédate en la cama.

Ni hablar. Lo siguió.

—Has dicho que teníamos que estar juntos a todas horas, noche y día. ¿Cómo voy a desobedecer una orden tan directa?

—Como lo has hecho desde el principio —dijo él, y cerró la puerta del baño—. Aléjate, Taliyah.

—¿Qué problema tienes? —refunfuñó ella—. Tú sí que has dormido bien.

—Yo no he dormido. Me he comunicado con mis hombres. Como me he negado a escuchar los dos últimos mensajes de Erebus, él ha estado enviando hordas de fantasmas a cada hora para que visitaran a mis hombres, diciéndoles que el polvo de estrellas es real y que tú eres mi gravita, y que deberían encerrarme hasta el día del sacrificio.

—Bueno, es cierto, soy tu gravita y ellos deberían encerrarte.

—Estoy de acuerdo. Yo... no quiero que mueras, Taliyah.

Ella se quedó tan asombrada que vaciló. Roc se

estaba enamorando de ella. Debía de ser así. Y era alucinante.

Oyó un sonido, una especie de chapoteo que reconoció. ¿Acaso él se estaba recortando una parte de sus alevala?

Al percibir el olor metálico de la sangre, se le abrieron mucho los ojos. Sí, Roc se estaba cortando un pedazo de piel y carne. Pero ¿por qué? ¿Qué era lo que no quería que viesen los demás?

Decidió que aún no iba a preguntárselo. En su estado de ánimo, él se negaría a responder. Era mejor elegir las batallas.

—¿Cómo consiguen traspasar la muralla los fantasmas, Taliyah?

—No lo sé —dijo ella—. ¿Quieres que se lo pregunte a Erebus la próxima vez que me tienda una emboscada?

Él soltó un juramento.

—¿Con cuánta frecuencia necesitas alimentarte?

—Normalmente, una vez al día. ¿Por qué?

—¿Necesitas alimentarte ahora?

—No, estoy perfectamente —dijo ella. Y era cierto. No sabía qué era lo que había tomado de él, pero la sustancia había cumplido con creces su cometido.

Roc dio un bufido de decepción y ella decidió alejarse. Tenía cosas mejores que hacer que escuchar cómo se duchaba. Sin embargo, él se teletransportó y apareció delante de ella desnudo y mojado, con un parche ya curado de piel sobre el corazón. La teletransportó a la cabina de ducha y le quitó todas las piezas de metal del cuerpo. Después, la dejó a solas. Permaneció en el baño, vistiéndose mientras ella se duchaba. Cuando salió de la cabina, él le ofreció de nuevo todos los artilugios de metal, además de unos pantalones cortos y una camiseta de color azul.

—No quiero ponerme el metal. Está pasado de

moda —dijo ella—. Me quedo con el traje, eso sí, si prometes que no vas a babear al verme.

A él le brillaron los ojos.

—Tienes que ponerte los bloqueos de metal, Taliyah. No puedo confiar en ti y no puedo vigilarte. Voy a estar ocupado haciendo otras cosas. Acéptalo.

—No. Mira, antes de esto, he imaginado la posibilidad de que formáramos un equipo. Tú y yo conquistaríamos el mundo y salvaríamos a todos los demás. Eso ya no es posible, oficialmente. Si haces esto, me convertiré en tu enemiga y nuestra tregua habrá terminado para siempre.

Roc se estremeció como si lo hubiera golpeado. Sin embargo, no cedió.

—Entonces, ¿vas a pelearte conmigo otra vez?

—¿Tú qué crees?

Con resignación, luchó contra ella hasta el final. La trató como si fuera de porcelana, con mucho cuidado de no hacerle daño mientras ella lo usaba de saco de boxeo.

—Esta vez has tardado el doble, ¿eh, querido? —le dijo, para provocarlo—. O estás perdiendo reflejos o es que no puedes mantener las manos apartadas de tu fantasma.

Él se irguió sobre ella, con la respiración acelerada por el esfuerzo.

—Te han salido pecas en la nariz por el sol que te dio ayer —dijo él, con deleite.

—¿Ah, sí? ¿Acaso son las pecas uno de tus fetiches?

—Yo no tengo fetiches —respondió él, mientras ella se ponía en pie y le arañaba los hombros con las garras. Él no se quejó.

—Umm, umm. Pecas y sumisión. Tu sumisión, por si no había quedado claro —dijo ella, y se derritió contra él—. En la cama, te gustan las mujeres que no tengan miedo de pedir lo que quieren. Quieres que te dominen.

Aunque se puso tenso, no lo negó.

—No vamos a hablar de eso, a no ser que quieras analizar tus propios fetiches —le dijo.

—Yo no tengo.

—Entonces, ¿no te excitas cada vez que ganas un desafío?

—Yo.... Vaya, ¿qué podría decir? Me gusta el poder.

Él no respondió. La teletransportó junto al meteorito, la soltó y recogió sus herramientas. Empezó a cincelar la piedra. Su cuerpo no transmitía nada más que calma.

Y aquella calma... la irritó.

—Adelante, finge que me estás ignorando —le dijo.

Subió a la parte superior del meteorito y se estiró. Dentro de una hora tendría muchas más pecas. Sin embargo, mientras se relajaba, se dio cuenta de que había cometido un error. Aquellos sonidos rítmicos del cincel la estaban adormilando, y no quería sucumbir delante de un hombre que odiaba su naturaleza, que se negaba a confiar en ella y que no se comprometía a encontrar la manera de salvarle la vida a su esposa.

—Di la verdad, Roc. A tus otras mujeres las mataste de aburrimiento, ¿a que sí?

—Ya has visto cómo murieron las demás.

Sí, lo había visto, pero ¿de verdad él tenía que estar tan sosegado mientras hablaban de asuntos de vida o muerte?

Después de unos minutos de silencio, ella gruñó.

—Te estoy dando unas vistas tan increíbles que debería cobrarte por horas.

—Siguiendo esa lógica, yo debería cobrarte por centímetros —murmuró él, sin alzar la vista.

«Oh, no. No ha dicho eso». A ella se le escapó una risita. Le gustaba su sentido del humor.

Él la miró. En su semblante ya no había calma y ella, de repente, supo cuál era la verdad. Roc no tenía sosiego, ni por asomo. Bajo su piel acechaba un animal furioso que buscaba una forma violenta de escapar.

Tenía una expresión de ferocidad, de culpabilidad y de arrepentimiento. De... hambre.

A ella se le borró la sonrisa de los labios y se le aceleró el corazón. Y tuvo otra revelación:

«Yo no lo estoy seduciendo a él. Él me está seduciendo a mí».

Capítulo 26

El quinto día del nuevo matrimonio de Roc amaneció igual que el cuarto: con la indomable Taliyah acurrucada contra él, después de que ninguno de los dos hubiera dormido. Él, por culpa de la fatiga, la frustración y un deseo furioso y espumoso.

Abrazar a aquella belleza sensual sin darle placer puso a prueba de verdad su fuerza de voluntad. Sin embargo, ¿cómo podía disfrutar de ella y, después, atarla con unos artilugios de metal que ella detestaba? ¿Cómo iba a experimentar placer con ella y, después, ponerse a esculpir el altar donde le daría muerte? Él era despreciable, pero no cruzaría esa línea... Otra vez, no.

Al menos, no iba a hacerlo hasta que ella necesitara alimentarse de nuevo, hasta que requiriera sustento de él. Cuando lo necesitara, se lo daría, por mucho que eso le excitase.

Se frotó los ojos. Ella había mencionado en dos ocasiones la posibilidad de salvarse a sí misma y salvar a sus hombres, y eso agravaba su sentimiento de culpabilidad. Él no le había mentido: había estudiado, investigado y vivido la situación incontables veces. No había salida. Ojalá pudiera darle esperanzas.

En cuanto el sol empezó a filtrarse por las cortinas, fingió que estaba dormido, como el día anterior. ¿Cómo reaccionaría Taliyah al despertarse entre sus brazos por segunda vez? La arpía se movió con sumo cuidado, haciendo todo lo posible por no despertarlo. Claramente, quería estudiar el alevala, que había vuelto a aparecer.

Pero él nunca iba a permitir que lo viese.

La colocó sobre su pecho y la sujetó.

—¿Necesitas alimentarte? —le preguntó, con anhelo. Aquel deseo era tan nuevo... tan inesperado... ¿Debería avergonzarse? Ya no lo sabía. Ceder una parte de su alma, fortalecer a un enemigo y debilitarse a sí mismo... Solo un idiota haría algo así.

Sin embargo, él quería hacerlo. Solo él la saciaría. En todos los sentidos.

—¿Por qué? ¿Acaso quieres alimentarme? —preguntó ella, ondulándose contra él—. La erección que tienes entre las piernas dice que sí.

—No quiero que mires a mi gente con un tenedor y un cuchillo en la mente durante el día de hoy.

En parte, era cierto.

Ella contuvo la respiración.

—¿Voy a poder ver a tu gente?

—Sí. Tengo cosas que hacer en la muralla.

La noche anterior, Roux había vuelto del Salón de los Secretos. Solo decía incoherencias, así que él le había pedido a Ian que siguiera vigilando las mazmorras para que Roux permaneciese fuera, con Halo.

—Bueno, pues ¿a qué estamos esperando? —preguntó ella, y se levantó de un salto. Tiró de su brazo para que él también se pusiera en pie. Tenía el pelo enredado alrededor del exquisito rostro y estaba entusiasmada—. ¡Vamos! ¿Tenemos que reunir a los soldados y organizar la defensa? ¡Lo que sea! Este es el día más agitado que hemos tenido.

No debería sorprenderse, pensó Roc. Taliyah disfrutaba de las complejidades de la guerra. Esa era otra faceta de su personalidad que le encantaba.

Tomó una daga y se dirigió a la ducha para comenzar el día como de costumbre. Cuando terminó, Taliyah ocupó su lugar. Después, como de costumbre también, ella luchó para que él no le colocara los artilugios de metal.

—No voy a huir de ti —le espetó.

—Ya lo sé. Porque no te lo voy a permitir —respondió él.

Sin embargo, cuantas más veces llevaba a cabo aquel acto, cuanto más coartaba su libertad, más se apagaba la luz de sus ojos y se le encorvaban los hombros a causa de la decepción. ¿Cómo podía permitirse el lujo de hacerle daño a alguien como ella? Con su personalidad, Taliyah le recordaba que había vida más allá de la guerra.

Al ver las marcas de polvo de estrellas que le había dejado en la piel, él se sintió más culpable que nunca. Sabía que aquel polvo era verdadero, que lo producía para ella porque ella era su gravita. Ese era el motivo por el que Erebus la había tomado como objetivo. Sabía también que ella no trabajaba para él, que era inocente, pero ¿en qué podía cambiar las cosas su inocencia?

—Tengo que hablar con uno de mis hombres dentro de la torre —le explicó—. Vas a estar rodeada de trinita.

Ella lo miró con enfado.

—Ya he estado rodeada de trinita y me ha ido muy bien. ¿No te acuerdas de la ducha feliz?

—Pero estabas rodeada de postes, no de paredes.

—Estaré bien de todos modos —replicó ella, con una actitud desafiante—. Vamos a trabajar.

La camiseta rosa con pantalones cortos a juego que

él había seleccionado aquel día convertían a su arpía en una joven de veintitantos años preparada para divertirse al aire libre, bajo el sol. La luz dorada le había dejado marca, un brillo rosado y más pecas adorables.

A él se le ensanchó la grieta que sentía en el pecho. Era una sensación dolorosa. Atrajo a Taliyah hacia sí y la teletransportó a la torre de guardia del norte de la muralla. La giró para que quedara frente a sus hombres y la envolvió entre sus brazos para protegerla del viento que entraba por las ventanas. Al sentir el contacto con su cuerpo, le hirvió la sangre en el cuerpo.

—¿Comandante?

Él miró a Roux y a Halo. Sus hombres, que estaban conversando cuando ellos se habían materializado, los observaban con asombro. Él alzó la barbilla y no dijo nada.

—Bonito apartamento —dijo Taliyah, examinando la trinita con atención—. Yo habría elegido algo más intimidatorio, pero, para gustos, los colores, ¿no?

—Taliyah, te presento a Halo y a Roux.

Las presentaciones eran un honor que él nunca le había concedido a ninguna de sus anteriores esposas. Sus hombres pasaron del asombro a la conmoción.

—¿No tienen que hacerme una reverencia o algo así? —preguntó ella—. Soy su reina.

A él se le escapó una sonrisa de diversión, pero, rápidamente, recuperó la expresión grave.

—Explica lo que has averiguado en el Salón de los Secretos —le ordenó a Roux.

—Tiempo muerto —dijo Taliyah—. ¿Qué es el Salón de los Secretos? No me lo has explicado.

—Nuestro reino, Nova, atrae y recopila susurros de otros mundos. Están almacenados en un salón de nuestro palacio. Nosotros solo tenemos que seleccionarlos —explicó él. Después, le hizo un gesto a Roux—. Continúa.

El guerrero se había recuperado notablemente. Aunque tenía una arruga de tensión en la cara, su mirada era firme.

—Oí los murmullos de una mujer. No dijo cómo se llamaba, pero tenía una voz más aguda que la de la arpía —respondió, refiriéndose a ella—. Incluso animada. Le dijo a alguien que es más que una arpía serpiente y que no iba a aceptarlo como consorte hasta que supiera la verdad sobre su origen, porque también era fantasma.

—Entonces, hay una segunda arpía serpiente y fantasma que es capaz de comunicarse de forma inteligente —dijo Roc.

Se dio cuenta de que Taliyah se ponía tensa. ¿Sospechaba cuál era la identidad de la otra mujer? ¿Tendrían algún vínculo? Debía de ser así.

—¿Algo más? —le preguntó a Roux, con impaciencia—. ¿Dijo algo más la mujer?

—Nada importante —respondió el guerrero, y miró a Taliyah—. La mujer que desapareció durante nuestra invasión es este segundo fantasma, estoy seguro. Creo que me poseyó, aunque no sé cómo lo hizo. Ni siquiera sé cómo salió de mí sin que yo me enterara, pero debe de haberlo hecho, porque sus emociones ya no se entremezclan con las mías.

Taliyah no hizo un solo movimiento durante el discurso. No dejó traslucir ninguna emoción. Estaba claro que conocía la identidad del segundo fantasma.

—¿Se alimentó de ti?

Roux hizo un gesto negativo.

—No.

—De acuerdo. Preparaos por si llega el segundo fantasma —dijo él. Y, al notar que Taliyah se encogía, añadió—: No la matéis. Capturadla para que podamos interrogarla.

Entonces Taliyah se relajó y él acercó los labios a su oreja.

—¿Hay algo que quisieras decirme, arpía?

—Muchas cosas —le espetó ella—. Pero no creo que te gusten las palabras que elegiría.

—Conoces a este segundo fantasma.

—Sí —dijo Taliyah. Ni siquiera trató de negarlo.

—¿Y no me vas a decir nada?

—Exacto.

Halo pestañeó. Claramente, nunca había oído que nadie le negara una petición a su comandante. ¿Qué haría falta para ganarse la lealtad de Taliyah? Quizá, inducirla a que la ofreciera libremente, por voluntad propia. No preparando su asesinato, para empezar.

Roc apretó la mandíbula.

—Voy a averiguar cuáles son tus secretos de un modo u otro.

—Yo podría conseguir que hablara sin matarla —dijo Roux, y miró a Taliyah como si se la estuviera imaginando sobre su mesa de tortura—. Tiene respuestas sobre la otra, y quiero saber cuáles son.

A él se le despertó el instinto de protección instantáneamente y casi no pudo quedarse callado. ¿Torturar a Taliyah, apagar la luz de sus ojos y el fuego de su corazón para siempre? No, ni hablar.

—Yo me encargo de mi esposa —dijo, dejando claro que se volvería a abordar aquel tema.

Los dos guerreros retrocedieron como si les hubieran dado un puñetazo en el estómago.

—¿Esposa? —preguntó Halo, e inclinó la cabeza—. Te refieres a un fantasma.

Esposa. Nunca se había permitido el lujo de utilizar aquel término con las demás. Prefería la palabra «novia», porque sus matrimonios nunca iban más allá de la boda.

—Por favor, permitid que os ahorre algunos problemas —dijo ella—. Aunque me quiten todos los miembros y me saquen todos los órganos, no voy a hablar.

Qué orgulloso se sintió. Era una reina perfecta que no iba a permitir que nadie la intimidara.

—Nadie te va a quitar los miembros ni te va a sacar los órganos —le dijo.

—Pues es una lástima. Tenía muchas ganas de burlarme de sus técnicas de tortura.

Se zafó del abrazo de Roc y se acercó a la ventana. Se asomó y observó el reino que se extendía bajo ella.

—Nunca había visto Harpina desde esta posición, ni con tantos hombres pululando por sus calles.

Sin poder evitarlo, él se acercó a ella y apoyó las manos sobre las de ella.

—¿Cómo conseguiste reclutar a tantas especies diferentes? —le preguntó Taliyah.

Él miró por la ventana. Había muchos hombres en la parte más cercana a la torre. Había cambiaformas de todo tipo, *berserkers, banshees*... Un contingente muy particular que, a la más mínima orden, atacaría.

—Mis soldados vienen de los mundos que hemos conquistado, así como de aquellos reinos habitados por gente que pensaron en conquistarnos a nosotros.

Ella se dio la vuelta rápidamente y lo fulminó con la mirada.

—Si estás pensando en reclutar a arpías...

Él dio un resoplido.

—Como si me atreviera. Ni siquiera puedo controlar a la que está bajo mi mando directo.

—Está bien. Supongo que no te voy a decapitar ahora mismo, aquí mismo, antes de que tus hombres puedan impedírmelo.

Con una gracia pura y sensual, le recorrió el esternón con un dedo.

—Por cierto —añadió—. Tus alevalas han dejado de moverse otra vez.

Él miró hacia abajo y, efectivamente, las imágenes se parecían a cualquier otro tatuaje. ¿Y todo porque tenía a la arpía entre sus brazos y parecía que ella estaba contenta de permanecer allí?

¿Cuándo necesitaría ella alimentarse otra vez? ¿Cuándo podría darle placer de nuevo?

Quizá hubiera cometido un error al no llevarla al clímax aquellas dos últimas noches. Pronto, su hermosa vida acabaría. ¿No merecía que sus deseos se vieran satisfechos?

Recordando a los dos señores de la guerra que estaban tras él, escuchando todo lo que decían, gritó:

—Se levanta la sesión.

Llevó a Taliyah al jardín, junto al altar.

Ella gimió.

—Otra vez, no.

—No. Vamos a hablar.

Se sentó en el banco de trabajo y la puso en su regazo.

Taliyah sentía pánico desde que había oído el anuncio de Roux. Roc se había enterado de la existencia de Blythe. Tal vez fuese a buscarla. Se puso de pie para alejarse, pero él volvió a agarrarla y la estrechó contra sí.

Ella no quería que buscara a Blythe, ¡ni a nadie más! Acababa de enterarse de que había una tercera arpía serpiente fantasma. Otra hija secreta de Erebus. Una hermana a la que no conocía, pero a la que quería salvar.

Por lo menos, Roc no había ordenado que le dieran muerte.

—Suéltame —le dijo—. Tú tienes cosas que hacer y yo, también.

Él frunció el ceño.

—¿Qué cosas tienes que hacer tú?

—Muchas cosas. Entrenarme sin mi anillo. Identificar a las arpías que están dormidas. Estudiar. ¡Y eso es solo el comienzo de mi lista!

Había muchas cosas que no sabía sobre los fantasmas, los Astra y Erebus. Tal vez encontrara algún libro en la biblioteca.

—Eso podemos hacerlo después —dijo él—. Ahora nos vamos a quedar aquí y vamos a hablar.

Qué obstinado. Ella quería hablar con él, contarle cuáles eran sus preocupaciones para que pudieran analizar los problemas y las soluciones juntos. Él podía ayudar.

Por otro lado, si Blythe había poseído a Roux y había salido de él fuera de Harpina..., ¿dónde estaba? ¿Por qué no había vuelto a buscar a Isla? A menos que ya la hubiera encontrado y la hubiera escondido. Pero ¿por qué no la habían avisado a ella de su presencia?

Tal vez siguiera encerrada en Roux, tan profundamente que él ya no notaba su presencia...

Tenía tantas preguntas que estuvieron a punto de escapársele. «No digas nada», pensó. Roc era la principal razón del pánico que sentía.

—Siempre hacemos todo lo que tú quieres. ¿Cuándo me toca a mí?

Él la acarició con la barba.

—Eso depende de lo que quieras hacer. Yo te he ofrecido conversación.

—Y yo la he rehusado. Dos veces —replicó ella.

A pesar de todo, su contacto y sus caricias la excitaron. Él le estaba mirando los labios, como si se imaginara que la estaba besando. Sin embargo, de repente, ladeó la cabeza y su mirada se perdió. Se enfrascó en una conversación telepática y, al instante, se transformó en el comandante. Se puso de pie bruscamente y la dejó en el suelo.

—Ha aparecido una horda de fantasmas en la muralla. Son soldados encarnados, en formación, inmóviles y silenciosos. Eso significa que tienen órdenes de no hacer nada hasta que llegue el momento preciso.

—¿Y cuál es el plan? ¿Luchar contra ellos? Quítame los bloqueos de metal y ayudaré.

Él pestañeó de la sorpresa.

—No. Voy a encerrarte en tu habitación. Los postes de trinita impedirán que entre ningún fantasma.

Ella se enfureció.

—¡Eh! No puedes cambiar las normas cada vez que te convenga. Tenemos que estar juntos las veinticuatro horas del día, ¿no te acuerdas?

—Puedo hacerlo y voy a hacerlo. Es por tu seguridad.

—¿Me vas a dejar debilitada mientras está atacando el enemigo?

Él se estremeció, pero no cedió.

—Lo siento, Taya, pero así tiene que ser.

—Mentiroso. Así es como tú quieres que sea. A ti nadie puede obligarte a hacer nada que no quieras. Pero se acabó. Antes he aceptado la situación porque entendía cuáles eran tus motivos. Ahora, esto ha ido demasiado lejos.

—Es demasiado peligroso —respondió él, tan obstinado como siempre.

—Déjame en paz. Si un hombre me besa y luego me pone en peligro innecesariamente, es que no vale la pena perder el tiempo con él.

—Yo...

De repente, comenzó a hacer un frío gélido. A pesar del calor que irradiaba Roc, a ella se le cristalizó la respiración delante de la cara.

Sintió un escalofrío de temor.

—En Harpina hace un tiempo muy raro, pero nunca se ha puesto a hacer tanto frío de repente.

—Se acercan los fantasmas —dijo él, y tomó una daga.

Roc soltó una maldición al ver que unas enormes nubes grises cubrían el cielo y tapaban los soles. Ella miró hacia arriba. No, no eran fantasmas. Eran un ejército de fantasmas encarnados que estaban girando por el aire, como si fueran remolinos, descendiendo hacia el jardín.

Capítulo 27

Había miles de fantasmas. La atmósfera se cargó de energía agresiva y surgió la primera llama de anhilla. A Roc se le cubrió la piel de escarcha, pero esa llama la derritió.

Se le pasó un pensamiento por la cabeza, algo como un asteroide mental, dejando destrucción y ruina a su paso. Si alguien amenazaba a su esposa, debía morir.

Él podría enfrentarse a cualquier cosa, salvo a su pérdida.

Se preparó para llevar a Taliyah a su dormitorio, tal y como le había prometido. Aunque ella lo odiara, al menos sobreviviría.

La rodeó con los brazos mientras las hordas de fantasmas descendían. Primero registró los ruidos y, después, sintió los golpes, que le empujaron de derecha a izquierda. Se mantuvo firme. Se le rompieron los huesos. Un millón de uñas lo desgarraron. Sintió cómo le succionaban la piel. Sintió que el frío invadía sus venas y lo debilitaba. Sin embargo, la anhilla lo inundó de fuerza y lo mantuvo en pie.

Mientras golpeaban cada centímetro de su cuerpo, gritó información para sus hombres. ¿Cómo era posible que un ejército tan grande hubiera pasado la trinita sin que se dieran cuenta? ¿Y por qué no podía teletransportarse?

«El ejército de la muralla está atacando. Los hombres de Silver se acercan a pie. No pueden teletransportarse. Yo, tampoco», dijo Halo. «Ian, si puedes hacerlo tú, pon a mis hombres detrás del ejército y lleva a los tuyos al jardín...».

«No puedo teletransportar a nadie en este momento, ni a mí mismo. Vamos a pie hacia el jardín», respondió Ian.

Su hermano no tendría piedad de nadie.

—¿Roc? —gritó Taliyah, por encima del estruendo. Cada vez había más fantasmas chocando con ellos.

Sabía lo que le estaba pidiendo. Con un gran esfuerzo, metió una mano por debajo del broche de las alas para abrir las dos piezas de metal. Aunque lo intentó, no consiguió abrirle las esposas porque los fantasmas le arrebataban sus brazos a golpes.

Con el estómago encogido, le dijo:

—Necesito que luches, Taya. Lucha como nunca lo has hecho. No pares hasta que haya muerto el último fantasma, y no te atrevas a morirte. ¿Me has entendido?

—No es mi primer rodeo, *baby* —le dijo ella—. No te preocupes. Lo tengo controlado.

—Voy a contar hasta tres y te soltaré. Cuando lo haga...

Un vendaval helado lo arrastró de golpe por el jardín y le arrebató a Taliyah de su refugio antes de tiempo. Un fantasma la agarró de la muñeca y la alejó de él.

Aterrizó a seis metros de distancia y, a causa del golpe, todo el aire se escapó de los pulmones. Se puso en pie, gritando, y respiró profundamente. Tenía las costillas rotas y un hueso se le estaba clavando en el pulmón. Tenía cortes por todo el cuerpo. ¿Dónde estaba Taliyah?

Miró a su alrededor, pero solo vio fantasmas. No había ni rastro de su arpía.

Roc salió corriendo, lanzando cuchilladas y arañazos a todos los que se cruzaban en su camino. Intentó teletransportarse junto a Taliyah, pero no lo consiguió.

¿Dónde estaba ella?

—¿Taya? —gritó, con pánico.

Se preparó para lo que iba a ocurrir. La encontraría y vería sus heridas. Su sangre. Se recordó que ella se iba a curar fueran cuales fueran las heridas. Los fantasmas se alimentaban y se curaban. Él había lamentado muchas veces aquella capacidad fantasmal, pero, en aquel momento, era lo que le daba esperanzas.

¡Tenía que llegar hasta ella! Se movió cada vez más rápidamente, matando y recibiendo salpicaduras de sangre. Los fantasmas gritaban y morían, pero su número no disminuía. Cada vez llegaban más, pero lo ignoraban. En vez de atacarlo, las hordas se dirigían hacia Taliyah.

Enloquecido de temor por si ella no conseguía sobrevivir, se abrió paso entre las masas de fantasmas, acuchillando y golpeando, matando a todos aquellos que se interponían en su camino. Por fin pudo verla por primera vez desde que se habían separado. Aunque luchaba como toda una experta, los fantasmas la golpeaban sin parar y la arañaban con las garras. Tenía muchos cortes y heridas y la sangre empapaba su preciosa piel.

Una de las criaturas consiguió cortarle el cuello con las uñas, pero Roc, con impotencia, no pudo llegar a ella.

—¡Taya! —gritó, con espanto.

Al ver la sangre brotar de su garganta, a él se le

reavivó la anhilla y lanzó un rugido hacia el cielo. A su alrededor, el mundo se ralentizó. Su propia sangre comenzó a hervir, y los músculos se le hincharon de un nuevo poder.

Como si fuera una bola de demolición viviente, lanzó su gran cuerpo brillante hacia los fantasmas y acuchilló con ferocidad cortando a la vez tres o cuatro criaturas. Pronto perdió la cuenta, mató, mató y mató. Sus enemigos debían pagar, morir. ¡Ahogaría el mundo en sangre y dolor!

Le pareció oír, al fondo de su mente, la voz de su hermano Ian, que le pedía que se detuviera. Sin embargo, él no quería parar. Solo quería matar más fantasmas. Quería desmantelar todo lo que se interpusiera entre su gravita y él.

De repente, notó un golpe en el pecho. Frío, ligero. Una voz familiar dijo:

—Cállate, Ian. Lo tengo.

Era la voz de Taliyah. Él dejó de mover los brazos. ¿Ella había resucitado?

—¿Lo ves? Te dije que lo tenía. Roc, cariñito, tranquilízate, porque tu gravita está perfectamente. Ya puedes terminar con la rabieta, ¿de acuerdo?

Notó las caricias de unos dedos suaves en el pecho y en la barba, y se calmó.

—¿Los fantasmas han muerto?

—Sí. Lo has hecho muy bien. Todo el mundo está muy orgulloso. Te van a dar el premio al exterminador más volcánico.

—¿Todos? —preguntó él, con aturdimiento.

—Sí, todos. Bueno, tu hermano y unos cientos de soldados. Llegaron hace un rato. Me han dicho que el ejército de la muralla se retiró en cuanto tú terminaste con el último fantasma del jardín —le dijo ella, riéndose—. Cuando te propones hacer un gran gesto, haces un gran gesto, ¿eh?

Roc consiguió enfocar la mirada y observó el campo de batalla. Él estaba sobre el altar, golpeándolo con tanta fuerza que la piedra ya tenía una grieta en un extremo. A su alrededor había montones de fantasmas que iban desvaneciéndose. Ian se detuvo a unos pocos metros de distancia, tan conmocionado como el resto de los soldados que estaban tras él.

—¿Qué ocurre? —preguntó Taliyah, dirigiéndose a alguien que estaba a su espalda—. Estoy con él. Me ha reconocido como consorte, o lo que sea.

Él la agarró de la cintura y le preguntó:

—¿Estás ilesa?

—Casi.

¡Eso no era suficiente! Al ver que él buscaba un nuevo objetivo con la mirada, ella se echó a reír.

—No, por favor, no intentes matar a nadie más. Me recuperaré completamente dentro de unos minutos, te lo prometo. Aunque, si quieres seguir destrozando el altar, no te reprimas.

Él le tomó las mejillas con las manos cubiertas de sangre.

—Te quedaste a luchar a mi lado.

—Por supuesto —dijo ella, mirándolo con los ojos muy abiertos, y añadió con irritación—: Te dije que iba a hacerlo, ¿no?

Él observó atentamente su rostro y sintió confianza.

—¿Ian? —dijo.

Ian supo que quería un informe y fue directamente al grano.

—Hemos perdido un puñado de soldados.

Él apretó los dientes. Una sola pérdida ya era demasiado.

—El altar... —dijo Ian.

—Puedo arreglarlo —murmuró él, sin demasiada convicción.

Necesitaba asegurarse de que Taliyah estaba bien.

La apretó contra la piedra, contra las grietas que había abierto a puñetazos, y la miró con suma atención. Ella se lo permitió con una sonrisa suave que le cortó el aliento.

Todavía no se había curado del todo ¿y ya sonreía? Él la miró con cara de pocos amigos.

—¿Cómo es que estás de tan buen humor? Antes de la batalla me odiabas.

—Sí, es verdad. Pero, durante la batalla, tú me has demostrado el amor que sientes por tu querida Taya. Estás como una cabra.

Él se sentía demasiado tenso por la pelea y no tenía ni idea de cómo responder a sus tomaduras de pelo.

—Tenía que proteger mi inversión —dijo él.

—Bueno, ahora todos sabemos que no es solo eso —replicó ella, en un tono de reproche y diversión a la vez—. Después de esta magnífica exhibición de destreza masculina, te estás poniendo en ridículo con tus negaciones. Y me estás avergonzando a mí, que soy el objeto de tu deseo, y todo eso. Pero basta de charla. Tenemos que limpiar —dijo.

Le dio un rápido beso en los labios, saltó y lo empujó.

Él se tragó una orden, o una súplica, para que ella volviera, y se dirigió a su hermano.

—Reunid y preparad al ejército para el siguiente ataque.

Conociendo a Erebus, estaba claro que había sacrificado a una parte de sus soldados para demostrar que tenía otras formas de llegar a la bendita esposa.

—Pero ¿hay más cosas de estas? —preguntó Taliyah, arrugando la nariz—. Después de todo esto, ¿no hemos conseguido nada?

Él estuvo a punto de ir junto a ella y abrazarla. Ian la miró con el ceño fruncido. Después, miró a Roc y, después, a Taliyah de nuevo. Su hermano no sabía cómo interpretar lo que acababa de ocurrir, lo que estaba sucediendo. Él, tampoco.

Por fin, Ian se acercó a él y le entregó una piedra de color violeta.

Era densa, áspera, poderosa. Familiar. Él frunció el ceño y notó un frío terrible.

—No... No puede ser... Destruimos la última pieza hace miles de años.

Ian lo miró con gravedad.

—Pues parece que Erebus ha encontrado más. Colgó las piedras de un cordón de cuero.

—Que alguien me explique de qué estáis hablando —dijo Taliyah.

—Esto se llama piedra del abeto. Lo que le hace la trinita a un fantasma, esta piedra nos lo hace a nosotros, los Astra. Es el motivo por el que no pudimos teletransportarnos durante el combate.

Ian se quedó mirándolo con estupefacción.

—¿Por qué no haces una lista de todas las formas que existen para acabar con nosotros y se la das a tu esposa para que la estudie, hermano?

Roc no respondió. Estaba pensando febrilmente. Erebus había enviado aquellas hordas de fantasmas a modo de advertencia. Quería que él se preocupara. Lo cual significaba que no debería preocuparse; debería disfrutar de su esposa.

Su hermano dijo algo más, pero él no lo oyó porque estaba observando atentamente a Taliyah. Ella estaba recogiendo todas las piedras de abeto que podía sin disimulo alguno, llenándose los bolsillos. Cuando se acercó al broche de las alas, se puso rígida y se giró hacia él con una expresión desafiante. Agarró el artefacto y lo lanzó todo lo lejos que pudo, como si estuviera retándolo a que se quejara.

No iba a volver a aprisionarla, nunca. Durante la

batalla, a él le había sucedido algo. Aún no comprendía completamente qué era, pero sabía que su relación con Taliyah había quedado alterada para siempre. Si la hubiera perdido...

Se acercó a ella, le quitó las esposas y la tomó en brazos.

Directamente, la llevó a su dormitorio.

Capítulo 28

Mientras el Astra preparaba el baño, Taliyah permaneció en la puerta, absorta en un dilema inesperado. Roc y ella habían llegado a un lugar nuevo aquel día. Habían llegado al lugar de una pareja seria. Ella lo sabía. Sabía que habían superado el problema de los artilugios de metal. Roc había decidido confiar en ella.

Había matado y sangrado por ella.

La deseaba con más intensidad que ninguna otra persona.

Y quería salvarla.

Había luchado brutalmente contra los fantasmas para salvarla. Los fantasmas, que habían intentado alimentarse de ella, de una de los suyos. Bueno, casi de los suyos. Ella no se parecía en nada a aquellas criaturas voraces.

No, no era cierto. En aquel momento estaba tan hambrienta que notaba voracidad. Ya podía saborear el poder de Roc...

En cuanto el número de invasores había disminuido, había tenido el privilegio de poder observarlo. Tenía tal dominio de su cuerpo que la lucha parecía una coreografía. Su ataque y su defensa eran perfectos, y la forma en que usaba las garras y la espada de tres hojas para desgarrar a sus enemigos habían sido una revelación para ella.

A pesar de que también era una experta y hábil luchadora, se había dado cuenta de que no tenía ninguna posibilidad contra él... todavía. Era más rápido y mucho más fuerte. ¿Aquel era el hombre al que había desafiado? Se habría enorgullecido, pero se le llenaron los ojos de lágrimas.

Roc no sabía que Erebus era su padre. Aunque no quería mentir, aún no estaba lista para decírselo. Todo era demasiado nuevo y su confianza aún no era del todo sólida. Además, ¿cómo reaccionaría Roc?

Anhelaba arrojarse a sus brazos y entregárselo todo, brindarle su virginidad y olvidar las complicaciones para apoderarse del futuro. Pero no lo haría. En aquel momento, más que nunca, las arpías necesitaban una líder fuerte.

¿Lo entendería Roc? Después de lo sucedido aquel día, ella sabía que él no iba a sacrificarla. Además, ya no sentía repugnancia por sus orígenes. Había matado a cientos de fantasmas para poder llegar a ella, gritando su nombre con pánico.

Todo aquello era genial para ella, pero no quería que sus hombres y él sufrieran la maldición. Además, si Roc trastocara todo su mundo por ella, le exigiría todo. No estaría conforme con una relación sin sexo. Si los Astra se parecían a los Señores del Inframundo con los que se habían emparejado sus hermanas, entonces eran extremadamente posesivos y obsesivos. Roc insistiría en mantener relaciones sexuales con una gran frecuencia y para toda la eternidad. Ella se vería obligada a elegir entre su consorte y su gente.

¿Y si verdaderamente él era su consorte?

Ojalá pudiera hablar con sus hermanas. Ellas le darían consejos y la motivarían, la ayudarían a ver lo que necesitaba ver y a ignorar lo que debía ignorar. También se burlarían de ella para el resto de su vida.

—¿Qué ocurre? —le preguntó él, con preocupación.

Ella respondió con una pequeña sonrisa.

—No es nada que tenga que decidir ahora.

La bañera estaba casi llena y la superficie del agua, cubierta de burbujas de un olor dulce. Ay. ¿Acaso el malvado Astra se permitía el lujo de disfrutar de vez en cuando?

—Si estás debatiéndote entre alimentarte de mí o no, déjame que te saque de dudas: lo harás, pase lo que pase. Quiero que desaparezcan esos cortes.

¡Confirmado! Aquel hombre podía acabar con ella.

—Para la curación de mis heridas hace falta sangre, acuérdate, no alma. Ni..., oh, semilla. Además, mi parte de fantasma está alimentada.

—No importa. Vas a tomar la sangre antes de que nos metamos en la bañera. Ven, vamos a ducharnos primero para quitarnos la sangre de los fantasmas.

Ambos empezaron a desnudarse y, al ver su deliciosa erección, a ella se le contrajo el vientre. Cuando ella se quitó los pantalones cortos, las piedras que se había metido al bolsillo entrechocaron e hicieron ruido. Tenía intención de estudiarlas. Y, sí, bueno, también quería que Roc desarrollara inmunidad a aquel tipo de piedra. Si alguien lo atacaba, sería ella, no los fantasmas, ni Erebus.

Para su sorpresa, él sonrió al tomar los pantalones cortos. Los sacó del baño sin decir ni una sola palabra de reprimenda.

—¡Oye! —gritó ella—. ¡Son míos!

—Los he metido en una caja fuerte que se puede abrir fácilmente. Es por nuestra seguridad. Tengo que conservar el poder de teletransportarme, sobre todo mientras estoy... ocupado en otras cosas.

Ah. De acuerdo.

Cuando estuvo de nuevo frente a ella, tomó la llave que tenía colgada del cuello y le quitó el cinturón de castidad.

—Lo has hecho muy bien ahí fuera.

—¿Estás de broma? Me patearon el culo. Nunca había luchado contra fantasmas. Se encarnaban y se desencarnaban al azar usando técnicas que yo no he perfeccionado nunca porque estaba demasiado ocupada pensando que solo proyectaba ilusiones. Eso va a cambiar. Nunca más voy a intentar ocultar lo que soy.

—¿Y por qué lo ocultaste en primer lugar? —le preguntó Roc, que entró en la ducha y le tendió la mano—. ¿Acaso pensabas que las arpías iban a burlarse de ti?

—Mi madre quería evitar que llamara la atención de Erebus.

Al ver que su mano permanecía tendida, a pesar de que había mencionado a su enemigo, ella colocó los dedos sobre los de él.

—Inteligente por su parte —dijo Roc, acercando a Taliyah a su cuerpo.

Había aceptado la confesión mejor de lo que ella esperaba.

Abrió los grifos y el agua caliente les limpió la sangre de los fantasmas. Entonces él la estrechó contra sí y le ofreció el cuello.

—Bebe.

Ella vio cómo le latía el pulso y se echó a temblar.

—¿Estás seguro? Si tienes bajo el bloqueo, puede que robe accidentalmente algo de tu alma.

Él la tomó por la nuca y la miró con los párpados medio cerrados.

—Toma lo que necesites, Taya. Yo me recuperaré.

—De acuerdo, pero solo porque insistes.

Con un gemido, ella se inclinó hacia delante y le clavó los colmillos en la vena.

Él la agarró con más fuerza. Y, sí, su bloqueo estaba desactivado. Mientras la sangre bajaba por su garganta, ella trató de no tomar ni un ápice de su alma. Debía resistirse. Él le había ofrecido lo que necesitaba y ella no quería tomar algo que no necesitaba.

El calor la invadió mientras bebía, y sus venas burbujearon. Era la medicina más poderosa que hubiera consumido nunca. Una fuerza increíble inundó sus extremidades. Las heridas se curaron, los huesos se soldaron.

—Así —le dijo él, mientras la tomaba por el trasero para pegarla a su miembro erecto—. Esa es mi Taya. Toma más.

Más. Todo. ¿Podía haber algo mejor que aquello?

Sí, beber de él mientras le hacía el amor...

Aquel pensamiento la asustó y, con delicadeza, sacó los colmillos de su carne.

—Creo que ya es suficiente —dijo. Su temblor se intensificó mientras se limpiaba la sangre de la boca, tomando las gotas con los dedos y lamiéndoselos—. Estoy curada.

—Pero... si has bebido muy poco —dijo él, con decepción—. Tengo más que suficiente. Puedo proporcionarte todo lo que necesitas, Taliyah.

—Estoy segura de eso —dijo ella—. Pero estoy bien, te lo prometo.

La decepción desapareció y las llamas de la excitación parpadearon en los iris de color dorado del guerrero.

Salieron de la ducha y él la llevó hacia la bañera. Se acomodó en un extremo, la atrajo hacia sí y la colocó entre sus piernas. Así, extendida ante él, era un verdadero bufé de placeres. Tenía acceso total a los lugares que a ella le dolían. Los envolvió un vapor perfumado.

—Creo que sé cómo es posible que, aun siendo un fantasma, seas tú —le dijo Roc, y comenzó a masajearle los hombros. A ella se le cerraron los ojos—. Sospecho que Erebus y sus hermanos le hicieron algo a tu gente durante sus incursiones.

Estaba tan cerca de la verdad y, al mismo tiempo, tan alejado...

—Sí y no. No —dijo ella, cuando vio que él iba a hacer más comentarios—. No voy a decir nada más de ese tema en este momento.

—Muy bien —dijo él.

Tomó un frasco de gel y la enjabonó. Tuvo mucho cuidado con sus pechos, asegurándose de que quedaran muy limpios, especialmente el *piercing* del pezón.

A ella se le acumuló la excitación en lugares elegidos y se le agudizó el delicioso dolor que sentía entre las piernas. Mientras mecía las caderas, buscando una caricia, un beso, algo... el agua se agitó.

—¿Hay algo de lo que quieras hablar? —le preguntó él, al oído.

A ella se le puso la carne de gallina.

—De muchas cosas —dijo ella—. Empecemos por la seguridad. ¿Qué vas a hacer en cuanto a las piedras de abeto?

—A pesar de ellas, luchar. Empezar a entrenarnos con ellas. Pero no hablemos de eso, tampoco —dijo él. Le pasó una mano por el brazo izquierdo y trazó con el pulgar las estrellas de su muñeca—. ¿Cómo te ganaste estas?

Cada roce era electrizante. Y su curiosidad tenía un efecto parecido.

—Bueno, esta... —le respondió, y señaló una de las estrellas—. La gané en mis primeros Juegos de las Arpías. Es nuestra versión de los Juegos Olímpicos, mezclada con lucha libre y con el gran reto.

Seguramente, él no sabía qué eran aquellas cosas, pero daba igual.

—Gané mis segundos juegos solo para demostrar que podía y ocupé el primer, segundo y tercer puesto porque nadie quería subir al podio conmigo. Parece que no fui muy agradable en ninguna de las competiciones.

—Eso me lo creo —dijo él, y tocó otra estrella—. ¿Y esta?

Antes de que ella respondiera, él le tiró del *piercing* del pezón con la otra mano. El placer la recorrió.

—Un momento. ¿Qué? —preguntó ella. Ya se había olvidado de la pregunta.

Notó la caricia de la risa enronquecida de Roc.

—¿Y esta otra? —preguntó él, y movió la mano hacia su ombligo, rodeándolo con los dedos una y otra vez para atormentarla.

Vio el brillo del polvo de estrellas y, al distraerse, se recuperó.

—Dirigí una exitosa campaña militar contra un rey muy imbécil que había esclavizado a algunas de las nuestras. Le saqué las entrañas y lo hice pedazos.

Perdió el hilo de la narración cuando Roc llegó al triángulo de sus muslos. Mientras esperaba a que él empezara a acariciarla de un modo más íntimo, se echó a temblar. Pasaron los segundos, los minutos, y él siguió atormentándola con sus juegos... Ella, sin aliento, se obligó a reaccionar.

—¿Algún comentario? ¿Alguna pregunta?

—He creado y destruido mundos, he conquistado reinos y me he apoderado de ejércitos de otros hombres. Pero nunca me he enfrentado a un oponente como tú.

Ella se arqueó hacia arriba y lo agarró del pelo.

—Puede que eso sea lo más sexi que me han dicho en la vida.

Y, si él mantenía durante mucho más tiempo la mano donde la tenía, ¡se iba a volver loca!

—Háblame de ti. ¿Qué es lo que te gusta? ¿Y lo que no?

—Me gustan... —dijo él. Le besó la mejilla y, por fin, deslizó los dedos entre sus rizos plateados y le acarició el clítoris—. Las arpías resbaladizas.

A ella se le cerraron los párpados.

—¿Y?

—Me gustan... —prosiguió él— las arpías que gimen y jadean.

—¿Ah, sí? —preguntó ella, casi sin poder respirar—. ¿Algo más?

—Me gusta... mi gravita —dijo él, y apretó más en su cuerpo, justo en el lugar donde más lo necesitaba.

A ella se le escapó un grito.

—¡Roc! No pares. Hagas lo que hagas, cariño, no pares.

—No, Taya —dijo él.

La frotó, se deslizó sobre ella y hundió los dedos en su cuerpo, justo como a ambos les gustaba. Estirándola. Y lo repitió todo, manteniéndola a las puertas de un clímax estremecedor.

—Las cosas que le haces a mi cuerpo... —dijo ella, retorciéndose contra él, causando chapoteos.

—Cuando te miro... —dijo él, en tono de reverencia—. No sé, me pregunto si alguna vez he visto algo más exquisito.

—No —dijo ella, y él se echó a reír.

De repente, ella se sintió desesperada por besarlo e inclinó el rostro, buscándolo. Él la correspondió con deleite y sus lenguas se entrelazaron y danzaron. Sus respiraciones se mezclaron y la pasión se desbordó y les provocó una avalancha de escalofríos.

Los gruñidos de Roc le enviaron una oleada de calor a través de todo el cuerpo y...

—¡Sí!

El beso se interrumpió cuando ella llegó al clímax. Sus paredes internas se contrajeron alrededor de los dedos de Roc.

—¿Sabes lo que me haces, mujer? —le preguntó él, entre jadeos.

Siguió acariciándola, apretando su erección contra ella de un modo implacable, despiadado, maravilloso.

—¿Lo mismo que me haces tú a mí? —le preguntó ella, temblando.

Lejos de terminar, se inclinó hacia delante y liberó sus alas. Se giró con agilidad y se puso frente a él, salpicándolo todo. Volvió a besarlo, cada vez con más pasión, más frenéticamente.

Él frotó su miembro contra el centro sensible de su cuerpo. Ella se sintió como si su carne chisporroteara y gritó de nuevo. Su deseo estaba alcanzando niveles inéditos. La presión aumentó cada vez más.

—Un poco más... —murmuró ella, mientras perseguía su siguiente orgasmo. Nunca había deseado tanto ninguna cosa.

Él los hizo girar a ambos y apoyó todo su peso sobre ella. Y ella movió las caderas mientras él le susurraba todas las cosas perversas que pensaba hacerle a su cuerpo, volviéndola loca de lujuria. Cada vez que se apartaba para embestirla de nuevo, inclinaba la cabeza para mordisquearle suavemente los pezones. Y, cuando él hizo vibrar los dedos contra su clítoris, ella perdió la coherencia y se abandonó a la agonía caliente y sexual. Su expresión se volvió casi salvaje, primaria.

Roc la teletransportó a la cama. Tenía la frente cubierta de sudor y estaba jadeando.

—Quiero estar dentro de ti.

Su voz era... irreconocible. Era la culminación de

una excitación inconcebible y de un poder absoluto, algo que hacía trizas el sentido común. Porque ella deseaba lo mismo. Sin embargo, se resistió.

—No podemos.

Él no trató de hacerle cambiar de opinión, tal y como esperaba una pequeña parte de sí misma. Volvió a besarla de manera feroz. Y, atrapada en aquel frenesí, ella necesitaba dureza. La siguiente vez que él se frotó contra su cuerpo, ella alzó las caderas para encontrarse con él. Mayor presión, mayor placer. Mayor tormento y mayor desesperación. El placer y la tensión seguían acumulándose...

¡Sí!

Ella explotó. Sin pensarlo, le mordió el cuello. En cuanto sus colmillos le atravesaron la carne, él rugió y llegó al éxtasis, arrojando su semen caliente en su vientre. Ella se aferró a él, presa de una satisfacción pura que la invadía.

¿Soltar a Roc? No. Ni ahora ni... ¿nunca?

Capítulo 29

Roc estuvo tendido en la cama con Taliyah más tiempo del que pretendía. No quería dejarla. Se habían calmado y limpiado hacía horas, y él tenía deberes. Sin embargo, su mente seguía atormentada.

Con ella así, entre sus brazos, pensó que prefería morir en su lugar. ¡Ojalá tuviera esa opción! ¿Cómo iba a poder hacerle daño a aquella mujer?

Ella bostezó y él le besó la sien.

—Duérmete, Taya —le dijo, mientras jugueteaba con su pelo—. Yo te protegeré.

Necesitaba hablar con sus hombres sobre las últimas batallas y sobre las piedras de abeto, y sobre lo que iba a suceder pronto. Y, de todos modos, se quedó allí, quieto.

—No te preocupes. Yo estoy bien —le dijo ella.

Volvió a bostezar, pero mantuvo los ojos abiertos.

Él se pasó una mano por la cara, pero no dijo nada más. Las arpías solo dormían cerca de sus consortes. Él lo sabía. Daría cualquier cosa por ser ese hombre bendecido. ¿Lo aceptaría ella alguna vez en ese puesto?

Después de aquellos días, sabía que les debía protección a sus soldados, pero también se la debía a

Taliyah. No tenía ningún deseo de renunciar a ella cuando se cumpliera el plazo. Nunca.

¿Podría conseguir tal hazaña?

—Shh, shh —le dijo ella, y le acarició el pecho—. Todo va a salir bien.

Él se sobresaltó y toda la cama se sacudió. Sin embargo, sus palabras, su tono y su caricia lo calmaron y pudo relajarse.

Si no iban a dormir, bien podrían charlar para mantener la mente ocupada.

—¿Conoces a la otra arpía fantasma? —le preguntó, suavemente, para no ponerla en alerta.

Sin embargo, Taliyah se puso muy tensa. Pasó un largo rato antes de que asintiera, y él se sorprendió.

—Sí. Es mi prima. Y mi hermana. Una larga historia. Pero ella tampoco está bajo el control de Erebus, así que ni se te ocurra cambiar tus órdenes para que tus hombres le hagan daño.

Qué lealtad. Él sintió que su admiración por ella aumentaba. ¿Podría Taliyah sentir algo parecido por él alguna vez? Ojalá.

El hecho de que ella le hubiera contado tanto... Bueno, Taliyah debía de estar confundida como él. Y, al darse cuenta, se tranquilizó aún más. Por lo menos, no era el único en aquella situación.

—Ten confianza en mí, Taya. He aprendido la lección. He llegado a creer que hay dos tipos de fantasmas y no voy a hacerles daño a los que son como tú, a menos que me ataquen. Te doy mi palabra.

Ella exhaló un suspiro de alivio.

—¿La has buscado con el cristal? —le preguntó él.

—Sí, pero no la he encontrado.

—Si salió de Roux, tal y como sospecha él, no lo hizo aquí. Ya la habríamos encontrado.

—Sí, lo sé, pero yo tengo que encontrarla. Tiene una hija y nunca la dejaría atrás. Además, por lo que sabemos, hay otros fantasmas arpía de los que yo no sé nada. Aunque...

—¿Qué? Puedes preguntarme lo que quieras.

—¿Y si Blythe no se ha mudado?

Él se acarició la barba pensativamente.

—No es probable. Pero, si es tan indomable como tú, es una posibilidad. Antes de que vayamos a hurgar en la cabeza de Roux, vamos a registrar el palacio y el mercado. Si está durmiendo en el reino duplicado, la encontraremos.

Hubo una pausa. Una inhalación.

—Está bien, sí. Puedes ayudarme en mi búsqueda.

A Roc se le hinchó el pecho de orgullo. Taliyah había decidido confiar en él. «Debo de ser su consorte».

Si alguna vez Taliyah lo aceptaba como tal, ¿qué haría él? ¿Prometería que no iba a matarla cuando llegara el momento? Se pasó una mano por la cara con agitación. Elle le acarició el pecho.

—Tienes que hablar con tus hombres de lo que pasó en el jardín, ¿verdad?

—Sí. Es necesario.

Por decirlo suavemente.

Hacía menos de una hora, él había estado a punto de tomar la virginidad de Taliyah. Si ella le hubiera dado permiso, lo habría hecho sin pensar en la bendición ni en sus hombres. Un error que no podía cometer por segunda vez. Sin virginidad, además, ella no podría llegar a ser General. Si sobrevivía a aquel mes, claro.

—Oh, oh... Presiento que se acerca otro drama —dijo Taliyah, y le dio un beso en el cuello—. ¿De qué se trata?

—Mis hombres no se van a poner muy contentos conmigo.

Pero no iba a detener aquello. Debía prepararse para cualquier cosa, incluido el hecho de mantener relaciones sexuales con su gravita.

—Bueno, pues ve a tener esa conversación con ellos. Yo me quedo aquí, entrenándome para poder quitarme el anillo. ¿Alguna protesta por tener que dejarme sola? —le preguntó ella, mirándolo a los ojos.

—No, ninguna —dijo él. No volvería a protestar jamás—. Pero detesto pensar que vas a sufrir. Además, ¿estás segura de que quieres prescindir del anillo antes de finales de mes? Si nos atacan otra vez y estás incapacitada...

¿Y si la herían gravemente y no podía protegerse?

—Sí, estoy segura —dijo ella, con timidez—. ¿Te da miedo no volver a desearme si me quito el anillo y tú te hielas?

Roc se apartó al instante y le dio un beso.

—Disfruto de todo lo que me haces —dijo. Incluso de aquello—. ¿Vas a alimentarte antes de que me vaya?

—No. Y, probablemente, tampoco después.

Él suspiró. Tuvo que obligarse a sí mismo a levantarse y vestirse. Cuando se puso un par de pantalones limpios y unas botas, y recogió sus armas, se acercó de nuevo a la cama. Le apartó a Taliyah un mechón de pelo plateado de la frente. Con aquel leve roce, un color rosado se le extendió por toda la piel.

—Voy a pensar en ti cuando me haya ido —reconoció él—. ¿Vas a pensar tú en mí? —le preguntó.

Ella arrugó la nariz de aquella forma que a él le encantaba.

—Roc, cariño, voy a estar gritando. Por supuesto que pensaré en ti.

Él estuvo a punto de sonreír. No había nadie más valiente ni con tanta resistencia como aquella mujer. Se sintió orgulloso de ella.

Cuando llegó al salón del trono, se sentó y les dio un mensaje a sus hombres, incluidos los que estaban en el reino duplicado.

«Vasili, vigila las murallas del reino duplicado. Ian, tú vigilarás las de este reino. El resto, por favor, acudid al salón del trono ahora».

Los primeros en aparecer fueron Silver y Halo. Después aparecieron Sparrow, el Pacificador; Bleu, el Maestro Espía, y Azar, el Guardián de la Memoria. Roux se materializó en último lugar, con una mirada clara.

¿Podría estar allí el otro fantasma, tal y como sospechaba Taliyah? Por lo que él sabía de los Astra y de los fantasmas, pensaba que no. Sin embargo, entendía pocas cosas de Taliyah y su especie.

Miró a sus hombres. Ninguno de ellos parecía desconcertado por la convocatoria.

Algunos mostraban preocupación o enojo porque temían que se repitiera el pasado, y con razón. La mayoría transmitía un sentimiento de miedo.

A pesar de todo, nadie habló. El honor de iniciar la conversación recaía en el comandante y sus hombres esperaron sus palabras. Él sospechaba que les preocupaba más el asunto de Taliyah que las piedras de Erebus.

Bien.

—Hace mucho tiempo, Solar se negó a sacrificar a su esposa. Todos vosotros fuisteis testigos de mi respuesta.

Se golpeó con el puño el trozo de piel desnuda que había sobre su corazón.

—Yo maté a su novia. También soy el culpable de la muerte del propio Solar. Pero, aun así, ya era demasiado tarde para desactivar la maldición. Fuimos condenados a sufrir la derrota durante quinientos años.

Nadie se movió ni un centímetro.

—Yo quiero estar con Taliyah —anunció—. Si ella me acepta, estaré con ella. En todos los sentidos.

No quería que hubiera ninguna duda sobre el significado de sus palabras.

Al ver que muchos de sus hombres abrían la boca para hablar, él levantó un puño pidiendo silencio. Los guerreros guardaron silencio y él asintió para agradecérselo.

—Sé que, si hago esto, perderemos el arma y la ganará Erebus, tal y como obtuvo la Espada del Destino. Por eso, busco un acuerdo con vosotros primero. A cambio, acepto de buena gana el último rango. No desafiaré al comandante Halo durante quinientos años.

Halo mostró una emoción genuina: el asombro.

—¿Tanto la deseas? —le preguntó.

Si la manera de poseer a Taliyah Skyhawk era pasarse quinientos años de chico de los recados, lo haría.

—Dentro de veinticinco días, ¿cumplirás con tu deber? ¿No dudarás en matar al fantasma?

No pudo responder a aquella pregunta porque no lo sabía. ¿Cómo iba a hacer semejante promesa?

—Siempre haré lo que crea que está bien.

—Pero... ¿esto merece la pena por un fantasma? —le preguntó Silver.

—Por este fantasma, sí.

Taliyah era mucho más de lo que él se había imaginado en su gravita. Competir con el ingenio contra su astuta mente era como una droga. Su voluntad inquebrantable le causaba asombro y hacía que se sintiera humilde. Nunca dejaba de ser consciente de su aroma y su sabor. Y, cada vez que le transmitía calor, se emocionaba. Con solo pensar en ella, él ardía sin poder controlar el fuego. Taliyah había hecho lo imposible. Había puesto de rodillas al comandante más poderoso que existía. Y él estaba dispuesto a aceptarlo.

—Así pues, os pregunto: ¿quién está de acuerdo?

A los dos minutos de haberse negado a que Roc entrara en ella, Taliyah se arrepintió de su decisión y se preguntó si sería capaz de rechazar sus intentos por segunda vez. Su cuerpo le pedía más caricias con un cosquilleo imprudente.

Debería ser mucho más cuidadosa en lo sucesivo. No podía entregarle su virginidad, porque estaría renunciando a todos sus sueños. Sin embargo, se preguntó por qué una General no podía estar con un hombre. ¿Por qué, por qué, por qué?

Se apartó al Astra de la cabeza y se levantó de la cama para entrenarse. Fue a su habitación, se vistió con ropa apropiada para la guerra y tomó sus armas. Desde aquel día en adelante iba a entrenarse sin el anillo un mínimo de tres veces al día. Empezaría con un minuto. Rápido y fácil. Un refuerzo para su seguridad y su confianza.

Con decisión, tomó el cronómetro que había encontrado en la mesilla de noche. Pertenecía a la hermana de la General Nissa, que se había alojado en aquella habitación antes que ella. Iba a conseguirlo. Iba a salvar a todo el mundo. Iba a encontrar la manera de poder estar con Roc, de evitar que la maldición cayera sobre los Astra y de liberar a las arpías. Las tareas se acumulaban, pero lo que estaba en juego era de vital importancia. Además, ¿cuándo se había acobardado ella ante un desafío?

No habría más bodas ni sacrificios. No habría más bendiciones ni maldiciones. Tenía que encontrar la manera de acabar con aquel ciclo. Siempre había una manera y solo había que hallarla.

Mientras caminaba hacia una zona de la habitación despejada de muebles, tenía el estómago encogido. Inhaló y exhaló varias veces y miró el anillo. Activó el cronómetro y... se lo quitó.

De inmediato, los gritos le desgarraron los oídos y el dolor se apoderó de ella. Era un dolor insoportable que le nubló la visión. Tal vez hubiera sido demasiado ambiciosa al intentar aguantar durante un minutos. Cerró los ojos con todas sus fuerzas y se tapó los oídos con las manos. El anillo se le resbaló de entre los dedos.

—¡No!

Cayó de rodillas y palpó el suelo, buscándolo. ¿Dónde estaba? ¿Dónde? Rozó algo frío con un dedo. ¡Allí! Lo agarró y se lo puso, temblando.

Se hizo el silencio y ella se desplomó en el suelo, buscando a ciegas el cronómetro. Treinta y tres segundos. Se echó a llorar de frustración. ¡No era suficiente!

Le dio un puñetazo al suelo. ¿Por qué oía aquellos gritos? ¿Por qué Blythe no? ¿De dónde provenían? ¿De todos los fantasmas que poblaban los distintos mundos, tal y como imaginaba?

Dio un grito y se sentó erguida. «Nunca aceptes la imagen de la derrota», se repitió. De nuevo, puso el cronómetro en marcha. Los fantasmas la habían barrido aquel día; no había tenido ninguna oportunidad contra ellos. Aquel era un resultado intolerable, dado que pronto tendría que luchar contra otros muchos fantasmas. Seguramente, contra el mismo Erebus.

Así pues, iba a quitarse de nuevo el anillo y se mantendría dos minutos sin él.

Se levantó y alzó la barbilla. La esposa del comandante de los Astra era la futura General arpía. Aquellos dos títulos no tenían parangón.

Iba a conseguirlo.

Capítulo 30

La búsqueda de Blythe e Isla fue una decepción. Taliyah observó caras y caras de arpías a través del cristal y vio a mujeres desconocidas y conocidas, pero no a su hermana ni a su sobrina.

Las arpías estaban durmiendo tranquilamente, incluso plácidamente, en los catres que les habían proporcionado los Astra.

Mientras Roc y ella recorrían las calles desiertas de vuelta al palacio, ella vio pasar a una patrulla.

—No te preocupes. Voy a concertar una reunión con Roux —dijo él.

Había estado a su lado todo el día, no para vigilarla, sino para protegerla. La había consolado y la había animado. Y aquel cambio en su trato con ella la dejó aturdida. El monstruo a quien ella había jurado matar se había convertido en ¿su amigo?

—Gracias —dijo.

—Y enviaré a mis espías a registrar Nova con órdenes de no hacerle daño.

—Es una oferta muy amable, pero Blythe verá a tus hombres como enemigos. Habrá una pelea y alguien morirá.

—¿Aunque le lleven un mensaje tuyo?

—Creo que sí —dijo ella.

Roc estaba fantástico aquel día. Él siempre estaba bien, pero en aquel momento no irradiaba animosidad ni malicia, solo satisfacción. A pesar del frío, había decidido ir sin camisa y llevar solo unos pantalones de cuero negros y las botas de combate. Una elección de vestimenta que ella aprobaba con sobresaliente.

En cierto modo, en aquella ocasión, coincidía con él. Ella llevaba una camiseta apenas visible y tenía las alas maravillosamente libres. Se había puesto también unos pantalones negros que iban reforzados con piezas finas y livianas de armadura.

Cuando llegaron al centro del patio, él la tomó de la mano y se detuvo. Allí se encontraba el monumento más famoso de toda Harpina, el Árbol de las Calaveras.

—No tenemos por qué entrar al palacio todavía —le dijo, sorprendiéndola—. Si Blythe está dentro de Roux, está a salvo. Me gustaría saber cosas sobre Harpina. Cuéntame cómo es. Llévame a tus sitios favoritos. Deja que vea el mundo a través de tus ojos.

—¿Como si estuviéramos en una cita, o algo así? —preguntó ella. Nunca había tenido una cita, y concederle la primera a aquel hombre tan ardiente... ¡Sí, por favor!—. Está bien. De acuerdo. Me has convencido.

Él sonrió.

Durante un rato, podían fingir que eran un hombre y una mujer normales y que entre ellos no había maldición ni sacrificio, solo admiración y deseo.

—Has elegido un buen sitio para empezar —le dijo, señalando el árbol.

Era una estructura enorme, más ancha y alta que muchos de los rascacielos del mundo de los mortales, y estaba llena de flores rojas con forma de calaveras. Muchas arpías acudían allí a grabar el nombre de sus enemigos muertos en el tronco. Era una tradición muy querida.

Él se llevó su mano a la boca y le besó los nudillos. A ella le flaquearon las rodillas.

—Háblame de él.

Ella lo soltó, trepó a una de las ramas del árbol y balanceó las piernas.

—Muy pronto —le dijo— estas flores se convertirán en una fruta de sangre.

Se trataba de un cítrico sabroso, con la piel suave y rosada y la pulpa de color carmesí, que servía de medicina para las arpías que ya no podían consumir sangre porque habían perdido a su consorte o...

De repente, se dio cuenta de algo. Las arpías que habían encontrado a su consorte perdían la capacidad de beber sangre de cualquier otra persona. Si lo hacían, vomitaban.

Taliyah había vomitado después de alimentarse del *berserker*. ¿Era porque ya había encontrado a su consorte? ¿Ya solo podía consumir sangre y alma de él?

Se le escapó un jadeo.

—¿Taya? —le preguntó él.

Ella hizo un esfuerzo y se apartó las preocupaciones de la cabeza. Aquel día era su primera cita y no iba a estropearla con suposiciones sobre su compañero para toda la eternidad.

Arrancó una flor y se la lanzó a Roc.

—Erebus y Asclepio masacraron a miles de arpías aquí. El árbol creció del suelo empapado de sangre.

—Una especie de renacimiento —dijo él, mientras olía los pétalos.

Sí. Así era. A ella le gustó que Roc entendiera la importancia que tenía aquel árbol para su gente.

De repente, hubo un soplo de aire caliente y frío a la vez, y él frunció el ceño.

—Tengo que admitir que nunca me he acostumbrado al clima de Harpina.

—Nadie se acostumbra —dijo ella.

En total, había dieciocho estaciones. Invierno, falso otoño, quinto invierno, primera primavera, primavera de la indiferencia, huracán, tornado, tercera primavera, preverano, verano, medio verano, verdadero otoño, postverano, segundo invierno, tercer invierno de otoño, cuarto invierno de primavera, verano final y el día de todas las estaciones, que duraba seis semanas, salvo en agosto y los domingos.

—De niña —dijo ella, dándole golpecitos a una de las ramas— consideraba esto mi lugar para pensar.

Él se interesó.

—¿Y en qué pensaba la pequeña Taliyah?

—Pensaba en salir huyendo.

—¿Por qué?

Ella se encogió de hombros.

—Tenía quince años y acababa de llegar a casa después de una triunfante batalla contra los vampiros. Ellos se habían llevado a algunas de nuestras niñas para alimentarse y nosotros los matamos a todos. Tenía que entregar un trabajo de Historia al día siguiente, así que vine aquí para pensar en un buen tema, cuando, de repente, tuve un ataque de pánico. ¿Así iba a ser siempre mi vida? ¿Matar, perder amigas en la batalla y volver a casa como si no hubiera pasado nada? Eso era lo que se esperaba de una General. En ese momento, el futuro me pareció... demasiado. Y contemplé la posibilidad de salir corriendo a un sitio donde no me conociera nadie y pudiera, sencillamente..., estar.

—¿Y por qué cambiaste de opinión y te quedaste aquí?

—Por mi familia —dijo ella, y subió a una rama más alta—. Tengo hermanas pequeñas. En ese momento, las gemelas tenían cinco años. A los diez iban a enviarlas al campamento de las arpías para que aprendieran a luchar, como hice yo. El líder equivocado lleva a su gente por el camino equivocado. Si les ocurría algo a mis seres queridos porque yo me hubiera negado a cumplir con mi deber y a aceptar mi destino... no me lo habría perdonado nunca.

—Así que ya entonces eras una líder generosa —dijo él—. Pero... ¿estás segura de que tu destino es ser la General?

—Sí —dijo ella. Sin embargo, pensó en la insatisfacción que sentía siempre. ¿A qué se debía?—. Yo nací para gobernar.

«Pero no puedes tener la corona y al hombre. Lo sabes».

—Debía de tener razón, ¿no? —preguntó.

Él, que parecía angustiado, respondió:

—Tú eres la única que conoce la respuesta.

Sí, estaba en lo cierto.

—¿Cómo eras tú cuando tenías quince años?

Roc alzó los brazos y ella saltó desde la rama. Él la tomó por la cintura y la dejó en el suelo, acariciándola y mirándola con los ojos dorados y ardientes.

—Cuando tenía quince años —dijo— estaba entrenándome en un vacío silencioso, oscuro, soñando con el momento en que conociera a mi gravita.

«Y, ahora, la tienes».

Tenía una familia. Una esposa a la que aún tenía que reconocer como tal. Necesitaba reconocer como tal.

La conversación con sus hombres había ido mejor de lo esperado. Todos aceptaban renunciar al premio del arma. Todos, salvo Ian... al principio. El motivo de su hermano lo había dejado asombrado.

«Vas a ser un noveno terrible, Roc. No quiero eso para ti. Pero tampoco quiero que te quedes sin tu gravita. Así que, sí, voy a aceptarlo. Esperemos que no tengas que arrepentirte nunca».

Aunque anhelaba besar a Taliyah bajo el brillo de la luz del sol, se limitó a tomarla de la mano y la llevó hacia las tiendas vacías.

—Me gustaría hablar contigo sobre algo importante, Taliyah.

—Vaya, vaya. Me has llamado por mi nombre completo —dijo ella, mientras caminaban, y le puso una mano en el hombro—. Bueno, ¿qué pasa?

—Tengo que confesarte una cosa. No necesito sacrificar a una mujer virgen, tan solo a mi esposa. Pero, si es virgen, recibo un arma especial además de la bendición. Si mi esposa no es virgen, es Erebus quien la recibe.

Ella apartó la mano y lo fulminó con la mirada.

—No lo dirás en serio. ¿Has estado mintiendo todo este tiempo?

—No a propósito —dijo él, aunque sabía que estaba estropeándolo todo.

Habían llegado al Pozo de los Deseos y él se tomó un momento para reflexionar. Las arpías iban allí a pedir un deseo y tirar una moneda al agua. Algunos deseos se cumplían, pero la mayoría de las arpías recibían una versión deformada de lo que habían pedido. Ninguna sabía lo que le iba a pasar hasta que era demasiado tarde.

—¿Has tirado alguna moneda tú? —le preguntó a Taliyah.

—Una vez. Pedí una espada nueva y me la concedieron. Atravesándome el estómago. Pero no hablemos de eso. No he superado lo de tu confesión. ¿Dejaste que las otras esposas te sedujeran con la esperanza de salvarse de la muerte?

Él se irritó.

—Sí, lo hice, y no pienso sentirme culpable por ello. Antes de la boda les dije que no podía ser seducido. ¿Es culpa mía que decidieran no creerme?

—Podías haberles dicho que el sexo no era la salvación.

—¿Un comandante debe explicar sus pensamientos a sus enemigos?

—¿Eran realmente enemigas, o personas a las que estabas utilizando para conseguir tus fines?

—Si tienen éxito, se quedan con mi ejército. Son enemigas.

Ella tartamudeó y, al final, lo señaló con un dedo.

—Detesto que tengas razón.

Él se calmó.

—Está claro que nunca te voy a entender, ¿verdad?

—Probablemente, no —dijo ella, y suspiró—. ¿Por qué me estás diciendo todo esto? Soy tu enemiga, ¿no?

—Sabes que tú eres mucho más que eso. Sabes que te deseo —respondió él, con la voz enronquecida—. Quiero estar contigo. Te anhelo más de lo que nunca haya anhelado a nadie, a nada. Necesito salvarte, si existe la manera. Deseo salvarte con todas mis fuerzas. Estoy dispuesto a renunciar al arma por ti. Te deseo solo a ti.

Ella lo miró, ya sin ira, con los ojos tan abiertos como el mar.

—¿Mi virginidad y mi futuro a cambio de un arma?

—No, no es eso... Vaya, estoy enredando esto más de lo que me imaginaba.

—Te equivocas. La verdad es la que lo está enredando todo. Supongo que debería sentirme halagada. Tú deseas, anhelas y necesitas a un fantasma repugnante.

—Tú no eres repugnante —dijo él—. El problema nunca has sido tú. Siempre he sido yo.

Ella se suavizó.

—Reconozco que yo también te deseo, ¿de acuerdo? ¿Te hace feliz? Pero... no voy a renunciar a mis sueños. Seré la General.

—De eso no tengo duda.

Ella se sintió satisfecha con aquella muestra de confianza. Lo tomó del brazo y se estrechó contra su costado, empapándose de su calor. Comenzaron a caminar de nuevo.

—¿Cómo voy a poder estar contigo y, al mismo tiempo, llegar a ser General? Todas las demás tuvieron la fuerza necesaria para decirles que no a los hombres a los que deseaban.

—No es verdad. Vuestra General Nissa no era virgen.

—Tú no tienes forma de saber eso..., a menos que tengas otra cosa que confesar, Roc.

—No —respondió él, con timidez—. Se acostó varias veces con Ian. Él se acercó a ella antes de nuestra invasión. Y entonces no era virgen.

—Nissa e Ian... De repente, mi mundo se ha vuelto patas arriba. Pero esto solo sirve para que me reafirme en mi opinión: las Generales deben mantenerse apartadas de los hombres guapos.

—Un amigo tiene las mismas probabilidades de traicionar a una General que un amante.

—¡Arg! Lo digo en serio, Roc. Deja de ser tan lógico. No pongas las tradiciones en tela de juicio.

—¿Y si hay tradiciones que no tienen ninguna base? ¿Cuál es el propósito de que la General sea virgen?

—La General entrega su cuerpo a su gente —dijo ella, refunfuñando.

—Yo me entrego a mis hombres sin negar las necesidades de mi cuerpo. ¿Por qué no puedes hacerlo tú? ¿Por qué no puede haber una nueva estirpe de Generales? ¿Un régimen nuevo, con leyes modernas?

Ella le clavó las garras en el brazo.

—¿Debería arriesgarlo todo por el hombre que va a matarme dentro de veinticuatro días? Tienes planeado matarme si no encuentras la manera de salvar a tus hombres. ¿O vas a negarlo?

—Voy a hacer todo lo que esté en mi mano por salvar a todo el mundo —dijo él, con desesperación—. No voy a cejar hasta que haya encontrado un modo.

—Yo... necesito pensar en todo esto —dijo ella—. Es una mierda, ¿sabes? Yo estoy sacrificando mis sueños. Tú estás renunciando a una tontería de arma.

No iba a contarle lo que había acordado con los demás. No quería añadir aquella presión para ella.

Entraron a una parte de la ciudad llamada el Distrito de la Luz Verde. Allí había karaokes, salones de masaje en los que las arpías daban puñetazos a sus clientes... La versión arpía de un momento relajante.

Al tomar una esquina, él sintió un frío helador en los brazos y soltó una maldición. Fantasmas.

Sacó su daga de tres hojas. Taliyah también tomó sus dagas. Los dos se detuvieron. Al final de la calle había un grupo de unos cincuenta fantasmas. Todos eran mujeres vestidas de viuda y con un collar de piedra de abeto que impedía al Astra que se teletransportara.

Los fantasmas canturreaban:

—Ve a la ciudad, camina, díselo a la chica. Ve a la ciudad, camina, díselo a la chica.

Así pues, Erebus le estaba enviando un mensaje a Taliyah. ¿Cuál sería? Seguramente, algo que solo podía causar más tristeza.

Taliyah dio un salto hacia delante antes de que él tuviera oportunidad de moverse y dio el primer golpe, directo al corazón. El fantasma se desplomó y ella giró sobre sí misma, sin dejar de apuñalar. Un segundo fantasma cayó al suelo y comenzó a evaporarse.

Los demás sintieron su presencia y se detuvieron. Se quedaron en silencio y giraron hacia ella.

—¿De verdad vas a abandonar tus sueños por un hombre que quiere matarte, Taliyah Skyhawk? —preguntaron, al unísono.

«Odio a Erebus. Odio la Espada del Destino».

Los fantasmas, dispuestos a alimentarse, atacaron. Taliyah evitó sus intentos de atraparla y siguió golpeando y apuñalando. Se colocó detrás de un fantasma.

Él frunció el ceño. ¿Por qué hacía algo así?

—Creo que son fantasmas —gritó ella—. Me parece ver alas debajo de los vestidos.

Se desvaneció en forma de niebla para escapar de las manos de los fantasmas. Reapareció en un abrir y cerrar de ojos detrás del fantasma más alejado de todos y le rasgó la tela del vestido por la espalda.

Se quedó inmóvil y jadeó. Dos de los fantasmas se le acercaron y ella les permitió que la tocaran. A causa de sus orígenes, había dejado a un lado la lucha.

—¡Son arpías! Vamos a capturarlas y confinarlas —gritó.

—Nunca me digas que no hago nada por ti, esposa mía —refunfuñó él, y siguió adelante.

Capítulo 31

Pasaron diez días y, para sorpresa y agradecimiento de Taliyah, Roc cumplió su palabra y le permitió que se reuniera con Roux. Aunque lo abofeteó, lo interrogó y gritó llamando a Blythe, su hermana no había hecho ningún intento por comunicarse. Tal vez no estuviera allí.

Después, se había retirado al dormitorio y había caído en los brazos de Roc, olvidándose así de su decepción durante un rato. Él nunca la había presionado para que mantuvieran relaciones sexuales. Mientras esperaba a que ella tomara una decisión, hora tras hora, día tras día, no volvió a mencionar aquella posibilidad. Sin embargo, su humor había empeorado mientras esperaba...

Al principio, todo iba bien. Se levantaban y se bañaban juntos. Él le preguntaba si quería alimentarse y, cuando ella rehusaba, él hacía un mohín, pero no decía nada. Se vestían y cada uno se iba a ocuparse de sus respectivas tareas. Por las noches, cuando volvían a reunirse, se comportaban como amantes que llevaran mucho tiempo separados. Los orgasmos abundaban.

Durante aquellos diez días, él también trabajó en el altar. Ella entendía que tuviera que hacerlo, porque, cuando llegara el momento, debía tener lugar un sacrificio, pero también albergaba resentimientos contra su trabajo y, de igual manera, su humor empeoró.

Él había cumplido su promesa y había enviado a sus mejores espías a investigar sacrificios, posibles vías de escape, bendiciones y maldiciones. Había salido de Harpina para reunirse con otros dioses. Había pedido favores y había seguido todas las pistas posibles. Incluso había solicitado una reunión con Chaos.

El dios no había respondido todavía. Taliyah también había solicitado una reunión con él, ¿por qué no? Pero Chaos la había ignorado igualmente.

Ella se pasaba el día en la biblioteca, haciendo su propia investigación. Se concentró en los mismos temas que los espías, pero también añadió a Chaos, a Erebus y a su hermano gemelo, a los fantasmas, a los Astra y las tradiciones de las arpías. No sirvió de nada. Hasta el momento, no había hecho ningún progreso.

Aun así, devoraba cada pieza de información nueva como si fuera un alma grande y jugosa. Y, sí, bueno, era posible que volviera a tener un poco de hambre. Nada grave todavía. Algunas punzadas menores en el estómago. Aquella mañana, en la ducha, había estado a punto de pedirle a Roc que se la mitigara un poco, pero cambió rápidamente de opinión.

Él se había despertado con una gran erección y una actitud oscura.

—Hoy necesito matar a alguien —dijo, mientras se vestía.

—Puedo darte una lista de candidatos —le dijo ella.

—Si Hades no está en el primer puesto, no te molestes —gruñó él.

Algo muy dulce por su parte, ¿no? Hasta que añadió:

—¿Por qué es tan difícil tener una gravita?

¿Acaso pensaba que estaba mejor sin ella?

Por su parte, si Roc era su consorte, tal vez siguiera el ejemplo de Blythe y renunciara a sus sueños. Era toda una tentación.

¿Elegir el placer efímero en vez de un sueño futuro? ¡No! ¿Y si Roc tenía razón y podían tenerlo todo? Él, libre de la maldición. Ella, dirigiendo un gobierno moderno y nuevo en su puesto de General.

Pero ¿y si no podían? No estaban más cerca de hallar una solución.

En resumen: Roc y ella no tenían forma de estar juntos. Si él le perdonaba la vida, los dos estarían condenados. Si no se la perdonaba, también. Si ella se salvaba a sí misma, estaban condenados. Si no se salvaba, también. Y sin embargo...

Seguía deseándolo con todas sus fuerzas. Y su sentimiento de insatisfacción se había intensificado de manera casi insoportable. Se sentía vacía.

Cada vez estaba más tentada a permitir que la poseyera. Sin embargo, ¿cómo iba a hacer algo así? Su gente la necesitaba más que nunca.

Nissa le había mentido a todo el mundo. ¿Qué otras generales habrían hecho lo mismo? Taliyah se juró que nunca mentiría a las arpías. No iba a sacrificar la felicidad de todo un pueblo con tal de conseguir la suya.

¿Qué otra aspirante al puesto de General podía decir lo mismo?

No obstante...

Negarle a Roc lo que anhelaba, y negarse a sí misma lo que anhelaba, ¿no era admitir la derrota?

Con un gruñido de disgusto, cerró el libro que tenía entre las manos y se puso de pie. Se dirigió a las mazmorras para visitar a las arpías y a los fantasmas.

Roc y ella habían conseguido acorralar a los fantasmas, aunque habían terminado completamente exhaustos. En aquel momento, todas las criaturas llevaban esposas, como le había sucedido a ella hacía unos días, para impedir que se desencarnaran.

Al pasar, los fantasmas trataron de alcanzarla sacando los brazos por los barrotes, puesto que, una vez que habían entregado su mensaje, estaban ávidos por alimentarse.

Roux estaba de guardia, vigilando la mazmorra, y ella lo miró por si encontraba en su semblante alguna señal de la posesión de Blythe..., pero no fue así.

¿Dónde había ido su hermana?

Él no dijo nada. Ella, tampoco.

Ella se dio la vuelta y se centró en una de las nuevas cautivas. La reconoció por los dibujos de los libros de Historia. Era una guerrera llamada Dove que había luchado junto a Tabitha Skyhawk y había muerto a manos de Erebus.

Otro de los proyectos de investigación que tenía pendientes: encontrar la manera de recuperar a aquellos fantasmas. Si su padre había destruido a aquellas arpías, tal vez ella, su hija, pudiera remendarlas.

—Hola —le dijo, amablemente. Como siempre, el fantasma no le hizo caso—. Me gustaría ayudarte. Pronto, Roc cederá y podrás alimentarte de inmortales.

Era cierto. Hasta aquel momento, él se había negado porque no estaba dispuesto a proporcionarle fuerzas adicionales a nadie que estuviera bajo el control de Erebus, lo cual era comprensible. De todos modos, ella seguiría presionándolo.

Miró al fantasma, pero no percibió ningún destello de inteligencia en los ojos lechosos de Dove.

—Taliyah —le dijo Athena, una de las arpías—. Exigimos hablar con tu gerente. Nuestras nuevas vecinas son asquerosas.

—Estoy trabajando en ello —prometió.

También era cierto. Las arpías podían ayudar a Roc en su guerra si él se lo permitía. Ella había abordado el tema en dos ocasiones, pero él aún no se había ablandado.

—Si crees que puedes arreglar a estos fantasmas —le dijo Roux—, estás confundida.

Ella sabía que sus palabras tenían un doble significado. «Tampoco puedes arreglarte a ti misma».

—Roux —respondió ella, mirándolo por encima del hombro—. Yo no apostaría en contra de mí. He domesticado al comandante de los Astra. Puedo hacer cualquier cosa.

Se alejó con calma, dejando furioso al guerrero.

¿De veras creía eso? Sí. Tenía que creerlo, porque la alternativa era insoportable.

Fue a la habitación principal y se asomó al balcón para observar a Roc. Soplaba un viento frío y se echó a temblar. El cielo estaba gris plomizo y se avecinaba otra tormenta. El aire estaba cargado de energía mientras él cincelaba con un ritmo furioso. Parecía que estaba abrumado por la frustración, la tensión y la ira y que apenas podía ejercer el control sobre sí mismo.

Los escalones ya estaban completos y la plataforma, colocada. Solo quedaba el altar. Él ya había reparado las grietas que había causado en medio de la anhilla. Vaya. ¿Tal vez, en el fondo, su parte más primitiva consideraba que el meteorito era un enemigo?

Hubo un relámpago y, por un momento, Roc apareció como un hombre que batallaba con sus demonios. A ella se le aceleró el corazón y lo deseó más que nunca. Siempre lo deseaba. Pero...

Pero ¿qué? «Nunca aceptes la imagen de la derrota».

¿Por qué no podía tener todo lo que quería? Tenía que haber una solución para sus problemas. Si se esforzaba lo suficiente, podría formar un nuevo ejército de arpías. Solo tenía que intentar algo diferente y podría dirigir su propio ejército y tener a su propio hombre. Su... consorte.

La verdad se infiltró en todas las células de su cuerpo. Roc Phaeton era su consorte, su hombre, y se estaba enamorando de él. Y, con solo pensarlo, con solo admitirlo, la satisfacción empezó a arraigar en ella. Fue aumentando y se filtró por todas las grietas, llenándolas y reparándolas.

Aquel era su camino. Nunca había estado tan segura de nada.

Roc y ella solo estarían condenados si no permanecían juntos.

Hubo otro rayo y Roc dejó de labrar la piedra. Apoyó la cabeza en las manos con desesperación. Él la necesitaba tanto como ella a él. Iba a tenerlo todo.

La decisión estaba tomada.

No tenía que preocuparse por un posible embarazo. Las arpías solo eran fértiles en ciertas temporadas. Solo quedaba un obstáculo. ¿Cuándo iba a contarle la verdad sobre Erebus? ¿Antes o después? El hombre a quien había llegado a admirar tanto no iba a culparla por su ascendencia. No, no podía hacerlo. Y, de todos modos, se merecía saberlo antes de que dieran el paso final.

¿Por qué esperar?

A pesar de la aprensión que sentía, se apartó de la barandilla, se dejó caer al suelo y cayó en cuclillas. Había llegado el momento.

Como siempre, Roc sintió la presencia de Taliyah. Siempre la deseaba y la necesitaba, y se odiaba a sí mismo por ello. Había hecho mal en pedirle que renunciara a sus sueños. Sobre todo porque no había encontrado la forma de evitar la maldición. De escapar de aquella pesadilla.

Cuanto más tiempo pasaba con ella, más le gustaba. Y cuanto más le gustaba, más desesperante le resultaba la situación. Y solo él tenía la culpa.

Qué seguro se había mostrado ante Chaos.

«La mataré».

¿Cómo iba a poder matarla?

Se mantuvo de espaldas a ella y le dijo:

—No es buen momento, Taliyah.

—No me importa —respondió ella—. Estoy dispuesta a aceptarte. Por completo. Me he cansado de esperar.

Roc se giró bruscamente y, a la luz de un relámpago, vio a la arpía cuyos ojos eran como el mar.

—¿Por completo?

—Sí —dijo ella—. Pero tú... también tienes que aceptarme por completo. Yo... quiero contarte cuál es mi verdadero vínculo con Erebus.

—Puedes decírmelo —le aseguró él. Fuera cual fuera, no le importaría—. Dímelo.

—Erebus es mi padre. Él poseyó a su hermano y los dos estuvieron con mi madre. Los dos son mis padres. Es complicado. La realidad es complicada, pero verdadera.

—Posesión —dijo él, asintiendo.

Debería habérselo imaginado. Aquellos hermanos siempre habían estado unidos. Pero aquello significaba que... Chaos había sacrificado voluntariamente a su propia nieta. Y, si el dios había sido capaz de hacerle algo así a Taliyah, ¿qué les haría a los Astra?

—Te prometo que yo no trabajo con él —le aseguró ella, rápidamente—. Solo he hablado una vez con él, y tú sabes de qué.

—Confío en ti, Taliyah. Nosotros no somos nuestros padres. Yo desprecio a los míos.

—Entonces —dijo ella, mirándolo con timidez—, ¿todavía quieres estar conmigo?

—Más que ninguna otra cosa —dijo él. Dio un paso hacia ella, pero se detuvo—. Pero ¿y tu sueño? No debería haberte pedido esto. Ya he tomado demasiado de ti. No puedo quitarte también esto.

—No me lo estás quitando. Yo te lo estoy dando. Y voy a ser la General de las Arpías. He decidido que puedo acostarme con quien quiera.

A él se le hinchó el pecho de alegría y orgullo. Era una mujer magnífica.

Se acercó a ella y la besó.

Pero ¿qué...?

Roc había dejado que su bestia saliera de su jaula mental y a Taliyah le encantó. Al principio, se quedó asombrada mientras él la besaba con frenesí, pero, a la luz de los relámpagos, bajo el estruendo de los truenos, rápidamente se entregó al beso. Se devoraron el uno al otro. Cuando cayeron las primeras gotas de lluvia, ella perdió el control.

Le clavó las garras de una mano en el cuero cabelludo y, con la otra mano, le abrió el pantalón y tomó su miembro erecto. Él dio un silbido. Ella gimió.

—Llevo demasiado tiempo sin ti —dijo Roc, y la teletransportó a su habitación.

Siguió besándola con dureza mientras le acariciaba los pechos. Bajo la tela de su camiseta, los pezones se le endurecieron y ella notó un arco de placer desde el *piercing* a su sexo.

—¡Roc!

Él le rasgó la camiseta y le quitó la falda. Se puso de rodillas para admirarla desnuda ante él y se acarició a sí mismo con languidez.

Ella no pudo contener un gemido.

—¿Es esto lo que deseas?

—Hasta el último centímetro.

—Nunca tuve una esposa más bella. Y eres mía. Para siempre.

Se inclinó sobre ella y pasó la lengua por encima de la pieza de metal. Mientras ella gimoteaba y se retorcía, él deslizó la mano por el interior de su muslo.

Cuando penetró en su cuerpo con dos dedos, lentamente, ella estuvo a punto de llegar al orgasmo. Él le apretó el clítoris con la yema del dedo pulgar, con más fuerza.

Otro jadeo. El placer que le estaba proporcionando... A ella se le cerró la mente hasta que solo permaneció un pensamiento: Más.

—Más, más, más.

Él succionó el *piercing* con fuerza. Aquella sensación constante y las caricias y penetraciones de sus dedos la llevaron al límite cada vez más rápidamente, hasta que...

A Taliyah se le arqueó el cuerpo cuando la atravesó un clímax violento y rápido. Sin embargo, se disipó con tanta rapidez como había llegado. Cayó de las alturas y su necesidad resurgió y se redobló. Ella no tenía ningún control.

Llevó su boca hacia la de Roc y sus lenguas se entrelazaron en una maraña salvaje. La tormenta seguía rugiendo y las gotas de lluvia golpeaban contra los cristales del balcón. En medio del resplandor de los relámpagos, su consorte levantó la cabeza. Tenía las pupilas hirviendo de lujuria.

—Te deseaba —dijo—. Te gané.

Se puso en pie, se despojó de las armas y se desnudó.

—Ahora vas a ser mía.

Era un hombre glorioso. No tenía comparación con ningún otro. Un verdadero dios.

Él volvió a la cama y se colocó entre sus piernas con una expresión tan intensa que ella jadeó de nuevo. Los alevala se quedaron inmóviles en su piel.

Él sonrió.

—Ahora, empezamos.

«¿Empezamos?», se preguntó Taliyah, y se echó a temblar.

Roc no tuvo piedad. Beso y lamió hasta el último centímetro de su ser, abrasándola con la boca. Cada vez que ella se acercaba a un segundo orgasmo, él detenía lo que estuviera haciendo y seleccionaba otra parte de su cuerpo para atormentarla. Ella jadeó y se retorció, y murmuró palabras incoherentes.

—Me encanta cómo se calienta tu cuerpo por mí —dijo él.

Ella movió la cabeza. Estaba anegada en sensaciones y su cuerpo vibraba.

—Dame lo que quiero. Dámelo... ¡Ahora, Roc!

—¿De verdad lo quieres, Taya? ¿Estamos juntos en esto?

—Sí..., juntos —dijo ella, y le hundió las garras en el hombro—. Hazlo.

De un ligero empujón, él entró en su cuerpo. Ella notó una pequeña punzada de dolor y la promesa del placer, pero él no continuó. La dejó en suspenso, jadeante.

—Más —le exigió.

—Siempre te daré más. Pero... concédeme un minuto —le pidió él—. No quiero hacerte daño.

—Me está doliendo que no sigas —dijo ella.

Se onduló y capturó otros centímetros de su miembro. La punzada se intensificó, pero a ella no le importó. Necesitaba que su consorte entrara en ella con firmeza. Él no era el único que estaba estableciendo un vínculo.

—Dame más. Todo. Puedo con ello.

Él alzó la cabeza y la miró. Sus ojos eran como dos estrellas.

—Es porque ya te he causado demasiado dolor. Quiero que esto sea bueno para ti.

—¡Roc! Deja eso ya, ¿de acuerdo?

Con el siguiente movimiento, el sexo de Taliyah se contrajo y lo atrapó. Con determinación, ella le pasó una pierna por la cintura y lo estrechó contra sí, y él terminó de hundirse por completo.

A Roc se le escapó un silbido. Se mantuvo inmóvil mientras ella se adaptaba a su invasión. Él estaba sudando.

—Ahora eres mía.

—Y tú eres mío. Dame más, Roc, o yo misma lo tomaré —dijo ella, y movió las caderas, probando las nuevas sensaciones—. Oh, oh.

Al siguiente giro...

Él la agarró por las caderas y la sujetó contra el colchón. Después... embistió.

¡Éxtasis! A ella se le escapó un maullido. Otra embestida. Ella gritó. Otra. Cada vez más fuerte. La presión era cada vez más intensa y la dicha, cada vez más indescriptible.

—Cerca..., estoy muy cerca... —gimió.

A la siguiente acometida, él le pellizcó el *piercing* y la lanzó a una nueva cima. El tormento se transformó en un clímax que se desbordó a través de ella.

Mientras sus paredes internas se contraían alrededor de su miembro, él siguió acometiendo con dureza, con fuerza. Cada vez más rápido.

—Todavía no has terminado, esposa mía.

Justo cuando sus espasmos terminaron, el malvado guerrero le mordió el labio inferior y pasó el pulgar por su clítoris.

—Más —le ordenó ella.

—Nunca dejaré de darte más —dijo él—. Ahora, bebe de mí, esposa. Todo lo que necesites.

Ella solo dudó un instante. Metió la lengua dentro de su boca y succionó, y atrajo un hilo de su alma. El calor que había experimentado antes no era nada. Ni el poder. La energía de Roc la golpeó con toda su fuerza e hizo que estallara en el orgasmo más frenético de su vida. Se onduló salvajemente bajo él.

—Eres... Estás...

Roc gritó con tanta fuerza como para sacudir el palacio entero, llenándola acometida tras acometida y...

—¡Sí!

El calor, el poder y la embriaguez la aturdieron. Detrás de los párpados todo se le inundó de luz, una luz que la cegó ante cualquier otra cosa. Nunca había conocido una satisfacción igual.

Cuando él se desplomó sobre ella y rodó hacia un lado, saliendo de su cuerpo, la luz permaneció, intentando llevársela...

¡No! Se esforzó por seguir despierta. No quería perderse ni un segundo de aquellas sensaciones. No quería que terminaran...

Roc gruñó. La agarró y se la colocó sobre el pecho, y le besó la coronilla. Estaba jadeando. Apenas podía respirar.

«Yo he logrado esto. He dejado exhausto al comandante de los Astra».

Quería verlo. La luz...

—Duérmete, Taya.

¿Cómo podría ella negarle algo? Ni siquiera aquello...

—Solo voy a echar una siestecita, ¿de acuerdo? —murmuró ella, y dejó que la luz se la llevara.

Capítulo 32

Roc se sintió inundado por diferentes emociones. La primera, asombro. ¿Había ocurrido aquello de verdad? ¿Había marcado a Taliyah, la había convertido en suya, le había entregado a Erebus un arma que podía utilizar contra sus hombres y contra él? La arpía se había quedado dormida sobre él confiando en que la protegería, aceptándolo así como consorte. Brillaba más que el sol porque él la había alimentado de su alma cuando estaba llena de placer y poder.

Sonrió con orgullo. Se había ganado muchos títulos, pero aquel, el de consorte, era su favorito.

Para su sorpresa, le había encantado alimentar a su fantasma. Calentarla desde su interior. Compartir su fuerza. El hecho de saber que una parte de sí mismo fluía en ella en aquel momento... «Quiero sentir esto todos los días, para toda la eternidad».

Pensaba que iba a sentir debilidad y frío cuando Taliyah succionara su alma. Era la primera vez que se alimentaba verdaderamente de su consorte. Sin embargo, solo había experimentado deleite, como si ella lo acariciara por completo, todo a la vez. No era nada parecido a la forma de alimentarse típica de los fantasmas. ¿Era a causa de su ascendencia? Tal vez

Erebus y su hermano hubieran transformado a los otros fantasmas para que consumieran las almas con negligencia, tan solo para infligirles más daño a los Astra...

«Lo odio», pensó.

Erebus tenía que morir pronto. Él tenía que evitar la maldición. Tenía que salvar a Taliyah. No le extrañaba que Solar hubiera luchado tanto por salvar a su gravita.

Él abrazó con fuerza a Taliyah. Merecía la pena morir por ella.

Se frotó el pecho, sobre el corazón, y miró al techo con un extraño deseo. Tal vez quisiera mostrarle a Taliyah lo que le había hecho a Solar. Ella le había confiado sus secretos y él la amaba más por ello. ¿No debería tener el valor de hacer lo mismo? Eso era lo que hacía la familia. Se confiaban sus secretos y se apoyaban.

Al pensar en la familia, apretó los puños. Chaos le debía algunas explicaciones. Le debía a Taliyah. ¿Por qué no había protegido el dios a su preciosa nieta?

Él la besó y se levantó con una sonrisa para darse una ducha. Cuando terminó, tomó las cosas necesarias para limpiar también a Taliyah. Después, aunque tenía muchas cosas que hacer, no pudo resistir la tentación de meterse entre las sábanas con ella y abrazarla de nuevo. Ella se acurrucó contra él y le clavó las garras en el pecho para que no volviera a marcharse.

Su arpía quería lo que quería cuando lo quería. No había una mujer más perfecta.

Mientras le acariciaba el pelo, notó que le ardía la marca de la nuca y se puso tenso. ¿Un llamamiento real en aquel momento, precisamente, cuando tenía a su gravita cálida y saciada entre sus brazos? ¿Después de diez días de ninguneo? Profirió una maldición en silencio.

Por telepatía, le ordenó a Halo que la protegiera y dejó que Chaos tirara de sus ataduras de energía para atraerlo a través de todos los reinos. Cuando se detuvo, se vio en un salón del trono desconocido para él... Era completamente de oro, desde el techo al suelo. Todas las paredes eran de oro, y Chaos estaba sentado en un trono de oro. Llevaba una túnica negra.

Roc tuvo que obligarse a inclinar la cabeza en señal de respeto.

Chaos no dijo nada. ¿Estaba poniendo a prueba su lealtad? Él esperó. Los minutos fueron pasando.

Por fin, llegó el saludo.

—Vienes con muchos problemas. Y, sobre todo, con una gran decepción hacia mí.

—Taliyah Skyhawk es tu nieta.

—Eso no es nuevo para mí.

Él se puso furioso.

—Dejaste que me casara con ella. Sabías que es de tu familia, que está bajo tu autoridad y tu protección, pero no hiciste nada por salvarla. ¿Por qué?

Roc sabía que no podía cuestionar a nadie de rango superior, pero lo hizo de todos modos. No le importaba que lo castigaran por sus actos.

El dios no apartó la vista de él. En silencio, movió los dedos y, a los pocos segundos, Aurora y Twila aparecieron de la nada en el estrado. Se colocaron cada una a un lado del trono; las dos tenían una expresión seria, de preocupación, y llevaban vestidos vaporosos.

Si Chaos les hacía daño...

—Ya hemos hablado de esto —dijo el dios, mientras se recostaba en el trono—. Cuando se te preguntó si elegirías a tu gravita por delante de tus hombres, respondiste que no. Tú lo hiciste, no yo.

Él se sintió inmensamente culpable.

—Sí, lo hice. Pero ya no soy ese hombre. Tú eres su abuelo, y siempre lo serás.

—Sí.

—¿No hay forma de parar esto? ¿No hay forma de salvar a Taliyah y a mis hombres?

—Lo que se ha hecho hecho está, y no puede deshacerse. Lo sabes. Si ella muere, no volverá nunca. Si ella vive, tus hombres morirán.

No. Tenía que haber una forma distinta de hacer las cosas.

—Permite que yo ocupe su lugar.

—Una vez, Solar hizo la misma petición. Te diré lo mismo que a él: puedes morir en vez de ella, si quieres, pero tus hombres sufrirán la maldición.

—¡Libérame de esto! La bendición se ha convertido en mi maldición.

—Crees que soy el único que te obliga. ¿Atravesé yo la puerta? ¿Permití que las cosas siguieran así sin un cambio? ¿He fracasado a la hora de ascender en algún momento?

Cada una de aquellas preguntas fue como una puñalada para él.

—No puedo permitir que muera. Y no puedo hacerles daño a mis hombres.

—Sin embargo, debes hacer una cosa o la otra.

A menos que ascendiera. Cosa que no podía hacer si no llevaba a cabo el sacrificio. Pero ¿cómo iba a matar a alguien a quien adoraba? ¿A la llave de su felicidad?

—Ah. Ahora ves el quid de tu dilema. Antes nunca habías ofrecido un sacrificio de verdad. Mataste a tus esposas, pero no sufriste por ello. Para ascender, debes sufrir como nunca... y superarlo. Con el dolor llega la debilidad o el poder. La elección es tuya.

—¿Y tú? ¿Sufrirás si ella muere? ¿Y si muere tu Astra?

Chaos ladeó la cabeza. Su expresión no cambió.

—Nunca dudes que te quiero.

—Pues ayúdame a salvarla. El amor, sin actos, no significa nada.

Hubo una pausa larga, llena de tensión.

—Todos debemos hacer sacrificios, Roc.

Aquellas palabras reverberaron en el espacio que había entre ellos cuando él se dio cuenta de algo que desarmó todo lo que admiraba sobre aquel hombre. Se tambaleó hacia atrás.

—Estás buscando tu propia ascensión.

En los ojos oscuros del dios se reflejó la decepción.

—Si no estás acumulando poder, lo estás perdiendo. Eso te lo enseñé. Sí, quiero otra ascensión. Deberías haberte dado cuenta hace mucho tiempo.

Él se sintió traicionado, y el golpe fue tan grande que estuvo a punto de caer al suelo.

—Yo voy a ser tu sacrificio.

—En parte. O te pierdo a ti o pierdo a la arpía.

—¿Y sufrirás? —le preguntó, con un rugido.

No pensó en lo que hacía. Simplemente, corrió por el salón del trono. La sangre iba a derramarse.

—¡No! —exclamó Twila.

Él, que llevaba tanto tiempo sin oír su voz, se detuvo en seco y la miró. Era una mujer diminuta y bella que se parecía mucho a Ian. Transmitía una enorme tristeza, la misma que reflejaba su semblante la noche en que sus padres la vendieron.

A ella se le cayó una lágrima por la mejilla y él perdió la poca calma que le quedaba.

—En este momento estás envuelto en una guerra, hermano. No empieces otra.

Aurora dio un paso adelante.

—La esposa a la que yo conocí no necesita que la salves. Necesita que la ames. Así pues, ve. Ámala mientras puedas.

¿Mientras pudiera?

Él volvió a concentrarse en Chaos y dio otro paso hacia delante, pero la sala se desvaneció a su alrededor y cayó a otro reino, y a otro, y a otro... de vuelta hacia Taliyah. ¿Y hacia la derrota?

Las pesadillas acechaban a Taliyah. Al principio, flotó en medio de la luz, pero la oscuridad llegó muy pronto. Aunque no podía ver nada, sabía que estaba en medio de un ejército, una entre mil, empujada por todos lados. Gritos y gritos. Los mismos gritos que oía cuando se quitaba el anillo, y los proferían las mujeres que estaban a su alrededor..., pero que no emitían ni un sonido. Todo era incongruente.

«¿Qué estoy viendo? ¿Qué es esto?».

Aunque no supiera quiénes eran, necesitaban su ayuda. Notaba su desesperación como si fuera un ácido sobre la piel.

—Estoy aquí, Taya. Estoy aquí. No voy a volver a dejarte sola. Descansa. Estás a salvo.

Sí, a salvo. La voz de Roc ahuyentó la oscuridad. Volvió la luz y ella suspiró plácidamente.

Minutos, o días, más tarde, se despertó lentamente y se estiró. Había sido el sueño más increíble de su vida. Iba a deleitarse con todas aquellas sensaciones cuando notó unas vibraciones agresivas...

Al recordar la pesadilla, se incorporó de golpe. Estaba en el dormitorio principal. ¿De dónde salía toda aquella luz?

—¿Roc?

—Estoy aquí —dijo él.

Estaba sentado en una butaca frente a la chimenea apagada. Su imagen estuvo a punto de romperle el alma.

Roc llevaba una camisa y unos pantalones negros, pero iba descalzo. Y estaba hundido, como si hubieran muerto todos sus conocidos a la vez. ¿Qué había ocurrido mientras ella dormía?

Se levantó de golpe y fue hacia él.

—¿Qué te pasa? ¡Dímelo!

Sin alzar la cabeza, él la abrazó con fuerza. Su enorme y poderoso Astra estaba temblando.

Y ella sintió pánico.

—¿Roc? Empieza a hablar antes de que me ponga histérica.

—No puedo perderte —respondió él, y la miró—. No voy a perderte.

¿Era el miedo a perderla lo que le había dejado en aquel estado? Al darse cuenta, ella se calmó.

—No vas a perderme, cariño. Sé que hay alguna forma de arreglar esta situación. A lo mejor puedes matarme sin convertirme en cenizas y, después de haber llevado a cabo el sacrificio, yo puedo resucitar. A lo mejor Chaos conoce la manera de lograrlo. No deberíamos temer nada hasta que nos hayamos reunido con él.

—No —dijo él, con la voz ronca—. Chaos no nos va a ayudar.

Oooh. Entonces, ya había tenido la reunión y no había ido bien.

Él la envolvió en una manta que había sobre el respaldo de la silla y volvió a tomarla entre sus brazos. Y ella se derritió contra él.

—Dime lo que ha pasado con Chaos —le pidió.

Y, al ver la luz que se filtraba por las cortinas, suspiró. Otro amanecer significaba otro día más. Ya solo les quedaban trece.

—Él... me ha traicionado —dijo Roc—. Nos ha traicionado a los dos. Nosotros vamos a ser su sacrificio para que él pueda ascender.

Ella se estremeció.

—Roc, lo siento mucho. De veras.

Para ella, la traición por parte de su abuelo también era terrible, pero no conocía al dios. Sin embargo, Roc quería y admiraba a Chaos.

—Pensaba que nos quería, pero estaba haciendo con nosotros lo que yo hacía con mis esposas. Estoy cosechando lo que he sembrado —dijo él, con amargura—. ¿Cómo puedo arreglarlo, Taliyah? He pensado en todo, pero no tengo la solución.

—Vamos a conseguirlo, Roc. Vamos a hacer que nos las pague. Y vamos a tener una vida muy buena los dos juntos. No me voy a conformar con menos.

Él la estrechó entre sus brazos.

—¿Cómo puedes querer compartir tu vida con el hombre que pensaba matarte?

—Para empezar, todavía no he conocido a ningún hombre que no quiera matarme.

A él se le escapó una carcajada. Después, tomó aire bruscamente, como si le resultara increíble el hecho de sentir la más mínima diversión.

—Quiero enseñarte el alevala. El que me quito todos los días —dijo, en un tono atormentado, de dolor—. No has visto a qué límites he llegado para asegurarme de que consiguiéramos la bendición, y deberías. Hoy vas a saber quién es el hombre por el que estás luchando. Solo dame una oportunidad de conseguir que cambies de opinión. Por favor.

Taliyah se sobresaltó. Tragó saliva y le tomó ambas mejillas.

—Cariño, sé que has tenido un mal día, pero esta actitud tan negativa no me gusta. Te he elegido como consorte por un motivo. En tu pasado no hay nada que vaya a hacerme cambiar de opinión. Tú te mereces cualquier esfuerzo, te lo prometo.

—Entonces, mira. Ve.

Ella alzó el bajo de su camisa y observó su pecho. Sobre su corazón ya no había un vacío ni los trazos de una imagen que estuviera a punto de aparecer. El ale-vala se movía con una belleza horripilante.

Roc estaba frente a una mujer muy bella, de pelo tan negro como la noche, con la piel del color del ámbar y los ojos castaños. Llevaba un vestido blanco, transparente, que ondeaba alrededor de su delicado cuerpo. Una réplica exacta de la vestimenta que llevaba la amazona en la primera visión, que ella había observado desde el punto de vista de Roc.

En aquella ocasión, estaba alejada de él y solo era una espectadora. ¿Se sentía él así cuando recordaba aquel momento?

—Por favor, no lo hagas —gritó la mujer, agarrándose el vientre.

El altar le bloqueaba el camino de huida. La multitud de costumbre está presenciando la escena. El hombre de la túnica negra flanqueado por dos mujeres y Erebus, muy sonriente, además de un ejército de fantasmas inmóviles con ropa de luto.

—No he hecho nada más que amarlo —dijo la mujer.

Ella casi sintió el mordisco del viento gélido, casi pudo oler el aroma de las rosas. Estaban en un jardín muy parecido al de Harpina, con cuatro lunas llenas que irradiaban una luz misteriosa, rosada, con sombras grises.

—No vamos a perder a nuestro comandante por ti —gritó Roc.

Más allá, se oían gruñidos y gemidos de dolor, entremezclados con alaridos entrecortados. El fragor de la guerra.

Ella dirigió la mirada a aquella escena. Dieciocho Astra luchaban contra un solo hombre. Reconoció a los cuatro que había visto con Roc y a otros tres que había visto en el cristal. Los demás eran nuevos para ella. Se enfrentaban con un loco que atacaba a cualquiera que se interpusiese en su camino, lleno de rabia y desesperación.

Aquello era un combate brutal de hermanos contra hermanos. Espadas y otras armas que desgarraban carne y cortaban miembros. La sangre formaba arcos en el aire, como si fueran cintas de color carmesí.

Algunos de los guerreros brillaban como si fueran estrellas. Otros tenían el cuerpo rodeado por anillos iridiscentes. ¿Eran armas o algún tipo de armadura? Dos de ellos estaban envueltos en llamas y algunos arrojaban hielo azul desde las puntas de los dedos. El resto estaba cubierto con una especie de nube espesa.

—Solar —le dijo alguien a quien luchaba con tanta desesperación—. ¡Detén esto!

—¡No la toquéis! —gritó él—. ¿Me oís? ¡Es mía!

Uno de los guerreros giró hacia él para bloquearle la visión de su esposa. Le clavó los dientes en la garganta, agitó brutalmente su cabeza y, de un tirón, le arrancó la yugular. Mientras su oponente caía, el agresor escupió su botín.

Ella se puso la mano sobre el estómago. Tenía ganas de vomitar. Había visto muchas cosas espantosas en el campo de batalla, pero aquello...

Erebus se burló desde su punto de observación.

—El tiempo pasa, Roc. ¿Prefieres conseguir la bendición o sufrir la maldición? Tú decides...

Ella miró la figura de su marido en el alevala y vio que Roc agarraba a la esposa por la garganta y que ella pataleaba y se agitaba, tratando de liberarse, de salvar su vida.

—Nos has enfrentado a todos consiguiendo que nuestro comandante, nuestro hermano, nos desprecie —le rugió Roc a la mujer—. ¡Tú no eres su familia! Su familia somos nosotros.

—Yo... lo... quiero —balbuceó ella, con los ojos desorbitados.

—¿Cómo puedes querer al hombre que tenía pensado matarte?

Muy parecido a lo que él le había dicho a ella hacía pocos minutos.

—¡Quedan diez segundos, Roc! ¡Hazlo! —gritó Ian, desde algún lugar del campo de batalla.

—¡Roc! ¡No, por favor, no lo hagas! —gritó Solar.

—Hazlo —le ordenó Erebus—. Ya sabes lo que va a pasar si activas la maldición. Me activas a mí.

—¡Cinco segundos! —gritó Ian, con pánico.

—¡Roc, por favor! Te lo ruego. ¡La amo!

A Solar se le quebró la voz. Al darse cuenta de que no iba a llegar hasta su amada, se dejó caer de rodillas, como si ya no le importase lo que pasara con él.

—La quiero. Por favor.

Erebus siguió provocando.

—Tres... Dos...

Roc le apretó el cuello a la mujer, con tanta fuerza que hizo que le estallaran los vasos sanguíneos de los ojos. Ella empezó a convertirse en piedra. Su piel se volvió gris. Él rugió, tiró de su cabeza y la separó de su cuerpo, llevándose también la espina dorsal.

—¡Noooo! —gritó Solar.

Cuando los pedazos de la mujer cayeron al suelo, se hicieron ceniza y desaparecieron.

Erebus se rio con deleite, sin poder parar.

—Su muerte ha llegado demasiado tarde. Ha muerto, pero vosotros estáis malditos de todos modos.

Los demás Astra se fijaron en el dios y alzaron las armas. Sin embargo, cuando corrieron hacia él, los fantasmas despertaron e invadieron a todo el grupo de guerreros. Sus armas comenzaron a fallar, las espadas se rompieron y las dagas se hicieron añicos antes de poder apuñalar.

Los hombres trastabillaban. No eran capaces de mantenerse erguidos.

Solar estaba rodeado y Roc, cubierto de sangre, corrió hacia su comandante. Al verlo, Solar se irguió de un salto y blandió la espada. Roc esquivó el golpe y desenvainó su espada. El metal chocó con el metal, resonando. Solar tenía una mirada salvaje y afligida.

—La has matado. Has matado a mi Allanah.

—Quería salvarte de la maldición. Quería salvarnos a todos. Yo...

Solar volvió a atacarlo y Roc le devolvió el golpe. Eran depredadores y no cometían errores. Al contrario que los demás, no tenían problemas de armas defectuosas. Todos sus golpes eran certeros. Luchaban con una habilidad sublime, con un dominio poco común de sus cuerpos, y cada uno de ellos era capaz de predecir el movimiento de su oponente.

—No deseo matarte, Solar.

—Si quieres sobrevivir un día más, tendrás que hacerlo.

—¡Hice lo que creía correcto!

—Porque no podías verlo de otro modo. ¡Pero yo, sí! ¿Por qué no confiaste en mí?

Mientras se gritaban acusaciones el uno al otro, Solar empezó a combatir de un modo más cruel. Se movían con tanta rapidez que las heridas aparecían como de la nada. Ninguno de los hombres se curaba... ¿Era a causa de la maldición?

Roc soltó las armas el tiempo suficiente para poder rasgar a su contrincante con las garras y volvió a tomarlas en el aire. Apuñaló a su amigo, a su comandante, en los dos muslos. Solar tropezó y él aprovechó la ventaja, se colocó detrás de él. Lo inmovilizó y le colocó una daga en la garganta.

Erebus aplaudió como si estuviera presenciando una competición deportiva. Sus fantasmas estaban destrozando a los Astra con facilidad. El hombre de la túnica negra no demostraba ninguna emoción.

Las mujeres que estaban a su lado lloraban, sollozaban.

Entre jadeos, Roc rogó:

—No me obligues a hacer esto, comandante. No te recuperarás.

—Yo ya no soy tu comandante. No soy tu hermano —dijo Solar, y se echó a reír enloquecidamente, enseñando la dentadura llena de sangre. No había soltado la espada y la tenía apoyada en el suelo—. La maldición ha caído sobre nosotros, ¿no lo notas? Yo he perdido a mi amor y, con mi muerte, tú también lo perderás. Tú, el ganador del desafío, ocuparás mi lugar, serás el líder. Serás el que tenga que casarse y sacrificar a su esposa virgen. Algún día encontrarás a tu gravita y, si no la matas, Erebus o tus hombres lo harán en tu lugar, y mi dolor será el tuyo. Que lo disfrutes, Roc.

Entonces Solar alzó la espada con la punta arqueada hacia arriba. Su cabeza se separó del cuello y salió volando, y su cuerpo se convirtió en piedra mientras se desplomaba. Roc se quedó vacilando, conmocionado, y la sangre salió a borbotones de sus venas. Le faltaba la mitad de una mano.

Lo que acababa de ver dejó a Taliyah jadeando, con las mejillas ardientes y llenas de lágrimas.

Roc la observó con una expresión atormentada, de culpabilidad, de dolor, de arrepentimiento. Había matado a la esposa de su comandante y había matado a su líder. Y el vaticinio de Solar se había hecho realidad. No era extraño que él no quisiera simpatizar con ninguna de sus esposas. En el fondo, siempre debía de haber temido eso: vivir la misma pesadilla que Solar.

—Ahora ya sabes cuál es mi vergüenza —dijo.

—Sí —respondió ella.

Roc había intentado evitar la maldición por todos

los medios, pero había fracasado. Él siempre haría los mayores esfuerzos. El hecho de que le hubiera rogado a Chaos que le permitiera estar con ella era muy importante, sí, pero, al final, le quitaría la vida si era necesario.

—Ahora lo sé —dijo.

Capítulo 33

«Quiérela mientras puedas».

Roc no podía dejar de oír el eco de las palabras de despedida de su hermana. Aquellas palabras le causaban una opresión insoportable en el pecho, como si alguien le hubiese envuelto el corazón con un alambre de púas y estuviera tirando de él para exprimirle la vida gota a gota.

Quería a Taliyah. Se había convertido en la parte más importante de él. Desde el principio, ella le había dado lo mejor de sí misma, pero él solo le había mostrado lo peor. Y eso tenía que cambiar.

Ella, que estaba sentada en su regazo, le pidió:

—Cuéntame todo lo que haya que saber de la bendición. No te olvides de ningún detalle, ni siquiera aunque consideres peligroso que lo sepa tu esposa...

De acuerdo. Haría lo que ella le pidiera. Le explicó cómo funcionaba todo. Halo debía comenzar la tarea asignada cuando Roc hubiera terminado la suya, seguido de Silver. El orden dependía del rango.

—Así pues, son nueve tareas en total. Nueve oportunidades de que Erebus inicie la maldición —le dijo, mientras jugueteaba con las puntas de su pelo—. Nos ataca de maneras diversas. A veces, para provocar un fracaso. A veces, para atormentar, simplemente. Si uno de nosotros falla, las demás tareas ya no tienen valor y su diversión termina, así que se dedica a jugar con nosotros y, habitualmente, ataca con más fuerza a Ian.

—¿Y por qué se queda la gente viendo el sacrificio?

—Son testigos. El trigésimo día del matrimonio, el muro de trinita cae muy temprano y, poco después, llega Chaos.

Tenía que salvar a sus dos hermanas del dios.

—Chaos —murmuró Taliyah—. Claro.

—Erebus también asiste. Él trae a su ejército, pero nadie tiene permitido atacarnos cuando comienza la ceremonia. Cuando ha terminado, siempre se produce una batalla.

—Pero yo os he visto a tus hombres y a ti luchar durante la ceremonia, cuando la novia todavía estaba viva.

—Somos participantes. Podemos luchar cuando queramos.

Ella se dio unos golpecitos en el labio inferior, pensativamente.

—¿Qué clase de espada fue la que mató a Solar?

—De piedra de abeto.

—¿Como las piedras que trajeron los fantasmas?

Él asintió.

—Las espadas de piedra de abeto pueden matar a dioses y a seres mortales. La mayoría de los seres vivos son vulnerables a la piedra de abeto. Después de que muriera Solar, nosotros nos dedicamos a erradicar hasta la última de las piedras. Pensábamos que lo habíamos conseguido.

—Entonces yo puedo matarte con piedra de abeto y tú puedes matarme a mí con trinita y con piedra de abeto.

Él estuvo a punto de negarlo, pero se contuvo. Sería una mentira.

—No puedo detener la ceremonia a no ser que ascienda. No puedo ascender a no ser que haga un sacrificio verdadero. Me niego a matarte y me niego a que la maldición caiga sobre mis hombros. No sé qué hacer.

Con un suspiro, Taliyah se levantó con intención de prepararse para el día que tenía por delante.

—Me has dado mucho en lo que pensar. Voy a ducharme y después voy a la biblioteca a estudiar.

—Me gustaría pasar el día contigo —le dijo él. El altar podía esperar. Si acaso alguna vez volvía a trabajar en él—. ¿Si tú quieres?

«Por favor, di que sí».

—Claro —dijo ella, y él exhaló un suspiro de alivio—. Pero tendrás que portarte bien. Tienes que resistirte a mi irresistible atractivo.

«¿Y, a pesar de todo, me toma el pelo?». Él sonrió con toda su alma.

—Taya, me temo que eso es lo único que no puedo hacer.

Se ducharon, se vistieron y fueron a la biblioteca. Allí se sentaron en extremos opuestos de una de las mesas y comenzaron a leer en busca de una posible solución a su problema.

Después de varias horas, él le envió un mensaje rápido a Vasili. Después, hizo que Taliyah se pusiera en pie.

—¿Me concederías el favor de hacer una pausa en tus estudios? —le pidió—. Tengo un regalo para ti.

Él no se había imaginado su reacción. Ella gritó de alegría, volvió a sentarlo en la silla de un empujón y se puso a horcajadas sobre su regazo. La silla estuvo a punto de caer hacia atrás.

—¿Un regalo para mí? ¡Dámelo ahora mismo! Claro que te hago el favor.

La opresión que sentía en el pecho se relajó por

completo. «Le daré a esta mujer día tras día del resto de mi vida, para toda la eternidad».

Quedaban trece días.

Al recordarlo, él perdió la felicidad de nuevo.

—¡Roc! Mi regalo. Creo que he mencionado que lo quiero ahora mismo —dijo ella, botando sobre su regazo—. ¿Es una espada? ¡Seguro que es una espada! Ya me encanta.

—Antes, dame un beso.

—Si quieres un beso, cariño, vas a tener que tomarlo tú.

Con gran placer. La agarró de la nuca y juntó sus labios con los de ella. Su dulzura lo volvió loco. Ella era... como estar en casa.

Mientras se besaban, la teletransportó a la habitación principal del palacio del reino duplicado, donde había instalado a las aspirantes a General que ya tenían ocho y nueve estrellas, veinticuatro arpías en total. Había más de cien que poseían de una a siete estrellas, y esas mujeres estaban en las habitaciones de alrededor.

Interrumpió el beso, de mala gana, y le dijo:

—Mira, este es tu regalo.

Ella se quedó un momento mirándolo embelesada, observando sus labios con lujuria. Al darse cuenta, él se excitó dolorosamente, pero sonrió de la alegría que le proporcionaba Taliyah.

Entonces ella se fijó en las arpías. Y, con la boca abierta, comenzó a dar vueltas.

—El reino duplicado —dijo, dando palmaditas—. ¡Oh, Roc! Me encanta.

Fue de catre en catre, acariciando rostros y dando golpecitos en los dorsos de las manos de las arpías.

—Despiértalas. Vamos, vamos. Si las despiertas, después haremos cosas muy sucias.

—¿Estás intentando sobornar al comandante de los Astra, esposa mía?

—¡Sí! Aunque, en realidad, íbamos a hacer cosas sucias de todos modos. Por culpa de tu beso.

Todo su ser estaba rogándolo.

—¡Eh! —exclamó ella—. Aquí todas son aspirantes al título de General. ¿Por qué están todas juntas?

Ah. Eso. Él se tiró del cuello de la camisa.

—Cada uno de mis hombres seleccionó una candidata para que fuera mi esposa. Eligieron de las habitaciones de alrededor.

—Tienes ocho hombres. Había diez arpías en el salón del trono.

—Yo... Se supone que tengo que elegir a la mujer que más me atraiga y, normalmente, es la más sanguinaria. Ian y Halo descubrieron mi interés por cierta rubia de ojos azules, una arpía-serpiente, y eligieron a dos que se le parecían.

—Dime cuándo y cómo te fijaste en mí por primera vez —dijo ella.

—Te vi en el mercado. Te deseé al instante.

Ella frunció las cejas.

—¿Ah, sí? Qué superficial. Yo, por lo menos, observé lo intimidante que eres antes de admirar el ariete que tienes dentro del pantalón.

A él se le escapó una carcajada. Cuánto le gustaba aquel lado juguetón de su personalidad. Muy poca gente tenía el privilegio de disfrutar de él.

—Querías que las arpías despertaran, Taliyah. Que así sea.

Mentalmente, hizo unos cuantos ajustes al aire que fluía por la habitación y, al instante, las mujeres comenzaron a moverse. Algunas se estiraron, otras gimieron. La mayoría comenzó a dar puñetazos mientras se ponía en pie.

—¡Eh, eh, eh! —exclamó Taliyah—. Tranquilas, no pasa nada. Todo va bien. Hay muchas cosas que no sabéis.

A medida que veían a Roc, las arpías adoptaban una postura de batalla. Le lanzaron silbidos, gruñidos y amenazas crueles.

—Que nadie lo toque —chilló Taliyah. Todas se quedaron en silencio y la miraron—. Si queréis luchar con él más tarde, muy bien, hacedlo. Pero, hasta que hayamos matado al fantasma Erebus, el comandante de los Astra Planeta es vuestro mejor amigo.

Se oyeron gritos.

—Nissa ha muerto.

—Él la hizo pedazos.

—¡Yo perdí mis preciosas manos!

—Sí —dijo Taliyah, con ironía—. Estoy familiarizada con su estilo de lucha —añadió, y se colocó junto a Roc como muestra de apoyo—. No tenemos General. Necesitamos a una, y voy a ser yo. No digáis nada, escuchad. Habéis leído información sobre Erebus de las mujeres que vivieron antes que nosotras. Sabéis que nuestra gente no pudo detenerlo mientras él saqueaba nuestros pueblos. Tengo buenas y malas noticias. Erebus ha vuelto, y yo soy hija suya. También soy la esposa de su peor enemigo, y el motivo por el que estáis despiertas ahora. Si alguien quiere desafiarme para ganar el título de General una vez que Erebus haya muerto, la animo a hacerlo. De hecho, insisto.

Mientras ella hablaba, él se sintió orgulloso. No había una gravita más increíble que Taliyah.

Después de que las arpías aceptaran sus órdenes de mala gana, asintiendo, ella sonrió a Roc.

—Ya podemos volver a Harpina.

Las arpías con estrellas tomaron el palacio del reino original, y a Taliyah le encantó. Roc también había liberado a las que estaban en las mazmorras y ella se había hecho cargo de inmediato. Hasta el momento, todas habían cumplido sus órdenes, incluso Mara.

Roc y sus hombres, por su parte, estaban un poco traumatizados... Para sorpresa de todos, los dos grupos se llevaban bien... generalmente. En el bando de Roc solo había habido una docena de pérdidas, ¡casi ninguna! Ella quería que sus chicas supieran a qué se enfrentaban, así que las envió a entrenar y patrullar durante el día y, si era necesario, a luchar.

Porque Erebus seguía enviando hordas de fantasmas. Al asomarse a cualquier ventana, siempre se veía alguna lucha. Para ser sincera, tenía que reconocer que su padre era irritante, pero no una amenaza seria. Porque no quería que ella muriese antes de la ceremonia. Quería que fuera Roc quien la matara para obligarlo a vivir con su sentimiento de culpabilidad y arrepentimiento para toda la eternidad.

Ella había sido, durante todo aquel tiempo, el arma de destrucción de su padre. Solo quedaban ocho días para la ceremonia y ella estaba muy nerviosa. No estaban cerca de hallar la solución y la fatalidad se cernía sobre ellos, cada vez más oscura.

Se dirigió a las mazmorras para ver a las arpías fantasma. Al menos, estaban bien alimentadas. El día anterior, ella había convencido a Roc para que les sirviera a sus soldados díscolos.

El dulce Roc, que se había negado a seguir esculpiendo el altar.

Sus hombres lo habían terminado en su lugar. La piedra del asesinato se había convertido en un altar como los que ella había visto siempre. Cada vez que veía aquella cosa tan tonta, se imaginaba sacrificando sobre ella a Erebus y a Chaos. Ellos merecían morir.

En la mazmorra, respiró profundamente. Habían limpiado a fondo aquel sitio. Las arpías fantasma se acercaron a los barrotes e intentaron atraparla, haciendo movimientos de succión con la boca.

Roux estaba al final del pasillo de pie... No. En aquella ocasión, estaba despatarrado en el suelo, con un hombro apoyado en la pared. Había un rastro en el suelo, por lo que parecía que se había arrastrado hasta allí. Estaba sangrando por la nariz.

Taliyah corrió hacia él, agitando las alas. Se agachó junto al gigante rubio y le levantó la cabeza para verle la cara a la luz de la antorcha. Tenía las pupilas muy dilatadas.

—¿Roux? Dime lo que te ha pasado para poder ayudarte.

Él pestañeó rápidamente, tratando de concentrarse en ella. De repente, sin embargo, sus pupilas se dilataron tanto que consumieron sus iris.

—¿Tía Tal? ¡Tía Tal! ¡Ayúdame! Por favor. No sé cuánto tiempo más voy a poder controlar la situación. Mamá está atrapada en él y yo estoy atrapada en ella. Tenemos mucha hambre. ¿Tía Tal? Él está luchando contra mí y yo no...

Roux agitó la cabeza y volvió a pestañear.

Taliyah se cayó y se golpeó contra los barrotes de la celda más cercana. El fantasma que la ocupaba la agarró del pelo, pero ella se transformó en neblina y se trasladó a poca distancia de Roux, donde volvió a encarnarse. Estaba completamente anonadada.

Isla había poseído a Blythe y Blythe había poseído a Roux. Era como una muñeca rusa. Si su capacidad de bloqueo era tan poderosa como la de Roc, Blythe no habría podido liberarse. Y cuanto más habían permanecido en él, más se habían hundido en su interior y menos había sentido él su presencia. Porque se habían convertido, más y más, en una parte de él.

Roux la fulminó con la mirada y se irguió de repente, rugiendo de un modo amenazante.

—¿Por qué me he desmayado? ¿Qué me has hecho?

En vez de gritarle al guerrero, como le pedía una gran parte de su ser, alzó las manos de un modo conciliador.

—Tranquilo, soldado. Yo no he hecho nada, pero ya sé lo que te ocurre. Incluso sé lo que tengo que hacer para solucionarlo. Más o menos.

Tenía teorías, pero nunca había hecho algo semejante.

Aquello captó toda su atención. Roux retrocedió.

—Yo... Disculpa —dijo, e inclinó la cabeza como muestra de respeto—. ¿Tienes respuestas, General?

—Eh... La mujer a la que viste durante la batalla te poseyó, como pensabas. Puedo confirmarlo —respondió ella, y él se puso tenso—. Pero su hija la había poseído a ella primero, así que tienes a la madre y a la hija dentro de ti. Conociendo a Blythe, ella tendría la esperanza de que las mantuvieras seguras hasta que llegaras a un sitio donde pudieran escapar sin que tú lo notaras.

—La niña... Sí, la vi. Después, desapareció y apareció la mujer. Pero yo me detuve. Estaba balanceándome, pero me detuve. Y entonces las dos habían desaparecido. Y entonces llegó la oscuridad... Si siguen dentro de mí, ¿por qué me siento como si se hubieran marchado?

—Están enterradas mucho más profundamente. Por lo menos, eso es lo que me ha dicho mi sobrina cuando ha tomado el control de tu cuerpo. No es para tanto. ¡De verdad!

Él abrió la boca para quejarse, pero ella estiró un dedo.

—Baja tus defensas y yo las sacaré.

Él se cruzó de brazos.

—¿Bajar mis defensas con un fantasma?

—Sí. O lo haces voluntariamente o te obligaré a

hacerlo —respondió ella, en un tono férreo—. De una forma u otra voy a sacar de ahí a mis chicas. Además..., ¿sabes una cosa? Tú no tienes derecho a pensar en ello, ni a oponerte. Arrodíllate.

Él soltó una carcajada seca, sin sentido del humor.

—Por supuesto que no.

—Llevo el polvo de estrellas de tu comandante. Soy su esposa y su gravita. Soy la General de las Arpías y soy hija de Chaos. Tú debes honrarme. Arrodíllate.

Él se quedó mirándola un largo instante, furioso, pero obedeció.

—Buen chico. Puede que esto te pique un poco.

Taliyah sacó su propio espíritu de su cuerpo y se dirigió rápidamente hacia Roux. Se quedó flotando delante de él. Su alma brillaba con tanta intensidad como la de Roc, pero el caparazón tenía grietas. Interesante. Entró en su cuerpo sin hallar ningún obstáculo; él había bajado su escudo protector, como le había ordenado.

«Está claro que nací para gobernar», se dijo ella.

De repente, chocó con el alma de Roux. Se dio cuenta de que lo que había visto no eran grietas, sino relámpagos. Apretó los dientes y se hundió más profundamente en su conciencia.

—Blythe —dijo—. Isla. Estoy aquí. Seguid mi luz y alcanzadme. Yo haré todo lo demás. Isla, ayuda a tu madre. Blythe, las dos vais a estar a salvo, te lo juro. No sé lo que has visto, pero tienes mi palabra de que los Astra no nos van a hacer daño.

¡Por fin! Notó algo frío en las yemas de los dedos. Agarró con suavidad a su hermana y, delicadamente, la separó del Astra.

Capítulo 34

Roc examinó pensativamente la situación. Tres familiares de Erebus vivían bajo su techo y su protección. Sus mazmorras estaban llenas de arpías fantasma y el número aumentaba día a día. Las arpías no fantasma trabajaban con su ejército. Tenía a su esposa en su cama todas las noches. Estaba sintiendo la alegría absoluta y el pánico más espantoso en igual medida. Feliz un minuto, desesperado al minuto siguiente.

Tal vez Taliyah tuviera razón y él fuese demasiado dramático.

Ella pasaba todo su tiempo estudiando, obsesionada con los sacrificios, los motivos por los que se llevaban a cabo y su significado. No dormía. Se movía y daba vueltas entre sus brazos, y sus arrullos y palabras de consuelo no conseguían calmarla. Él había albergado la esperanza de que el rescate de su hermana y su sobrina sirviera para aliviar sus terrores nocturnos, pero no había sido así.

La madre y la hija se habían instalado en la antigua habitación de Taliyah y habían permanecido allí durante los dos últimos días, durmiendo y recuperándose. Sin embargo, la madre continuaba empeorando. Había tratado de comer fruta del Árbol de las Calaveras en tres ocasiones, pero incluso eso lo había vomitado. Necesitaba el alimento de su consorte, pero él había muerto durante la invasión, a manos de Roux.

Él no sabía cómo ayudar a la mujer. No sabía cómo ayudar a Taliyah.

«Tengo que salvarla». Su objetivo no había cambiado. Vivir con ella era como una droga que no podía dejar. Era la estrella guía que llevaba necesitando tanto tiempo. ¿Cómo iba a destruirla? ¿Cómo iba a dejar que sus hombres sufrieran la maldición? Todas aquellas preguntas lo obsesionaban.

Sus espías no habían averiguado nada de valor. Él había pedido ayuda a todos los dioses que le debían favores, pero ninguno le había dado una respuesta.

De repente, Taliyah se irguió y dio un jadeo. Él se sobresaltó.

—Sé dónde están —dijo ella, temblando. Se levantó rápidamente y se puso la camisa de Roc.

Él se levantó también y se puso los pantalones.

—El resto de las arpías fantasma —dijo ella, y se desvaneció.

—¡Taliyah!

A él le encantaba tener una esposa independiente. O, más bien, a veces no lo detestaba. Intentando no preocuparse, terminó de vestirse y fue teletransportándose de habitación en habitación, buscándola. Y, mientras, fue dándoles órdenes a sus hombres.

«Haced sonar la alarma y preparad al ejército. Ha ocurrido algo, no sé qué. Preparaos para cualquier cosa y avisadme en cuanto veáis a Taliyah».

A pesar de lo que sintieran hacia ella, todos aceptaron sus órdenes rápidamente. Él siguió buscando a su esposa, pero no la encontró en el palacio. De repente, Halo se puso en contacto con él.

«La he encontrado. Está en el mercado, cerca del Árbol de las Calaveras».

Roc se teletransportó allí inmediatamente y la vio en el suelo. Estaba temblando y sollozando y golpeaba la tierra con un puño.

—¡Taya! —exclamó él. Se acercó y la rodeó con un brazo—. ¿Qué te ocurre? ¡Dímelo!

Ella siguió sollozando. Gritó y se arrojó contra él, y a él se le rompió el corazón.

—Él enterró a las arpías a las que mató junto a Asclepio. Los hermanos las convirtieron en fantasmas y las obligaron a vivir bajo la superficie de la tierra.

Cuanto más hablaba, menos jadeaba y más furia transmitía, hasta que cada una de sus palabras estuvo impregnada de malicia.

—Obligaron a las arpías asesinadas a desencarnarse y hundirse. Les ordenaron que volvieran a formarse lentamente y esperaran, en silencio, uniéndose a la tierra. Las raíces del árbol crecieron a través de ellas.

¿Y aquel espanto se había reproducido en el reino duplicado?

—Te las ocultó —prosiguió ella— para poder despertarlas cuando quisiera jugar contigo.

—Taya, lo siento.

—¡Él lo planeó todo! —chilló Taliyah—. Ellas llevan siglos gritando en silencio. Siempre han estado gritando, pero yo me negué a escucharlas. Pues bien, ahora estoy escuchando. Y voy a vengarme.

Un rayo de luz brillante y cegador explotó en ella. No era solo de luz, sino de un poder increíble. El poder de Taliyah, combinado con el suyo. Aquel poder irradiaba tanto calor que derritió el anillo que ella llevaba siempre y a él lo abrasó. Taliyah se desplomó contra él, con un jadeo. Él la acunó contra su pecho y se dirigió a su dormitorio.

«Comandante, todos los ataques de los fantasmas han cesado. Se han desplomado».

«¿Qué ha sido ese resplandor?».

Él sabía que Taliyah era hija de un dios y nieta de otro, pero no esperaba... aquello.

«El resplandor provenía de Taliyah. Os lo explicaré más tarde».

En cuanto la curase y averiguase qué había sucedido...

«Ponedles esposas a los fantasmas y metedlos en las celdas. No los maltratéis».

Puso a su esposa sobre la cama, con delicadeza. Estaba cubierta de líneas negras que se ramificaban por toda su piel. Sus ojos se habían vuelto completamente oscuros.

Él recordó cómo se cuidaba y se alimentaba a una arpía. Se hizo un corte en la muñeca e hizo beber sangre a Taliyah, pero ella no despertó. Lleno de pánico, él fue corriendo a la habitación contigua y entró. La niña estaba sentada sobre la cama, junto a su madre. Blythe se incorporó. Había recuperado el buen color y su piel ya no era pálida. Al verlo, sus ojos se llenaron de odio. Unos ojos tan parecidos a los de Taliyah...

Blythe se puso en pie y se colocó delante de su hija para protegerla. Se preparó para atacar. Fuera lo que fuera la luz de Taliyah, no solo había ayudado a los fantasmas del exterior, sino que había restaurado a aquella arpía también. Su fuerza tenía la misma intensidad que el color vibrante de su rostro.

—No tenemos tiempo para esto —le dijo él—. Taliyah no se despierta. Ven, inténtalo tú.

Como no quería esperar, se teletransportó a su habitación. La hermana y la sobrina de Taliyah lo siguieron rápidamente. Las dos se lanzaron hacia la cama.

—¿Qué le has hecho? —inquirió la hermana.

Él explicó lo que había ocurrido.

—Despiértala —repitió—. Haz lo que sea necesario. Creo que se le ha quemado toda la energía vital. Necesita mi alma, cosa que le daré con mucho gusto, pero ¡despiértala! Haz que coma.

—No puedes obligar a comer a un fantasma, idiota —le dijo Blythe, dándole palmaditas a Taliyah en las mejillas. Estaba frenética y se puso a gritar—. ¡Vamos, Taliyah! Despiértate. ¿Me oyes? ¡Despierta! Es una orden de tu hermana, mucho más poderosa que tú.

De repente, él pensó en algo terrible. Erebus había planeado todo aquello. Pero no solo había enterrado a los fantasmas para usarlos como juguetes. También había previsto el desgaste de Taliyah al salvarlos, porque sabía que ella iba a encontrar a las arpías bajo tierra, guiada por la Espada del Destino. Quería que él conociera de antemano la pérdida que iba a sufrir.

¿Qué debía hacer?

—Tiene una amiga —dijo Blythe—. Es pitonisa.

Él hizo una llave de Harpina en un instante, y se la tendió a Blythe.

—Ve a buscarla.

—Sí —dijo la hermana de Taliyah. Tomó la piedra, que medía siete centímetros y medio, y se volvió hacia su hija, que, en aquel momento, estaba sentada sobre el pecho de Taliyah, con las manos sobre sus mejillas.

—La tía Tal está ahí, luchando, y promete que no va a parar. No va a aceptar la derrota. Pero dice que tienes que darte prisa. La luz se está agotando rápidamente.

—Ve a buscar a la pitonisa. Ahora —dijo él.

—Hola, chicos —dijo alguien, a su espalda, con una voz alegre.

Él se dio la vuelta y vio a una hermosa arpía negra que estaba en el vano de la puerta.

—Mi nombre preferido es la Gran y Todopoderosa

Pitonisa Neeka —continuó ella. Entró en la habitación y le entregó un papel—. Esta es una lista de sus hermanas y de dónde se encuentran ahora mismo. También, su madre. Lo siento. Si quieres curar a Taliyah, será mejor que reúnas pronto a las chicas.

Roc miró la lista y se teletransportó al primero de los lugares sin despedirse. En primer lugar, una mujer llamada Gwen. Neeka le había dado algo más que nombres y direcciones. Había notas con flechas apuntando a un sitio y otro, llenando los márgenes, ofreciendo advertencias.

Se materializó en un dormitorio espacioso, detrás de una mujer rubia que estaba arrojándole un jarrón a un hombre grande de pelo oscuro y gritando:

—Sí, puedo comenzar una guerra contra los dioses solo porque quiera.

Por un segundo, miró al hombre, cuya expresión de frustración mezclada con diversión se transformó en una de rabia. No tenía tiempo para dar explicaciones; agarró a la mujer y se la llevó. No fue la mejor de las presentaciones para su nuevo hermano, pero ¿qué otra cosa podía hacer?

Dejó a Gwen en Harpina y volvió a teletransportarse, justo en el momento en que ella se lanzaba a su garganta.

La siguiente era una hermana llamada Kaia. Una pelirroja. Aquella estaba metiéndose una granada en el bolso, diciéndole a un tipo brutal y rubio:

—Cuando tenga las bolas de ese tal Alaroc colgando de los dedos, te devolveré las tuyas.

Roc la agarró y la teletransportó. Aquel hombre también lo vio y su reacción fue igualmente feroz.

Hubo un problema: cuando dejó a Kaia en Harpina, ella depositó la granada en su mano, y él casi no tuvo tiempo de arrojar el arma a un reino vacío antes de que explotara.

Quedaban dos nombres. La siguiente era Bianka, otra hermana. Roc tomó a la preciosa mujer morena de un guerrero de alas doradas. El tipo se lanzó hacia él y consiguió rasgarle la mejilla con una espada de fuego antes de que consiguiera desvanecerse.

Otra mujer: Tabitha, la madre. Ella luchó contra él durante el teletransporte. Cuando aterrizaron en la habitación principal, le había clavado tres dagas en el hombro. Él se las sacó de la carne y señaló a Taliyah.

—Cúrala.

Las hermanas se habían reunido alrededor de la cama y estaban gritándole expresiones de ánimo a Taliyah. Neeka ordenó:

—¡He dicho que más alto!

—Estamos chillando, Neeks —dijo Kaia—. ¿No crees que el hecho de que seas sorda está impidiéndote que oigas el volumen estruendoso de nuestros gritos?

—¡He dicho que más alto! —respondió Neeka.

Todas comenzaron a chillar de nuevo.

—¡Vamos, Taliyah!

—¡Puedes hacerlo!

—¡No seas vaga! Lucha con más ahínco.

—Túmbate a su lado, Astra —le dijo la pitonisa—. Dale calor y polvo de estrellas. Recuérdale por qué está luchando.

Cuando él se abrió paso entre las mujeres, ellas sisearon y le mostraron las garras. Se acercó a la cama y tomó a Taliyah entre sus brazos. Obligó a su cuerpo a generar más calor para ella.

—No he dicho nada de que dejarais de animarla, ¿no? —inquirió Neeka—. Sabéis que la General Taliyah llega a su máximo esplendor cuando están alabándola por sus esfuerzos. ¿O es que soy la única que ha previsto esto?

Las mujeres aplaudieron y llenaron el ambiente de sonidos. Mientras, él calentó la piel helada de Taliyah. Le acarició la cara, el cuello y las clavículas con las palmas de las manos llenas de polvo de estrellas y pasó por debajo de su camiseta.

—Vamos, Taliyah —le dijo, besándole la oreja—. Todas las arpías de esta habitación quieren matarme, pero solo tú tienes ese privilegio. Cuando nos conocimos, prometiste que lo ibas a hacer.

A ella se le escapó un gemido y, al instante, todos quedaron en silencio. Taliyah intentó abrir los ojos, pero no lo consiguió.

Él, entre el pánico y el alivio, le volvió la cara hacia su cuello.

—Bebe de mí, Taya. Bebe todo lo que necesites.

Esperaba con toda su alma poder decirle aquellas palabras todos los días, durante todos los siglos que quedaban por llegar.

Ella se agitó un poco y se movió contra él. A él se le cortó la respiración al notar su lengua en la piel.

—Sí, amor. Sí.

Y, por fin, ella se alimentó.

Capítulo 35

Roc miró a la diosa que estaba tendida a su lado. Era una diosa, sí. La nieta de Chaos. Hija de Erebus. La única fémina que poseía la fuerza y la inteligencia necesarias para desafiar al comandante de los Astra, ganar y adquirirlo como posesión.

Se había alimentado y su piel brillaba de nuevo. Estiró los brazos por encima de la cabeza y abrió lentamente los ojos, y lo miró de una forma suave e íntima, hasta que se dio cuenta de que la habitación estaba llena de arpías de su familia.

—¿Cuánto tiempo llevas tirándote al enemigo, General Zorra? —preguntó Kaia.

Ella la miró con irritación.

—No me tomes el pelo —murmuró—. Pero, bueno, ¿por qué seguir con esto? ¡Neeka! Me debes explicaciones.

—Ya hablarás luego con tu amiga —le dijo Blythe, mirando con odio a Roc—. Voy a destrozar a tu hombre, Roux. Él mató a mi consorte y no voy a parar hasta que lo pague.

—Siento mucho tu pérdida —respondió él—, pero no voy a permitir que uno de mis guerreros sea castigado por defenderse durante una batalla.

«¿Comandante?», dijo Halo, de repente. No esperó a que le diera permiso para continuar y añadió: «Los fantasmas han despertado y están hablando con coherencia. Exigen mantener una reunión con Taliyah».

Roc se quedó maravillado. ¿Ella había sanado a todos los fantasmas con su luz?

«Tendrán que esperar. Ella se está recuperando...».

«No me parece que sean criaturas pacientes».

«De todos modos, contrólalas».

Taliyah se incorporó y les arrojó un almohadón a sus hermanas.

—Sois horribles. Salid de aquí para que pueda hablar con mi consorte. Cuando termine, quiero hablar también con Neeka. Después me ocuparé de vosotras y os explicaré lo que ha pasado.

Todas estallaron en abucheos.

—Chicas —dijo Gwen, con seriedad—. Será mejor que hagamos lo que nos dice la General Libidinosa o nos impondrá un severo castigo.

O no tan severo.

Se oyeron risitas maliciosas y las arpías siguieron en la cama, rodeando a Taliyah.

«¿Comandante?», dijo Silver. «Un grupo de hombres llamados Señores del Inframundo y algunos reyes del Infierno están en la muralla, pidiendo audiencia contigo. Bueno, eso es lo que me parece a mí, porque están intentando destrozar la muralla piedra por piedra».

«Diles que les devolveré a sus esposas lo antes posible», respondió él.

—Marchaos, id a ver a mis fantasmas —insistió Taliyah—. Les vendrá bien ver caras amigas. Ahora puedo sentirlas. Van a recuperarse. Las he sanado y creo que... incluso las he marcado —dijo, y se frotó la cicatriz que tenía en el cuello—. No sé cómo lo hice... No utilicé ningún hierro.

—Sí, las has marcado de manera mística —dijo Neeka, con una enorme sonrisa—. El símbolo que te grabé a fuego en la nuca es tu propia marca. Y estoy muy orgullosa de mí misma por haber hecho posible todo esto.

¿Ella poseía su propia marca?, se preguntó Roc. Por supuesto. Era su diosa.

—Un momento... ¿Se mueven los tatuajes del tipo? —preguntó alguien, y todas las arpías se movieron hacia él para estudiarlo como si fuera un microbio al microscopio.

Taliyah lo envolvió y gritó:

—¡Fuera de una vez!

—De acuerdo, de acuerdo.

—¡Vale! Sabemos captar una indirecta, por muy sutil que sea.

—¡Me quedo con la habitación que elija!

Las arpías salieron de la habitación y, por fin, los dejaron a solas. Cuando él iba a preguntarle qué tal se encontraba, Taliyah le puso un dedo sobre los labios.

—No hables hasta que me desnudes.

Aquella orden provocó una oleada de pasión.

Él la desnudó lentamente y tragó saliva al ver los mechones de su pelo plateado alrededor de sus brazos. La tendió boca abajo, suavemente.

—Quiero adorarte. Estas alas...

Le apartó el pelo de los hombros y le besó la espina dorsal, pasando entre las dos alas. Cuando le mordisqueó el trasero, ella movió las caderas y emitió un gemido ronco, y él metió la mano entre sus piernas. Estaba húmeda. Él introdujo un dedo en su cuerpo y la llenó con su calor. Al notar la presión de sus paredes, su miembro comenzó a latir.

Él siguió besándola y ascendió hasta su nuca. Le lamió la marca y metió las manos por debajo de su cuerpo para acariciarle los pechos.

—Quiero poseerte.

Ella se echó a temblar.

—Yo también quiero adorarte, Roc —murmuró, con la voz entrecortada.

—Lo que quieras, Taya. Pero, antes, necesito acariciarte más.

No podía parar. Había estado a punto de perderla.

—Entonces, ¿por qué no nos ponemos un poco más cómodos?

Taliyah se desmaterializó y lo atravesó como un fantasma, lo enfrió y lo emocionó. Después, tomó forma sólida sobre su espalda. Él se movió para situarse frente a ella, y ella le susurró:

—Voy a dejar que juegues conmigo. Hazme gritar. Tus exigencias serán mis deseos. Pero después... será mi turno. Harás todo lo que yo te diga.

Él dio un gruñido.

—¿Quieres provocarme?

—Sí, quiero, y voy a hacerlo. Solo debes saber que, cuando llegue el momento, voy a jugar con tanta fuerza como tú.

—Eso parece una declaración de guerra, amor mío.

—Ah, me alegro —dijo Taliyah, y le pasó los dientes por el lóbulo de la oreja—. Parece que lo has entendido.

Provocativa y malvada. Nunca había conocido a nadie que significara tanto para él.

—Tienes asegurado el tormento sexual, esposa mía.

—Entonces, mi trabajo ya está medio hecho.

Él se abrió la bragueta del pantalón y se estrechó contra ella. Cuando sus sexos se presionaron, los besos se detuvieron porque el placer fue demasiado intenso. Y, sin embargo, no era suficiente.

—Más —dijo ella.

Él siguió besándola, con más fuerza. Sus lenguas se entrelazaron. No había una mujer más dulce. Sus olores se mezclaron y crearon su propio perfume. Era algo embriagador y él se mareó. Irradiaba tal calor que la piel de Taliyah adquirió un tono rosado. Él comenzó a lamerle y mordisquearle el cuello, el pecho, el ombligo... Y descendió.

Mientras ella se ondulaba, entre gemidos y gritos, él acarició los bordes de su sexo y le mordió ligeramente el muslo. Ella jadeó. «¡Cuánto me desea!».

—Bésame ahí —le ordenó.

—A mi Taya le duele, ¿eh? —preguntó él, mientras se colocaba entre sus piernas—. ¿Le duele lo suficiente?

—Hazlo —suplicó ella, cuando notó una cálida exhalación en sus lugares más íntimos.

A él se le hizo la boca agua al pensar en su miel, y lamió la hendidura de su sexo. Se le escapó un gruñido. «Mi paraíso».

Él se adentró, chupando, moviéndose y dibujando círculos. Taliyah deslizó las garras por su pelo y lo dirigió hacia donde quería. Se echó a temblar. Sus reacciones avivaron las de él, y se le aceleró la respiración. No había nada mejor que aquello.

—Roc —gritó ella, cuando él pasó la lengua por su clítoris hinchado. Sus gemidos entrecortados llenaron la habitación.

Y eso aumentó aún más su placer. Él lamió y lamió con frenesí, y metió dos dedos, profundamente, en su cuerpo. Penetró y salió del canal, una y otra vez, sin dejar de lamerla. Cuando Taliyah aumentó el volumen de sus gemidos, él se puso de rodillas entre sus piernas y ella lo maldijo.

Antes de que él pudiera darse cuenta, ella lo empujó por el pecho con un pie y lo tendió boca arriba en el colchón. Se alzó sobre él, con su pelo blanco alrededor de la figura, como si fuera una cortina que lo separaba del resto del mundo. Se sintió emocionado, triunfal.

Ella recorrió su cuerpo con la mirada, con los párpados entrecerrados.

—He tomado una decisión. No vamos a hacer esto en orden. Vamos a mezclar las dos cosas —dijo.

Tenía los labios hinchados y enrojecidos por sus besos. La luz iluminaba sus rasgos delicados con más delicadeza, incluso, que antes. Era una fantasía hecha realidad.

—¿Ah, sí? —le preguntó él, con la voz enronquecida, mientras pasaba la yema del dedo pulgar por uno de sus pezones.

Ella se arqueó para recibir su caricia.

—Sí —dijo—. Y, además, voy a sumarme a tus actividades.

Taliyah estudió a su presa. Qué sensual estaba despeinado y con su esencia en los labios. Roc tenía la piel brillante debido al polvo de estrellas, como ella. Y sus músculos estaban tensos.

Ella le pasó un dedo por el esternón.

—Pon las manos por encima de la cabeza y no te corras hasta que te dé permiso —le ordenó, y le mordisqueó el labio inferior.

A Roc se le dilataron las pupilas, y eso era una señal segura de su placer. No ofreció resistencia y extendió las manos hacia arriba para agarrarse al cabecero de la cama.

Ella le acarició el pecho y se inclinó para lamerle un pezón. Él dio un respingo. Y, tal y como había prometido, ella jugó con él, pasando la lengua por acá y por allá mientras le acariciaba el miembro erecto. Tomó sus testículos y tiró de ellos tal y como a él le gustaba. Allí por donde pasaba, besaba. Cuando las bisagras chirriaron, temió por la estabilidad de la cama.

—Agárrate a las sábanas —le ordenó, y él obedeció al instante.

Roc rasgó la tela con las garras. Cada vez que ella se movía, él arqueaba las caderas, y sus movimientos eran cada vez más enérgicos. Y, cuando ella dejó que sus labios se acercaran a su erección, sintió cómo le vibraba el cuerpo y oyó sus rugidos.

De repente, él se quedó inmóvil.

—Ya está bien, Taya. No juegues más conmigo.

—¿Seguro? —preguntó ella, mirándolo a los ojos mientras lamía una gota de semen de su abertura.

Él dejó caer la cabeza sobre la almohada con un gruñido poderoso.

—De acuerdo, los juegos están bien. Sigue.

Entonces, Taliyah succionó el extremo de su miembro y él comenzó a respirar con dificultad. ¿Estaba tan cerca del éxtasis?

—Sigue, amor mío. No pares, hagas lo que hagas, Taya.

No, no iba a parar. Él necesitaba que ella hiciera aquello, y ella necesitaba hacerlo.

Con un deseo doloroso, succionó toda la longitud de su miembro hasta su garganta. A él se le escapó un grito áspero que la animó a seguir.

—Nunca había sentido... nada tan bueno... Amor, es tan bueno...

Ella siguió succionando, deslizando la boca hacia arriba y hacia abajo. A cada uno de sus movimientos, él alzaba las caderas. Al final, ella rozó el extremo con los dientes y él gritó su nombre. La simiente inundó su boca y, después de tragar hasta la última gota, le sonrió, aturdida.

El poder la inundó. La vida.

—Más —dijo, mientras se ponía de rodillas. Él ya se había endurecido de nuevo—. Te quiero dentro de mí.

—Ponte sobre mí, Taliyah.

Ella se sentó en su regazo, se deslizó hacia abajo y acogió su erección. Él se deslizó hacia arriba con un rugido, llenándola.

—¡Sí!

Su cuerpo se expandió. Notó el calor y estuvo a punto de llegar al orgasmo. Aunque todo le exigía que se diera prisa, que se moviera rápidamente, balanceó las caderas con precisión, con un ritmo lento. Y, justo cuando él se estaba acostumbrando a la cadencia, ella dio un tirón con las caderas y ambos gimieron.

Roc la sujetó con la cintura y comenzó a embestir hacia arriba. Se levantó de golpe y la besó. Se puso en pie, sin salir de ella, y la llevó hacia el escritorio. A cada paso que daba, se producía un rebote que los hacía jadear. Entonces él apartó todos los objetos que había sobre la mesa y la tendió en la superficie, sin salir de ella, y siguió penetrando y saliendo de su cuerpo con brutalidad, con fuerza y rapidez.

Era una dicha insoportable. Tenía la piel tirante y el corazón, acelerado. Los músculos, tensos, desesperados por liberarse. Y él no había terminado con su tormento. Le acarició el clítoris con el dedo pulgar.

Sí, él también se había sumado a sus actividades. Ella dio bandazos sobre el escritorio.

—Sí, sí. Más, cariño. Más fuerte. Más rápido.

Más rápido y más fuerte. Él emitió sonidos guturales y deliciosos mientras embestía sin piedad. Ella perdió la cabeza y se agarró al borde del escritorio para que él se hundiera más profundamente. Casi...

Él se quedó maravillado y fue disminuyendo el ritmo de las acometidas. Empezó a frotarse lentamente contra ella.

—Eres el placer en persona, Taya. Y eres mía. No me voy a separar de ti nunca.

Le soltó las piernas y se inclinó, la tomó de la nuca y

la atrajo hacia sí. De repente, estaban pecho contra pecho, sus bocas fundidas en una y sus lenguas, enredadas. Ella le hizo un corte con los colmillos y brotó la sangre. Al sentir el sabor más dulce del mundo, Taliyah gritó y sus paredes internas se contrajeron con el clímax.

Él siseó mientras los espasmos continuaban y su siguiente embestida fue tan frenética como la anterior. Se le hinchó una vena en la frente. Se agarró a los bordes del escritorio, junto a sus muslos, y clavó las garras en la madera.

—Córrete conmigo, cariño —le rogó ella, y posó los labios sobre su cuello para succionar un ínfimo hilo de su alma—. Déjame sentir tu calor.

Él gritó a causa de un orgasmo desgarrador. Sus caderas siguieron empujando hasta que ella exprimió la última gota de su semen ardiente.

Roc se desplomó contra ella y apoyó la frente en su hombro. Se abrazaron y fueron calmándose lentamente. Cuando él alzó la cabeza, tomó su cara entre las manos.

Y ella, deshecha por dentro y aturdida, lo miró fijamente.

Aquellos magníficos iris dorados brillaban con ternura.

—Vamos a encontrar la forma de estar juntos —le prometió él—. Tenemos que hacerlo.

Taliyah estuvo a punto de desmayarse. A pesar de todo lo que había hecho en el pasado, Roc la estaba eligiendo a ella en vez del sacrificio. Estaba totalmente comprometido. Iban a conseguirlo.

Se acababa el tiempo. Y las opciones. Ya solo quedaban dos días para que terminara el plazo, pero no habían hallado la solución. Las hermanas y la madre de Taliyah, y sus consortes políticos, estaban trabajando para encontrar una solución rápida. Hasta el momento, no habían tenido éxito.

Neeka se había escapado antes de que Taliyah hubiera podido hablar con ella. Aunque su esposa seguía confiando en la pitonisa, su irritación había alcanzado nuevos límites.

Sin embargo, había también buenas noticias. Los Astra y los Señores del Inframundo no se habían matado entre ellos. Y la mejor noticia de todas era que los Astra se habían enamorado de Taliyah, como su líder. Bueno, no con tanto fervor, pero ella había llegado a conocer a los guerreros y su forma estoica de aceptarla era interpretable como un «Te adoramos, oh, magnífica».

—¿Qué le has hecho a mi comandante? —le había preguntado Halo.

—Nada —le juró ella—. ¡No le he pegado un tiro en la cara, te lo juro!

Él se pellizcó el puente de la nariz, como si estuviera pidiendo paciencia a los dioses.

—Quiero decir que está sonriendo. Haz que se detenga. Está asustando a los soldados.

Como si ella pudiera hacer algo así.

En su tiempo libre, Taliyah había logrado forjar una daga con pedazos de piedra que habían usado los fantasmas durante su ataque en el jardín. La llevaba siempre encima, con la esperanza de que su padre se atreviera a aparecer.

A diario sentía el deseo de matarlo por cómo había torturado a su gente.

Al menos, las arpías fantasma se habían recuperado significativamente. Se comunicaban sin problemas y, hasta el momento, se habían abstenido de alimentarse, porque estaban llenas del poder que ella había liberado. Pero eran... salvajes.

Para preservar la seguridad de todo el mundo, Ian

las había trasladado al reino duplicado y había llevado al resto de las arpías al reino original. Los dos ejércitos trabajaban bien juntos cuando no estaban
peleándose. ¿Se verían obligados ambos grupos a ver
cómo Roc y ella lo perdían todo durante la ceremonia?

Con el estómago revuelto, fue a buscar a su esposo
y lo encontró frente al altar. Estaba mirando la piedra y tenía una expresión sombría y melancólica.

Cuando lo tomó de la mano, su postura se suavizó
de inmediato, como su semblante. Se llevó sus nudillos a los labios y se los besó.

—Te he echado de menos, amor mío.

Amor mío. Ella se mordió el labio.

—¿Qué vamos a hacer, Roc? —le preguntó, con
preocupación—. No hemos encontrado solución. No
podemos evitar la maldición. Además, es la primera
vez que te importa el hecho de sacrificar a una esposa. Yo te importo y me echarás de menos cuando haya
muerto. Será un sacrificio verdadero y, por ese motivo, podrás ascender.

—Creo que no lo entiendes bien, Taya. Si tú mueres, yo seré el siguiente.

—¡No! —gritó ella—. Tú no vas a morir. Y yo, tampoco —dijo. Todavía no había sucedido nada de eso—.
¿Qué es lo que se nos está escapando?

Roc la abrazó con fuerza y ella posó la cabeza en
su hombro.

—No habrá nada que pueda separarnos —dijo él,
con la voz enronquecida—. Ni ahora, ni nunca.

Capítulo 36

Había llegado el último día antes de la ceremonia. Veinticuatro horas. Ninguna solución. Roc estaba en el balcón del dormitorio, observando el altar con la mayor frustración de su vida. Le había fallado a su esposa.

Y solo él tenía la culpa. Él era quien había puesto a Taliyah en aquella situación. Ahora, maldecía su arrogancia.

Ojalá estuviera allí Solar. Le pediría perdón a su comandante. «Lo siento muchísimo, hermano mío. No lo sabía. Perdóname».

Odiaba a Erebus. Desdeñaba a Chaos. Pero era a sí mismo a quien más despreciaba.

El viento soplaba con fuerza y había relámpagos. Se avecinaba una nueva tormenta, y lo entendía: estaba luchando por contener sus peores emociones.

Erebus había cesado sus ataques. Era lógico; ya no tenía arpías fantasma enterradas en Harpina. Todas estaban bajo la protección y el control de Taliyah.

—Como si hubiera algo que yo no pudiera hacer —dijo ella.

Estaba sentada en el escritorio, vestida para la batalla, en medio de una llamada de vídeo con sus hermanas y algunas de sus amigas, a quienes había prohibido la entrada en su dormitorio porque quería pasar su último día con su esposo.

Su último día.

Él se agarró a la barandilla con tanta fuerza que dobló el metal.

Taliyah podría haber huido en cualquier momento, salvando así su vida y condenándolo a él. Sin embargo, allí estaba, luchando por ellos. Su coraje y su lealtad le causaban asombro.

—Chicas, ya basta. Todo va a salir bien —dijo ella, con una sonrisa forzada. A él se le encogió el estómago—. Yo nunca acepto la imagen de la derrota, ¿no os acordáis?

Él se acercó a las puertas del balcón y se apoyó en el marco para observarla. Estaba muy tensa. Aunque había dejado de tener pesadillas, no estaba durmiendo. Él, por supuesto, tampoco.

—Neeka —continuó Taliyah—. Digamos que ocurre lo peor y muero. Erebus resucitó después de que los Astra lo mataran. ¿Por qué no puede sucederme a mí?

—Porque tú no puedes resucitar —respondió Neeka.

—Tú no vas a morir —gritó él.

Ella alzó la vista del teléfono y sus hermanas gritaron:

—¡No cuelgues!

—¡Tengo mucho más que decir!

Taliyah respondió:

—Chicas, sabéis que os quiero con toda mi alma. Quiero deciros que no me arrepiento de nada.

Después, colgó.

—Ven conmigo —dijo él.

Y ella lo hizo.

Taliyah estaba acostada junto a Roc, desnuda, acurrucada contra su costado. La histeria estaba a punto de apoderarse de ella. ¿Cómo había podido fracasar tan estrepitosamente?

—Si Neeka tiene razón y muero para siempre...

—Taya...

—Tus guerreros y tú vais a cuidar de mi gente, ¿verdad? Si es necesario —le pidió a Roc, con un nudo en la garganta—. Y no digas que no me vas a matar. Sé que estás tan desgarrado como yo. Una parte de mí se pregunta qué clase de General podría condenar a los Astra a quinientos años de derrotas. También son mis súbditos, ahora. Sin embargo, la otra parte me pide a gritos que siga luchando, sea como sea.

—Taya —repitió el, con la voz entrecortada.

—No sé... no sé si voy a tenderme en el altar, dispuesta a que me sacrifiques, o voy a luchar hasta el final —dijo ella, con los ojos llenos de lágrimas. Una de ellas se le derramó por la mejilla y cayó en el pecho de Roc.

Al notarlo, él dio un silbido y se pasó una mano por los ojos.

—Si acabamos luchando —continuó ella, susurrando—, no voy a dudar en hacerlo con todas mis fuerzas, ¿de acuerdo? Pero tú tampoco dudes. Si puedes matarme, hazlo. Nuestra lucha será justa.

—Taya.

—Pero ahora... ayúdame a olvidar, Roc. Ámame toda la noche y ayúdame a olvidar.

—Te amaré eternamente —dijo él, y la besó.

Fue besando todo su cuerpo, marcándola con más y más polvo de estrellas. Se deslizó en su cuerpo lentamente, con cuidado, como si estuvieran haciendo el amor por primera vez. Taliyah lo sintió en cada centímetro del cuerpo. Se miraron a los ojos mientras se mecían juntos, y ella se perdió en sus iris oscuros y brillantes como un cielo nocturno.

Roc presionó el centro más sensible de su cuerpo y

se aseguró de que el placer la invadiera a cada movimiento. Cuando ella estalló en un clímax devastador, él le colocó los brazos por encima de la cabeza y le ofreció el cuello. Ella sabía que quería que se alimentara, pero no estaba dispuesta a debilitarlo antes de la ceremonia y, en vez de eso, lo besó. Durante minutos..., horas..., una eternidad, siguieron unidos. Llegó otro orgasmo de fuerza incomparable y ella se agarró a la carne de Roc. A él debió de gustarle el escozor, porque la siguió a la cima del placer. Después, rodó y se tendió a su lado.

De repente, Taliyah se echó a llorar de emoción. Nunca se había sentido tan vulnerable y no tenía defensas contra aquello, ni secretos, ni planes ocultos.

¿Ni esperanza?

Él la estrechó contra su pecho y le dijo lo mismo que le había dicho antes:

—No hay nada que pueda separarnos.

La mañana siguiente amaneció como cualquier otra. Imparable, inexorable. La tormenta sin lluvia bramaba con una furia indescriptible, la representación exacta del ciclón que rugía dentro de Roc.

Solo quedaban unas horas.

Cuando el dormitorio tembló, Taliyah se despertó y se irguió al instante.

—No pasa nada, mi amor, no pasa nada —dijo él, y le acarició la espalda—. Ha caído la muralla, eso es todo.

Entonces, era el principio del fin.

Cuando ella se acomodó contra su costado, él estuvo a punto de soltar una maldición.

—¿Erebus puede entrar y salir con libertad a partir de ahora? —le preguntó Taliyah.

—Sí. Pero sus fantasmas no tienen permitido luchar contra nosotros.

—Quiero matarlo —rugió ella.

Él volvió a enamorarse perdidamente.

Mientras enviaba órdenes a sus hombres por telepatía para que se prepararan para la ceremonia, abrazó a Taliyah.

—Nos quedan unas horas. ¿Quieres que estudiemos? Tal vez podamos encontrar una solución en el último momento.

—No. El tiempo de estudio ha terminado —respondió ella, en un tono monótono—. Ha llegado el tiempo de la acción. ¿Cómo va a transcurrir el resto del día? Debería haberlo preguntado antes, pero no estaba lista para oír la respuesta. Hasta ahora.

—Dos horas antes de la ceremonia, mis hermanas Aurora y Twila vendrán para ayudarte con tu baño y el vestido. Cuando terminen, se irán junto a Chaos, que estará esperando en el jardín, junto al altar —dijo él, y se le quebró la voz—. A las once y cincuenta minutos, mis hombres te escoltarán al jardín, donde también yo estaré esperando.

—No. Iré sola —dijo ella, con convicción—. Si me acompañaran los guardias, parecería que estoy bajo vigilancia, escoltada. No voy a permitir que nadie piense que la General de las Arpías y esposa del comandante de los Astra no está dispuesta. Yo hago lo que quiero.

«Esto me está matando», pensó él.

—Entonces, irás al jardín tú sola.

—¿Y qué pasará después? —preguntó ella, suavemente.

—Vendrás hacia mí, hacia el altar.

Ella apartó la mirada un instante.

—Todas tus esposas eran las más feroces de su especie. Algunas trataron de huir. Otras lloraron. Otras lucharon. Yo soy tu gravita, así que demostraré que soy la más feroz de todas. No huiré. No lloraré.

A él se le escapó un sonido ahogado, terrible.

—Desearía que corrieras. Con todo mi ser.

—Lo siento, cariño, pero ese no es mi estilo.

Él le dio un beso en la frente.

—Eso lo sé muy bien, amor mío.

—Cuéntame el resto —le pidió ella, aunque había visto lo que les había ocurrido a las veinte restantes.

Él no podía negarle nada. Ni siquiera aquello.

—Normalmente, todo sucede a la medianoche. La muerte debe producirse entre la primera y la última campanada.

Ella asintió.

—Si muero —dijo—, quiero que sepas que lo que les dije a mis hermanas es cierto. No me arrepiento. No cambiaría por nada el tiempo que hemos pasado juntos.

A él le quemaban los ojos, y se pasó los dedos por los párpados. Ella le besó la mejilla.

—Hay una cosa más: si muero, tú no deberás seguirme. Deberás compararme eternamente con todas las mujeres que conozcas. Y asegurarte de que entiendan que son inferiores a mí en todos los sentidos. Lo digo en serio. No es opcional.

A él se le rompió el corazón en mil pedazos. Ella nunca había aceptado la imagen de la derrota... hasta que lo había conocido.

No iba a recuperarse de aquello. Erebus quería sumirlo en la tristeza absoluta y eterna, y lo había conseguido.

Capítulo 37

El resto del día pasó rápidamente para Taliyah, como un borrón. Sus emociones eran caóticas. Tal y como le había explicado Roc, sus hermanas Aurora y Twila llegaron con una túnica y cosméticos. No le dirigieron la palabra a su hermano. Él tampoco les habló. Sin embargo, la tensión era palpable entre los tres.

A ella le pareció que él tenía los ojos brillantes cuando salió de la habitación y estuvo a punto de sollozar de manera humillante.

Las dos mujeres sonrieron forzadamente, se presentaron y empezaron a preparar un baño.

—Has conquistado su corazón —dijo Aurora, cuando ella se había metido ya en el agua cálida y perfumada—. Eso es bueno y malo a la vez.

—Roc va a sufrir cuando tú hayas muerto —dijo Twila, suspirando.

A ella se le formó un doloroso nudo en la garganta.

—Vamos, vamos —dijo—. Soy la General de las Arpías. Tengo mis habilidades. ¿Quién dice que tengo que perder?

Las chicas chasquearon la lengua.

Bien, lo que ellas prefirieran.

—¿Cómo es trabajar para Chaos?

—Es... complicado —dijo Aurora. Después de enjabonarse las manos, comenzó a lavarle el pelo a Taliyah—. Busca el poder a toda costa.

—¿Y por eso os mantiene separadas de Roc?

Twila se encogió de hombros.

—Somos acólitas de Chaos y le debemos nuestra lealtad.

—Ah. ¿Chaos merece vuestra lealtad?

—Lo siento, pero no se nos permite hablar del tiempo que pasamos con él.

Durante el resto de la tarea, las tres se mantuvieron en silencio. Cuando Taliyah salió de la bañera y se secó, las hermanas la ayudaron a ponerse el vestido ceremonial. Era una túnica de color marfil con un escote en forma de uve y una abertura en la falda.

Ella se puso todas las piezas de su armadura, el peto y los protectores de las extremidades. El cinturón de las armas.

Porque todo el mundo debería ofrecer su imagen más sexi el día de su muerte programada.

Se echó a reír, al borde de la histeria, mientras se calzaba un par de botas de combate y envainaba una daga en una funda del cinturón.

La daga era una de sus propias creaciones. La había hecho con piedra de abeto. Le había prometido a Roc una pelea e iba a dar lo mejor de sí misma. Para eso, necesitaba una buena arma, un arma que pudiera matar a un dios.

¿Realmente iba a pelearse con él? ¿Acaso tenía otro remedio? Por fin, había encontrado su propósito: ser la General arpía, gobernar al lado del comandante de los Astra. Del consorte al que amaba.

Se echó a temblar.

—Eh..., ¿queréis...?

Vaya. Estaba sola. ¿Cuándo se habían ido las hermanas?

Echó un vistazo al teléfono móvil que le habían dejado. Eran las once y cuarenta y ocho minutos. Casi la hora del espectáculo.

Su familia estaba fuera; las habían obligado a presenciar la escena junto a los otros espectadores. Chaos debería estar en su puesto, al igual que Erebus y los Astra. Incluso las arpías habían aceptado actuar de testigos sin interferir, pasara lo que pasara. Por supuesto, esperaban que ella luchara y venciera. Las únicas que faltaban eran sus arpías fantasma, y las echaba de menos.

De repente, notó un gran calor en la marca de la nuca. Frunció el ceño. Las arpías fantasma se solidificaron en el dormitorio, frotándose sus marcas. ¿Qué era lo que acababa de suceder?

—¿Nos has convocado? —preguntó Dove, con una ceja arqueada.

¿Lo había hecho? Dove era célebre por cometer los actos más crueles de toda la especie arpía en el campo de batalla. Era un verdadero modelo para todas. Ella había estado considerando la posibilidad de convertirla en su mano derecha. Cuando Dove pudiera pasar una o dos horas sin intentar asesinar a todos los que estaban alrededor, sería perfecta.

Ella giró lentamente, mirando a su nuevo ejército. Se habían despojado de la ropa de luto y lucían el equipo de guerra adecuado. Tenían la malicia grabada en el semblante.

Entonces ella empezó a pensar... que sí, que las había invocado a propósito y accidentalmente.

—Esto es lo que va a suceder dentro de unos minutos, chicas —les dijo.

Explicó la ceremonia y la historia de Erebus. Solo con mencionar su nombre, provocó una catarata de maldiciones, promesas de violencia y agresiones brutales.

—Deberíais enfrentaros a vuestro torturador, y vais a hacerlo —dijo ella—. De hecho, en los próximos diez minutos. Sin embargo, no podéis atacarlo hasta después de la ceremonia, pase lo que pase. ¿Entendido?

Se escucharon silbidos de aceptación.

Otra mirada al reloj. Ya eran las once y cincuenta y un minutos. Había pasado la hora del espectáculo. De repente, le pesaban los pies como si fueran piedras. Caminó con dificultad hacia la puerta y giró el pomo. Las bisagras chirriaron cuando salió.

El ejército le cedió el paso y la siguió.

El día anterior, las habitaciones del palacio estaban llenas de seres inmortales. Aquel día, sin embargo, todo estaba desierto. Atravesó el salón del trono. Las puertas que conducían al altar de Roc estaban frente a ella. Se echó a temblar, pero mantuvo la cabeza alta y los hombros erguidos.

Salió a grandes zancadas y notó el viento helado que soplaba con fuerza. El cielo nocturno estaba despejado y lleno de estrellas brillantes. Ella se detuvo al llegar a la pasarela que llevaba al altar y su ejército hizo lo propio. Roc estaba en su sitio y a ella se le cortó la respiración al verlo tan magnífico. Era un dios oscuro iluminado con polvo de estrellas. Un señor de la guerra sin igual. Y la miraba como si nunca hubiera contemplado nada más glorioso.

Sus hombres estaban con él, cuatro a su derecha y cuatro a su izquierda. Todos los Astra llevaban el torso desnudo y mostraban sus alevala.

Las arpías se desplegaron por todas partes. Se posaron en las estatuas y en los árboles y se agacharon entre los arbustos. Su madre, sus hermanas, los consortes de sus hermanas, incluso Hades, estaban observándolo todo desde los laterales. Todos la miraban con orgullo. Todavía esperaban una victoria.

Detrás del altar estaba Chaos, ataviado con su túnica negra. Erebus, con una expresión hosca, estaba a su lado, sin camisa, como los Astra. Tenía un tatuaje del rostro de su hermano que le cubría el pecho. Aurora y Twila estaban situadas detrás de Chaos.

Taliyah movió las alas, alzó la cara y miró a Chaos y a Erebus. «No significáis nada para mí. Menos que nada».

Sin decir nada, levantó una mano e hizo un gesto para que las arpías fantasma se unieran a los demás, cosa que hicieron inmediatamente, dispersándose sin dejar de mirar a Erebus. ¿Se movió él ligeramente, cambiando el peso de un pie a otro, como si le incomodara su escrutinio? ¡Bien! Parecía que el odio hacia él amenazaba con desbordarse.

Ella tembló con más fuerza y volvió a mirar a Roc. Echó a andar hacia su amor, hacia el hombre por el que iba a morir.

Cuando se detuvo ante él y percibió su adorada fragancia, olvidó todo lo demás. Eran los dos únicos seres que había en el jardín, los dos únicos seres que tenían importancia.

Él, con una mirada de tormento, alzó la barbilla y le dijo:

—No te preocupes, amor mío. No voy a luchar contra ti y no te voy a matar.

Bien. Dejó de ser posible fingir que estaban solos cuando resonó un jadeo colectivo. Los únicos que permanecieron impasibles fueron los Astra, aunque ellos también alzaron la cabeza. ¿Acaso estaban de acuerdo con él?

A ella se le encendió una luz en la mente, en el corazón. De repente, supo cuál era la pregunta que estaba en el centro de toda su lucha: ¿Se convertiría en víctima voluntaria, entregándose por completo para asegurar el bienestar de Roc?

Sonrió con tristeza.

—No te preocupes, cariño —le dijo.

—No —dijo él, moviendo la cabeza—. No insistas en que te mate.

—No lo voy a hacer, te doy mi palabra —respondió ella.

Llevaba la mayor parte de su vida luchando por convertirse en la General de las Arpías, por liderar a su pueblo lo mejor que pudiera. Por fin, lo había conseguido y, durante el proceso, había conseguido también al consorte más increíble del mundo. Él se lo había dado todo y ella iba a hacer lo mismo.

—Te quiero.

—Yo también te quiero, Taliyah —dijo él.

Parecía aliviado. Decidido.

Se oyó la risa de Erebus. El muy idiota pensaba que había ganado, pero iba a tener que luchar contra sus arpías fantasma. Entonces tal vez no volviera a sonreír.

Ding. Sonó el primer tañido de la campana. La maldición se acercaba. Roc le tendió una mano a Taliyah.

—Cuando termine la ceremonia, nos teletransportaremos e hibernaremos. Y, al despertar, encontraremos la solución.

Ding.

No. Ella ya había encontrado la solución.

—Cuando termine la ceremonia... —le dijo, mientras lo tomaba de la mano— mata a Erebus. Haz que grite.

Dicho aquello, desenvainó una de las tres espadas de Roc, se arrancó la coraza y se clavó la hoja en el corazón.

Él se quedó horrorizado y ella notó que el dolor explotaba e invadía todo su cuerpo. Después, no supo nada más.

Ding.

—¡No!

Roc tomó a Taliyah en brazos antes de que cayera al suelo.

Entre jadeos, maldiciones y negaciones que provenían de la multitud, los Astra se acercaron y lo rodearon formando una muralla.

Antes de que empezara la ceremonia, se habían acercado a él en grupo y le habían dado su apoyo. Había sido una cura de humildad para él, y le había proporcionado una gran alegría.

Pasar más tiempo con Taliyah, aunque ella estuviera inconsciente, era un final que merecía cualquier precio. Sin embargo, ella estaba... estaba...

Ding.

—¡Despierta, Taliyah! ¡Resucita! Te lo ordeno —le gritó.

—¡No, no, no! —bramó Erebus, tirándose del pelo—. ¡No tenía que pasar esto! ¡Ella no debía morir así!

Ding.

Él se quedó conmocionado. Notó que el frío se extendía por la piel de Taliyah y sintió tanto dolor que se le hizo el alma añicos. Ella se había sacrificado, había acabado con su propia vida.

Ding.

Todos los rostros reflejaban conmoción.

Chaos, por su parte, sonreía.

La rabia se apoderó de él. Era tan fuerte, tan poderosa, tan intensa, que superó cualquier sentimiento de anhilla. Se concentró en aquella emoción y permitió que anegara todo lo demás. Le había dicho a Taliyah que la seguiría e iba a hacerlo.

Pero antes...

—Lleva a las hermanas a un lugar seguro —le ordenó a Ian.

Los efectos de la piedra quedaban anulados cuando estaban cerca de Chaos, ya que el vínculo que existía entre el dios y los guardias era un escudo invisible. Él desenvainó la daga que había fabricado Taliyah y se enfrentó a Erebus. El dios estaba caminando frenéticamente de un lado a otro, pensando en sus posibles jugadas.

—Crear un ejército de arpías fantasma, engendrar una hija Skyhawk, derrotar a Roc.

Él iba a llevar a cabo la venganza en nombre de Taliyah antes de concentrarse en Chaos y llevar a cabo la suya.

Los fantasmas a los que Erebus había torturado durante tanto tiempo gritaban con tanta fuerza que a él le estallaron los tímpanos.

Entonces atacaron a Erebus. El dios desapareció antes de que lo hubieran alcanzado, pero muchos de los fantasmas lo siguieron y lo devolvieron al jardín. Tenía cortes y heridas por todo el cuerpo y la sangre le había empapado la túnica.

«No se me escapa», pensó Roc.

—Liberadlo —bramó—. Su muerte me pertenece.

Los fantasmas obedecieron, y Roc emitió un grito de guerra y se lanzó hacia delante. Erebus y él chocaron como dos bolas de cañón llenas de odio. Cayeron al suelo y comenzaron a revolcarse. Roc cortó, mordió y arañó con ferocidad. No tuvo clemencia. Erebus no estaba preparado y tenía heridas que hubieran causado la muerte a cualquier ser menos poderoso.

—Bebedlos —le gritó a su ejército—. ¡Bebéoslos a todos!

A su alrededor estalló la batalla. Los Astra, las arpías fantasma se abalanzaron contra el enemigo. Por un instante, él vio la cara sonriente de Chaos. Su sonrisa era aún más grande.

Con gritos de ira, él se arrojó hacia Erebus de nuevo. Las llamas chisporroteaban en su piel y los demonios que se rozaban con él se evaporaban por el mero contacto. No había fuerza que pudiera detenerlo.

Dio una puñalada al aire y se agachó. El dios y él se enzarzaron en un combate cuerpo a cuerpo... hasta que él apuñaló a Erebus en el estómago. En la herida se desprendieron fragmentos de piedra de abeto que debilitaron al dios y le impidieron sanar.

Taliyah, tan brillante, había diseñado un arma destinada a causar el mayor daño posible, el más duradero.

—Esto no debía terminar así —dijo Erebus—. La espada me mostró la llegada de la maldición. Tú debías negarte a matarla y los dos lucharíais. Ella acabaría contigo. Los demás sufrirían la maldición. Esto no debía terminar así —repitió.

—Pero tu hija es más inteligente y mejor que tú. Te ha superado —respondió él, sonriendo—. Ha destrozado tus planes.

Se produjo una nueva escaramuza y él provocó daños mucho mayores a Erebus con una avalancha de golpes salvajes.

—Veo que te estás cansando. ¿Presientes tu propia muerte, fantasma? Quiero que sepas que voy a hacerla muy dolorosa.

Erebus se puso más pálido de lo habitual y él lo dirigió hacia los demás Astra. Ellos lo esposaron y le rodearon el cuello con un brazo. Sin titubear, él le clavó el arma...

Pero la daga se hundió en Chaos, en vez de en

Erebus. Él trató de entender lo que estaba sucediendo. ¿El dios se había materializado?

«Lo mataré a él también».

Hizo girar la hoja de la daga de un modo cruel, pero Chaos permaneció ileso.

Él soltó la empuñadura y le dio un puñetazo en la cara, con todas sus fuerzas. Su antiguo mentor se tambaleó. Mientras se enderezaba, se limpió un hilo de sangre que había brotado de su boca.

—Hijo —murmuró, dirigiéndose a Erebus mientras lo miraba a él—. La Espada del Destino revela exactamente lo que sucederá..., pero no tiene en cuenta el libre albedrío y la capacidad de una diosa. La diosa tiene el poder de cambiar de opinión y de alterar el destino con una sola decisión. Es lo que ha hecho Taliyah, de forma espectacular. Ahora, vete, antes de que Roc vuelva a atacarte.

—Tú no te mereces sentirte orgulloso de ella —le espetó él a Chaos, mientras Erebus se desvanecía. «Voy a seguirlo, voy a encontrarlo, voy a acabar con él»—. Apártate de mi camino. No puedes negarme el derecho a vengar a mi esposa.

—¿Qué crimen ha cometido mi hijo? —preguntó Chaos.

—¿Roc?

La voz dulce de Taliyah se abrió paso en su mente. Era un susurro que llegaba del más allá. A él se le encogió el alma.

—¿Roc? —dijo ella, con más fuerza.

¿Taliyah?

El corazón le dio un vuelco. Se giró hacia el campo de batalla y vio a los fantasmas enemigos evaporándose en el suelo. Los vencedores se dispersaron por el jardín en busca de más contrincantes y las hermanas Skyhawk rodearon el cuerpo de Taliyah y...

¡Ella estaba viva!

Él se acercó y apartó a todo el mundo. Taliyah estaba viva. Tenía los ojos abiertos y su pecho subía y bajaba con la respiración.

Con un grito exultante, la tomó en brazos.

Capítulo 38

Segundos después de haberse apuñalado y de haber recuperado el conocimiento completamente restablecida, Taliyah se encontró en la cama con Roc. Él la había sacado del jardín, la había alejado de la acción y de su preocupada familia. Por no mencionar que la había apartado de las miradas indiscretas de los Astra y de las demás arpías.

La dejó a los pies de la cama y se arrodilló ante ella. La agarró de los muslos y le hizo una sola pregunta:

—¿Cómo?

—¡No lo sé!

La oscuridad la envolvió y, después, volvió la consciencia. Era como si se hubiera apagado su luz y hubiera vuelto con más fuerza... El poder fluía por sus venas como un río de relámpagos.

—¿Y cómo iba a ser, si no? —preguntó Chaos, que había aparecido en el otro extremo de la habitación—. Un verdadero sacrificio significa más poder, y el poder es la vida. Si Ian, Solar y tú hubierais suscitado tal devoción en alguna de vuestras esposas, habríais vuelto con ellas y el ciclo hubiera terminado.

—Me dijiste que no iba a recuperarse.

—No. Te dije que Taliyah no volvería, y no lo ha hecho. Es una criatura nueva —respondió el dios, con un extraño orgullo—. Ella ha hecho su sacrificio y se ha ganado su novena estrella. Y, en su condición de General de las Arpías, ha luchado contra sí misma y ha ganado, consiguiendo así la décima estrella. Ha ascendido. La muerte no llegará tan fácilmente para ella.

Ella se miró la muñeca y jadeó. ¡Era cierto! Tenía diez estrellas.

Chaos miró a Roc.

—Tú también hiciste tu sacrificio al poner el bienestar de otros por delante del tuyo. Pero no ascenderás a menos que tus hombres no completen sus tareas. Entrasteis todos juntos en el círculo de las maldiciones y las bendiciones, y debéis salir juntos. Debes saber que las tareas y el orden son... retorcidos. Prepara a tus guerreros.

¿Tal vez Chaos no era tan malo como parecía?

—¿Y qué pasa con Erebus? —preguntó ella. Quería que su padre muriera lo antes posible.

—Como en tu caso, no será tan fácil derrotar a Erebus la próxima vez —respondió Chaos, enarcando una ceja—. Después de todo, ha ganado un arma nueva.

Roc se puso tenso.

—¿Cuál es?

—Lo sabrás muy pronto.

—¿Y tú? ¿Has ascendido? —preguntó su esposo, en un tono de amargura.

Chaos se limitó a sonreír y los dejó a solas.

Roc no perdió el tiempo. La abrazó.

—Estabas dispuesta a morir por mí.

—Bueno, en realidad, sí morí por ti —dijo ella, bromeando, mientras correspondía a su abrazo con todas sus fuerzas—. Tú lo dejaste todo por mí.

—No. Tú lo eres todo para mí.

La puerta se abrió de golpe y su familia invadió el dormitorio, exigiendo que les informaran de todo lo que había ocurrido. Incluso Strider, Sabin y Lysander entraron en la estancia, mirando a Roc con una expresión asesina.

Después llegaron los Astra y las arpías fantasma aparecieron a través de las paredes. Se oían mil voces enredadas, algunas más fuertes que otras.

—¿Qué ha pasado?

—¿Has visto cómo Taliyah ha vencido a la propia muerte?

—¿Ya puedo castigar al Astra por haber puesto a mi hermana en peligro?

Bien, bien. ¿No quería Roc una familia? Pues había conseguido toda una prole.

Taliyah se echó a reír al notar su cara de desconcierto.

—Las Navidades van a ser divertidas.

Roc estaba sentado en el trono de las arpías, con la General en el regazo. Solo había pasado un día desde la ceremonia, pero había muchos cambios. A Taliyah ya la habían desafiado seis veces por el puesto de General y había vencido en todas las ocasiones. Ya no ocultaba sus habilidades fantasmales y destruía por completo a sus oponentes, evaporándose y solidificándose a voluntad. Sus enemigas sobrevivieron solo porque ella lo había querido.

Él la animaba, gritando:

—Es mía, ¿la veis? Es mía.

Sus hombres también estaban un poco impresionados.

Normalmente, después de la ceremonia, los guerreros volvían a Astra y comenzaban a prepararse para la nueva tarea. En aquella ocasión, sin embargo, habían decidido quedarse en Harpina y celebrar la victoria con todos los demás. Las arpías fantasma se quedaban junto a las paredes, observándolo todo con ojos atormentados. Habían sufrido durante demasiado tiempo. Ella las ayudaría a recuperarse.

Los Señores del Inframundo también habían decidido quedarse un poco más, aunque seguían mirando a Roc con mala cara. Parecía que su discursito de «No voy a pedir perdón por ayudar a mi esposa» no había surtido el efecto esperado.

Blythe estaba sentada en una de las arañas del techo, observando los movimientos de Roux. Y, a juzgar por la postura rígida del guerrero, a él no se le escapaba su atención. Isla se había puesto a bailar en medio de la habitación con las hermanas de Taliyah. La niña sonreía, pero también irradiaba tristeza. Había perdido a su padre, y él... sentía arrepentimiento. Si había algo que pudiera hacer, lo haría. Ya tenía una idea, pero antes de ponerla en práctica sería necesario que Roux pasara más tiempo en el Salón de los Secretos.

La risa captó su atención. Miró a su alrededor y se dio cuenta de que todo el mundo se estaba divirtiendo. Los Astra, por su parte, estaban en formación detrás del trono; preferían mantenerse apartados de la multitud. Él les había puesto al corriente del mensaje de Chaos y ellos permanecían alerta. No sabían qué arma había conseguido Erebus ni a quién le asignaría la siguiente tarea. Él no sabía nada, salvo que, con una mujer como Taliyah a su lado, no podían perder. El fracaso había dejado de ser una posibilidad.

—Ojalá estuvieran aquí Aurora y Twila —dijo Taliyah.

—Algún día podrán estar con nosotros. Cuando yo ascienda, se las arrebataré a Chaos.

Por mucho que las intenciones del dios no fueran perversas, Chaos había tomado una decisión y había salvado a Erebus de su espada, demostrando así dónde estaba su lealtad. Así pues, compartiría el destino de su hijo.

—Yo te ayudaré.

En cuanto se había enterado de que Chaos había protegido a Erebus, Taliyah lo había designado como objetivo principal. Por ese motivo, él sabía que los dos dioses tenían los días contados. Taliyah, el Terror de Todas las Tierras, no aceptaba nunca la derrota.

Él le pasó el dedo por los labios rojos como cerezas.

—Parece que estás muerta de hambre. ¿Nos levantamos?

Ella dio un resoplido.

—Me he alimentado esta mañana.

—Pero ¿quién puede sobrevivir con una sola comida al día?

A él le encantaba alimentarla. Le encantaba proporcionar sustento a su esposa y a su familia. Tenía mucho que dar. Regeneraba todo lo que tomaba Taliyah, ¡y más aún! Cuanto más daba, más producía. Su cuerpo vibraba de poder y nunca se había sentido más fuerte.

—Además —dijo—, necesitas más polvo de estrellas.

Otro resoplido.

—Cariño, soy una bomba de polvo de estrellas. Brillo de pies a cabeza, lo cual me pone un poco difícil intimidar a mis enemigos y a mi familia, por cierto. Pero, bueno, tú me convenciste —dijo Taliyah, y le acarició la mejilla, sonriendo—. Me encanta ver mi polvo de estrellas en tu piel.

Ella también había empezado a producirlo, seguramente como consecuencia de su regreso como Diosa General de las Arpías y con ayuda del poder que él le trasmitía a través de su alma. Y a él también le encantaba.

—Quiero más —dijo, y se preparó para teletransportarlos.

—Un momento —dijo ella—. Quiero intentar una cosa.

Aunque él no los teletransportó, se vio de repente sentado al borde de su cama, con Taliyah en el regazo. Ella se echó a reír.

—¡Lo he conseguido! Nos he teletransportado a los dos. Eso, porque soy increíble.

—Cierto —dijo él.

¿Qué otros poderes habría adquirido por medio de la ascensión? Lo averiguarían... más tarde.

Le quitó a su esposa el maravilloso vestido rojo que llevaba y le demostró lo mucho que la quería. Estaba viviendo una vida que no se había imaginado nunca. Se sentía amado y aceptado y contaba con el apoyo de una guerrera de poder incomparable. Superarían todo lo que llegara después.

Juntos, eran imparables.

ÚLTIMOS TÍTULOS PUBLICADOS EN HQN

Corazón escocés de Miranda Bouzo

Hermanas por elección de Susan Mallery

Lamer las heridas de Leticia Castro

Orgullo y perdón de Diana Palmer

La mejor jugada de Ana Mencey

Un secreto en las Highlands de Andrea López

El hijo de las hadas de Paula Molero

Un asunto de familia de Robyn Carr

El cactus de Sarah Haywood

Rompiendo el hielo: un amor inesperado de Elle
Kennedy

Amor y Kimchi de María José Tirado

Una librería junto al mar de Susan Mallery

Amor y Soju de María José Tirado

Una invitada inesperada de Sarah Morgan

La mujer que nunca fui de Marisa Ayesta

Bienvenido a Beach Town de Susan Wiggs

La criadora de malvas de Laura Macías

Una villa en Grecia de Sarah Morgan